Guia de Óperas para jovens

As óperas mais populares de todos os tempos

Arnold Werner-Jensen

Guia de Óperas para jovens

As óperas mais populares de todos os tempos

Introdução de Harry Kupfer
Ilustração de Reinhard Heinrich

Tradução: Gabriele Lipkau e Christine Röhrig

martins fontes
selo martins

© 2013 Martins Editora Livraria Ltda., São Paulo, para a presente edição.
© 2008, SCHOTT MUSIC GmbH & Co. KG, Mainz, Germany.
Esta obra foi originalmente publicada em alemão sob o título *Opernführer für junge Leute – Die beliebtesten Opern von der Barockzeit bis zur Gegenwart* por Arnold Werner-Jensen.

Publisher	*Evandro Mendonça Martins Fontes*
Coordenação editorial	*Vanessa Faleck*
Produção editorial	*Danielle Benfica*
Revisão técnica	*Ivone Benedetti*
Preparação	*Marcelo Joazeiro*
Revisão	*Paula Passarelli*
	Mariana Nascimento
	Pamela Guimarães
	Silvia Carvalho de Almeida

Dados Internacionais de Catalogação na Publicação (CIP)
(Câmara Brasileira do Livro, SP, Brasil)

Werner-Jensen, Arnold

Guia de óperas para jovens : as óperas mais populares de todos os tempos / Arnold Werner-Jensen ; introdução de Harry Kupfer; ilustração de Reinhard Heinrich ; tradução Gabriele Lipkau, Christine Röhrig. – São Paulo : Martins Fontes – selo Martins, 2013.

Título original: Opernführer für junge Leute.
ISBN 978-85-8063-073-2

1. Óperas – Histórias, enredos etc. I. Kupfer, Harry. II. Heinrich, Reinhard. III. Título.

12-10692   CDD-782.1

Índices para catálogo sistemático:
1. Óperas : Histórias : Música dramática   782.1

Todos os direitos desta edição reservados à
Martins Editora Livraria Ltda.
Av. Dr. Arnaldo, 2076
01255-000 São Paulo SP Brasil
Tel.: (11) 3116 0000
info@martinseditora.com.br
www.martinsmartinsfontes.com.br

Para Ilia, Alma e Senta

Sumário

Abertura 11
Prefácio 13
O que é ópera? 15
Pequena introdução à história da ópera 41

As óperas

CHRISTOPH WILLIBALD GLUCK
Orfeu e Eurídice 50

WOLFGANG AMADEUS MOZART
O rapto do serralho 55
As bodas de Fígaro 62
Don Giovanni 72
Così fan tutte, ossia La scuola degli amanti 80
A flauta mágica 86

LUDWIG VAN BEETHOVEN
Fidelio 95

GIOACCHINO ROSSINI
O barbeiro de Sevilha 102

CARL MARIA VON WEBER
O francoatirador 109

ALBERT LORTZING
Zar und Zimmermann 118
Der Wildschütz 125

RICHARD WAGNER
O navio-fantasma ou O holandês voador 131
Tannhäuser 138
Lohengrin 144
Os mestres-cantores de Nuremberg 153

GIUSEPPE VERDI
Rigoletto 165
La Traviata 173
Don Carlo 179
Aída 186
Otello 193
Falstaff 200

BEDŘICH SMETANA
A noiva vendida 208

MODEST P. MUSSORGSKY
Boris Godunov 215

JOHANN STRAUSS
O morcego 222

GEORGES BIZET
Carmen 231

PETER ILITSCH TCHAIKOVSKY
Eugene Onegin 239

JACQUES OFFENBACH
Os contos de Hoffmann 245

PIETRO MASCAGNI
Cavalleria rusticana 253

RUGGIERO LEONCAVALLO
I Pagliacci 258

ENGELBERT HUMPERDINCK
Hänsel und Gretel 264

GIACOMO PUCCINI
La Bohème 271
Tosca 277
Madame Butterfly 285

LEOŠ JANÁČEK
A raposinha matreira 292

RICHARD STRAUSS
Salomé 299
O cavaleiro da rosa 305

IGOR STRAVINSKY
História do soldado 313

ALBAN BERG
Wozzeck 318

PAUL HINDEMITH
Cardillac 325

GEORGE GERSHWIN
Porgy and Bess 331

CARL ORFF
A sábia 338

Glossário 345

Abertura

A ópera é a arte de pessoas para pessoas! Passei a vida viajando com as minhas encenações por países e continentes, tentando atrair as pessoas para a ópera. Arnold Werner-Jensen e Reinhard Heinrich conseguem resultado semelhante com a linguagem e as imagens de seu *Guia de óperas para jovens*.

O mundo fascinante do teatro musical ganha vida neste livro. Aqui os dados e fatos necessários não são transmitidos de maneira sóbria e seca como de costume. As histórias parecem imaginativas e excitantes como no palco. A escolha das óperas é competente e convincente, os argumentos são narrados de forma ilustrativa e cativante, e como complemento há exemplos de partituras simples. O livro certamente despertará nos jovens leitores – assim como nos adultos que acompanharem sua leitura, como pais, parentes e amigos – um grande interesse em conhecer a ópera.

O que é essencial no teatro lírico e por que ele exerce fascinação? Esta breve história da ópera e, principalmente, a percepção desse mundo profissional tão diversificado que o livro propicia de maneira lógica fornecem detalhes a esse respeito. Sabe-se que uma visão dos bastidores é sempre estimulante. Encontramos as primeiras respostas a perguntas como: "Quando começam os primeiros planejamentos? Como funcionam as oficinas? O que acontece nos ensaios? O que faz o diretor da ópera?".

Durante anos elaborei inúmeras produções de ópera juntamente com o famoso cenógrafo e figurinista Reinhard Heinrich. Ele criou os belos desenhos deste livro, os quais se encaixam perfeitamente no texto. Embora tenham sido feitos especialmente para esta obra, eles transmitem de forma tão convincente a atmosfera viva do palco, que parecem vir diretamente de seu trabalho prático no teatro.

Ofereço a este "guia de óperas" os meus melhores votos. Que ele abra o caminho do teatro lírico a muitos jovens e adultos!

Harry Kupfer

Harry Kupfer é um importante diretor de ópera na cena internacional. Durante anos (de 1981 a 2002) foi diretor-chefe da Ópera Cômica de Berlim.

Prefácio

Não só os adultos, mas também as crianças e os jovens são atraídos pela magia do teatro lírico. Nesse caso é bom que nas primeiras idas a recitais já se tenha alguma informação sobre esse gênero artístico e se conheça o argumento do que será encenado. Quanto maior a compreensão do argumento e da música, melhor será a experiência quando as conversas na plateia cessarem, quando se elevarem os primeiros sons do fosso da orquestra e quando a grande e pesada cortina finalmente se abrir. Nosso livro é voltado tanto aos jovens, interessados frequentadores de ópera, como aos seus pais e a adultos em geral. Seu intuito é tornar-se o guia de óperas da família!

Os conceitos mais importantes são explicados na introdução: por exemplo, o que é uma abertura, uma ária, um dueto? O que se entende por drama lírico, libreto e fosso da orquestra? Além disso, há esclarecimentos sobre timbres vocais e, naturalmente, sobre as profissões: do diretor ao ponto, do iluminador ao pessoal da chapelaria.

O livro também proporciona uma primeira visão panorâmica da longa e diversificada história desse gênero: a ópera existe desde cerca de 1600, ainda que as mais antigas raramente sejam apresentadas em nossos palcos; na maioria das vezes, o repertório começa com Gluck e Händel e depois abrange principalmente os pontos altos da história da ópera: de Mozart a Richard Strauss, passando por Rossini, Verdi, Wagner e Puccini. Com as obras de Strauss chegamos ao século XX, no qual a ópera passou pelas mais surpreendentes transformações. Paralelamente a ela, desenvolveu-se um tipo especial de entretenimento na forma do musical.

Para começar, há a apresentação das óperas. Trata-se de obras recomendadas para os primeiros contatos com o gênero; ao mesmo tempo, na escolha das óperas considerou-se a frequência com que em geral são encenadas. No final do livro há um glossário no qual os termos técnicos são explicados.

As óperas são apresentadas da seguinte maneira neste guia: um folheto informa a ficha técnica e as personagens; na sequência há uma descrição do assunto e, por fim, conta-se a origem da história e dos estilos musicais. Na maioria das vezes, os exemplos de partituras selecionados são simplificados e sempre em clave de sol. Dessa forma, torna-se mais fácil identificar o início de uma abertura, de uma ária ou de um dueto, ou reproduzir os trechos no piano ou na flauta doce. Quem gosta de cantar também pode usá-los.

Todas as noites, diretores e cenógrafos mais ou menos conhecidos encenam óperas em diversos lugares do mundo, com montagens novas e criativas, às vezes surpreendentes e até mesmo exóticas ou chocantes. O nosso livro deve preparar e facilitar o acesso a essa experiência teatral.

Desejamos que todos tenham grande prazer na primeira ou nas sucessivas experiências com a ópera, ouvindo novamente uma peça que já conheçam ou entrando em contato com alguma até então desconhecida. Os instrumentos estão afinados, as luzes se apagam, as conversas cessam – a cortina sobe.

Arnold Werner-Jensen

O que é ópera?

A história da ópera é muito antiga. A primeira foi escrita na Itália há mais de quatrocentos anos. Naquela época, os florentinos ilustres e cultos gostavam de ser entretidos com apresentações do gênero: textos de sagas gregas eram representados por meio de cantos acompanhados por instrumentos.

Desde então, inúmeras óperas foram criadas por compositores das mais diferentes partes do mundo. Muitas delas já foram esquecidas, mas outras tantas continuam sendo encenadas em nossos teatros. Diversas coisas mudaram desde a primeira ópera dos italianos, mas sempre existe uma trama que é apresentada por atores em trajes fantásticos, que cantam com perfeição no palco diante de um cenário e, às vezes, também podem dialogar como em uma peça de teatro, sempre acompanhados por uma *orquestra*.

Como a ópera é composta

A maioria das óperas começa com uma introdução, a chamada *abertura*. Durante a abertura, a orquestra toca sozinha e a cortina permanece fechada. Algumas introduções são muito curtas e só servem para anunciar a ação no palco, lembrando uma fanfarra de trompetes ou uma breve vinheta de programa de televisão. Outras são mais longas e já evocam a ação que transcorrerá no palco. Nesse caso, a música deve preparar o ouvinte para o conteúdo da ópera: para uma *tragédia*, os sons são tristes e sombrios; para uma *comédia*, são alegres e vigorosos. Frequentemente, alguns temas musicais da ópera, que poderão ser reconhecidos mais tarde, já aparecem na introdução. Se prestarmos bastante atenção, na abertura de algumas óperas já se pode acompanhar o desenrolar dos acontecimentos até o seu final trágico ou feliz, como, por exemplo, em *O francoatirador* ou *O navio fantasma*. Isso também ocorre em alguns *intermezzi*, que ligam musicalmente duas cenas, ou em prelúdios de atos, com a cortina fechada.

As óperas de séculos passados sempre são divididas em diferentes partes, os chamados *números*, que têm esse nome porque são enumeradas de um a vinte ou mais. Por essa razão, esse tipo de ópera também é chamado de ópera de números. Nesse caso, diferentes partes se alternam em alegre sequência. Entre eles estão as árias que são para um só cantor, isto é, para o solo vocal. Nelas se expressam os estados de alma e os sentimentos de uma pessoa, quase como num solilóquio ou talvez como se estivéssemos ouvindo secretamente os pensamentos de alguém.

Mas aqueles que aparecem como solistas também podem cantar juntos ou sucessivamente. Em nossa vida cotidiana, quando todos falam ao mesmo tempo, diz-se que é falta de educação, mas na ópera isso se transforma em um grande canto lírico. Dependendo do número de cantores participantes, fala-se de *dueto* (2), *trio* (3), *quarteto* (4), *quinteto* (5), *sexteto* (6) ou *septeto* (7), ou simplesmente se usa o termo *tutti*, para indicar que todos cantarão naquela cena. Na maioria das vezes, esses *tutti*, formados por muitos solistas, entram nos pontos mais emocionantes da história, quando o acontecimento é dramático, ao final de passagens maiores, antes de baixarem a cortina. Alguns dos mais belos trechos em que todos cantam juntos estão presentes em *As bodas de Fígaro*, de Mozart.

Na ópera também é comum a apresentação de um *coro*, em que muitos cantores cantam em uníssono. Sempre haverá um coro no palco quando, por exemplo, se quiser representar uma multidão. Existem três tipos de coro: há *coros só de vozes femininas*, como o das damas de honra em *O francoatirador* ou o das fiandeiras de *O navio fantasma*; *só de vozes masculinas*, como o famoso coral dos caçadores em *O francoatirador* ou o dos sacerdotes com Sarastro em *A flauta mágica*; e, naturalmente, também costuma haver o *coro misto*, em que homens e mulheres cantam juntos, como o séquito do Paxá Selim em *O rapto do serralho* ou a multidão na praça em *Os mestres cantores de Nuremberg*. Nesses casos, o coro quase sempre é acompanhado pela orquestra.

Em certas ocasiões, a multidão é enriquecida por figurantes, ou seja, participantes sem formação específica, que só atuam, mas não cantam, e são contratados pelo teatro para determinadas apresentações. Qualquer pessoa que goste de atuar pode se candidatar para essas vagas, e quem gosta de cantar e já participou de corais pode fazer parte do coro extra que reforça o coro estável do teatro.

De que modo as diferentes partes de uma ópera, como árias, conjuntos e coros, são conectadas entre si?

Aqui também existem várias possibilidades, que variam conforme a intenção do compositor e segundo a moda prevalecente. Em algumas óperas, os cantores falam entre os seus números musicais como numa peça teatral. Assim como no teatro, essas falas são chamadas de *diálogo*. As óperas em que se fala muito são chamadas de *Singspiel*[1]. As mais conhecidas desse tipo são de Mozart, como *O rapto do serralho* e *A flauta mágica*. Em certos casos, é difícil entender tanto o texto cantado como o falado, mesmo quando os cantores se esforçam muito para pronunciá-los de forma clara. Por isso, é sempre bom conhecer o enredo da ópera antes de ir ao teatro.

Em diversas óperas os cantores não falam, mas declamam entre as árias e outros trechos de canto. Na maioria desses casos a orquestra fica bastante contida, tocando apenas acordes isolados. Com frequência ela se abstém totalmente e deixa que um *cravo* assuma os acordes. Quando isso ocorre, tem-se o *recitativo*, que é o canto falado ou diálogo declamado, mas de forma especialmente clara e com a pronúncia certa das palavras e das sílabas, quase como na língua normal.

Essas óperas são originárias da Itália. No entanto, durante muito tempo foi moda compor óperas italianas, ou seja, óperas com libreto em italiano e com recitativos também na Alemanha e na Áustria. Aqui temos, mais uma vez, exemplos famosos de Mozart, como *As bodas de Fígaro* e *Don Giovanni*. Certamente as grandes obras dos compositores italianos (Rossini, Verdi, Puccini e outros) são do tipo "ópera italiana".

Hoje, na Alemanha, óperas em outro idioma, como a original russa *Boris Godunov*, a francesa *Carmen* ou a tcheca *A noiva vendida*, são apresentadas

---

1   O termo alemão ficou consagrado para indicar esse tipo de ópera. (N. R. T.)*
    *Todas as notas de rodapé são de autoria da revisão técnica.

frequentemente em versão traduzida, sobretudo nos pequenos teatros[2]. Assim, o público pode entender melhor os detalhes do enredo. Além do mais, nem todos os cantores dominam perfeitamente todas as línguas. Pode acontecer que no palco sejam cantadas palavras e frases completamente diferentes das que talvez conheçamos da pequena brochura com a qual nos preparamos para a noite no teatro. Em grandes teatros e nos festivais internacionais de ópera, como em Salzburg ou em Verona, a ópera sempre é cantada na sua língua original.

Um terceiro tipo de ópera surgiu bem mais tarde, no século XIX. São as chamadas óperas de composição contínua, em que não existem diálogos falados nem recitativos: a orquestra toca ininterruptamente, unindo todas as partes entre si. Nesse caso, não temos mais "números" separados que, eventualmente, também possam ser cantados de forma independente num concerto. Essas óperas são compostas de poucas partes principais e contínuas, denominadas atos. Entre tais partes há intervalos em que a cortina é fechada. O exemplo mais conhecido é o da ópera *Os mestres cantores de Nuremberg*, de Richard Wagner. Seria possível afirmar que Wagner inventou a "ópera de composição contínua", mas na mesma época compositores como Verdi também fizeram essa opção, e outros, como Puccini e Richard Strauss, imitaram Wagner.

Podemos constatar que a ópera pode ser dividida em partes, quase sempre em atos. No entanto, às vezes nos deparamos com óperas de um único ato, como, por exemplo, *Cavalleria rusticana*.

Cada ato pode ser subdividido por critérios puramente musicais, como árias, trechos de canto em conjunto, coros etc., ou pelo decorrer da ação. Diferenciam-se em *cenas* e *quadros*. A princípio tudo parece um tanto confuso, mas pode ser facilmente explicado.

---

2 Esse hábito não prevalece no Brasil. Aqui preferimos ler a tradução projetada numa pequena tela acima da boca de cena.

Sempre há uma nova *cena* quando alguma pessoa entra ou sai do palco; em resumo, quando muda o número de pessoas no palco.

Já um *quadro* dura até que o cenário mude. Portanto um *ato* sempre é composto de no mínimo um quadro, ou então de vários. Por exemplo, em *O francoatirador* há um único quadro no 1º ato, "Diante da taverna na floresta", mas no 2º ato há dois: "Casa do guarda-florestal" e "Terrível garganta na floresta".

Na maioria das vezes procuramos o termo *quadro* em vão no libreto de uma ópera. O pessoal do teatro é que gosta de dividir a peça que será apresentada em quadros. Por isso às vezes o espectador pode ficar confuso quando lê no programa: "*O francoatirador*, ópera em seis quadros", e não "em três atos". Nesse caso contam-se as *trocas de cenário*. Então "Intervalo após o 3º quadro" significa "após o 2º ato"!

A cena, por sua vez, não pode ser descrita assim tão facilmente. Em algumas óperas, a palavra "*cena*" une partes que são ligadas pelo conteúdo (por exemplo, em *Hänsel und Gretel*); em outros casos, as cenas correspondem aos atos. Uma visão geral pode esclarecer melhor como, por exemplo, em *O francoatirador*:

Guia de óperas para jovens

Abertura

1º ato

1º quadro (seis cenas)

Inte

Intermezzo

4º quadro (uma cena)

20

O que é ópera?

        2º ato

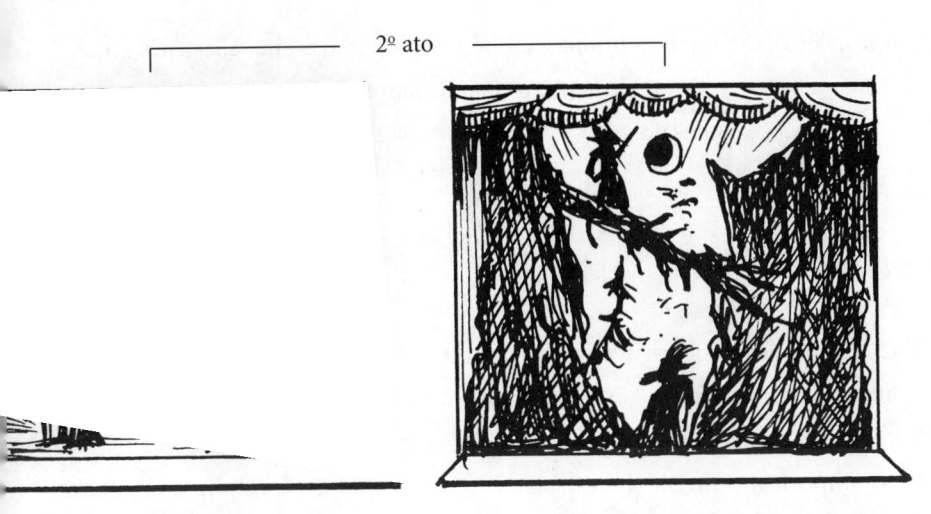

2º quadro (três cenas)   3º quadro (três cenas)

a l o

3º ato

5º quadro (quatro cenas)    6º quadro (uma cena)

A propósito, as óperas contínuas também são divididas em cenas, atos e quadros para maior clareza. Dessa maneira, os participantes podem se comunicar mais rapidamente durante os ensaios.

Na terminologia operística, o caderno de texto é chamado de *libreto* (do italiano *libretto*), que significa "livrinho". Alguns compositores escreviam os seus próprios libretos, principalmente Richard Wagner, mas a maioria recorria a textos de outros compositores líricos (libretistas). Estes costumavam se inspirar em poetas e peças de teatro conhecidas, como as de Shakespeare ou de Schiller, ou também em romances, contos de fadas ou mitos, como *Orfeu e Eurídice*.

Os participantes

Para apresentar uma ópera é necessária a participação de muitas pessoas, em número muito mais elevado do que o espectador consegue ver no teatro. Este vê e ouve apenas os *cantores* e a *orquestra* com o seu *regente*, mas não pode perceber com olhos e ouvidos tudo o que acontece ao mesmo tempo nos bastidores e atrás das cortinas. Por isso, falaremos a seguir de todos os participantes de uma ópera.

Cantores

Quem quiser ser cantor ou cantora num teatro lírico naturalmente deve possuir uma bela voz. Mas, na maioria das vezes, os cantores aprendem a verdadeira profissão somente no conservatório (escola de música). Lá aprendem não só a empregar a voz artisticamente, como também a atuar, a dançar e a falar italiano. Além disso, são familiarizados com as bases musicais, como harmonia e história da música. Quando saem da faculdade de música, já estudaram os papéis mais importantes que possivelmente vão interpretar. Por isso é importante saber que na ópera não existe apenas a cantora ou o cantor, e que há inúmeras diferenças entre timbres vocais e formas de atuação. Da mesma forma que cotidianamente distinguimos a voz das pessoas por ser alta ou baixa, clara ou escura, aguda ou grave, na ópera se faz uma classificação conforme as características da voz. Somente assim a história se torna viva e conseguimos diferenciar bem as personagens no palco.

Primeiramente, dividimos a *voz* simplesmente por *altura*[3]. Os termos mais importantes nas vozes femininas são *soprano* (agudo) e *contralto* (grave); nas vozes masculinas, *tenor* (agudo) e *baixo* (grave). Quando essas quatro vozes cantam juntas, temos um verdadeiro quarteto vocal. Também são elas as quatro vozes principais do coro[4].

Mas entre esses tipos vocais, existem ainda alturas médias que não são especialmente agudas nem graves, como o *mezzo-soprano* nas mulheres e o barítono nos homens, de forma que, ao todo, podemos falar em *seis vozes*:

---

3   Altura, na terminologia musical, indica a frequência das vibrações, ou seja, o agudo ou o grave; não deve ser confundida com intensidade, que indica o volume do som.
4   Também chamadas de naipes.

Se considerarmos apenas a extensão vocal, a divisão se apresenta dessa forma. No entanto, isso não basta para que uma ópera se torne vigorosa, com seus inúmeros papéis. Para melhor entendimento, observemos novamente as pessoas de nosso cotidiano: não as diferenciamos apenas pela altura ou expressão de sua voz, mas principalmente por sua aparência, sua expressão facial (mímica) e seus movimentos (gestos); enfim, por todo o seu comportamento. Nos teatros acontece o mesmo, tanto nas peças quanto na ópera.

Por isso, paralelamente às características vocais, existem as chamadas qualificações vocais. Na medida do possível, cada cantor é colocado no papel que combina com todo o seu aspecto físico. Ao longo de sua formação, identifica-se o "tipo" do cantor. Assim, ele vai estudar principalmente o repertório que se coaduna com esse tipo e que mais tarde interpretará melhor no palco. Se ele quiser ser contratado por um teatro, deverá cantar algumas árias de sua qualificação. Se o seu recital for convincente, ele será contratado para aquele repertório.

Há tantas categorias vocais que é impossível enumerá-las aqui. Por isso, mencionaremos apenas alguns exemplos importantes. Os "tipos" específicos se distinguem tanto pela característica de voz quanto pela capacidade de atuação. Por soprano, por exemplo, entendemos a voz clara, muito ágil, com forte tonalidade juvenil – a *soubrette*, predominantemente para papéis de mulheres alegres e cheias de vida, como Blonde, de *O rapto do serralho*, ou a pequena Ännchen, de *O francoatirador*. Frequentemente a *soubrette* é interpretada por criadas ou empregadas de jovens aristocratas que também cantam como soprano, mas de forma mais suave, expressiva e lenta. Esta última categoria chama-se *soprano lírico*. Um exemplo famoso é o da personagem Pamina, de *A flauta mágica*.

Entre as vozes soprano há as que conseguem cantar árias que exigem extremo virtuosismo e atingem notas bastante agudas; são as chamadas *sopranos coloratura*. O papel mais famoso e provavelmente também mais difícil é o da Rainha da Noite, de

A flauta mágica. Os ornamentos do canto, que ocorrem em árias (especialmente no final de cada parte) e consistem em todos os tipos de gorjeios, escalas e saltos, são definidos como coloratura.

Há também a voz do soprano dramático e do soprano muito dramático, presente, por exemplo, nas peças longas e exigentes de Wagner, motivo pelo qual é chamada de *soprano wagneriano*. É uma voz mais pesada, com registros pronunciadamente graves e capaz de se impor em uma grande orquestra. É o caso do papel de Senta, de *O navio fantasma*.

No entanto, essas são apenas as mais importantes entre as muitas graduações do soprano. As vozes contralto, tenor e baixo são igualmente subdivididas. O *tenor lírico* corresponde ao soprano lírico. Na maioria das vezes, os dois formam o casal de amantes da ópera, como, por exemplo, Tamino e Pamina, de *A flauta mágica*. O soprano *soubrette* corresponde ao *tenor ligeiro*, cantor de repertórios alegres da *ópera bufa*, ou *ópera cômica*. Por isso o parceiro de Blonde é Pedrillo em *O rapto do serralho*!

Já o *tenor heroico* aparece principalmente nas óperas de Wagner, como *Lohengrin*, e corresponde ao soprano wagneriano[5]. Costuma-se falar em qualificação heroica para os repertórios mais pesados (por exemplo, nas óperas de Wagner) também no que se refere às vozes de barítono e baixo.

Entre as vozes graves diferenciam-se, por exemplo, o *barítono lírico*, como Papageno, de *A flauta mágica*, e o *baixo barítono*, como a personagem Escamillo, da ópera *Carmen*. Entre os baixos, há o *baixo bufo* ou *ligeiro*, como Leporello, de *Don Giovanni*, e o *baixo profundo*, como Felipe II, de *Don Carlo*.

À primeira vista, essa divisão deve parecer muito confusa, mas não é necessário que o público memorize todos os detalhes. Trata-se de conhecimentos importantes especialmente para o pessoal do teatro lírico. Só assim todos os papéis de uma ópera podem ser preenchidos corretamente, de maneira fiel e convincente!

---

5 Também cabe lembrar o tenor dramático, muito presente nas óperas italianas. O tenor heroico ou wagneriano seria uma tipologia do dramático.

Como espectadores, só precisamos saber que existem seis diferentes tipos vocais e um grande número de tipos físicos que são utilizados para interpretar os diferentes papéis de uma ópera: agudos e graves, lírico-vibrantes e alegre-cômicos; e, naturalmente, também há personagens altas e baixas, gordas e magras, porque não apenas as ouvimos no palco, mas também as vemos!

Regente, orquestra e coro

Os cantores são o centro das atenções, são as estrelas de cada apresentação de ópera. Além deles, é possível ver apenas mais uma pessoa durante a apresentação, ao menos de parte dos lugares no auditório: o *regente*.

Ele é o responsável pela música. Afinal, alguém tem de cuidar para que todos cantem e toquem ao mesmo tempo com precisão e para que sempre acertem o momento da entrada. O regente marca o tempo com uma batuta fina e clara, bem visível. Mostra aos cantores e aos músicos como a música deve soar: rápida ou lenta, com maior ou menor intensidade, suave ou agressiva; porque a partitura não dispõe de meios para descrever com tanta sensibilidade todos os detalhes que o compositor tenha imaginado. Cada regente tem uma ideia muito pessoal de como a música composta deve ser reproduzida. Ele dirige a ópera da primeira à última nota com o movimento dos braços e das mãos. Por isso, ao final da apresentação, também pode saudar o público ao lado dos cantores. Normalmente, o regente fica em pé sobre uma pequena plataforma, chamada de *pódio*, para que possa ser visto e também ver todos os participantes; o pódio fica no meio, de frente para o palco, atrás de uma mureta que separa a plateia do chamado *fosso da orquestra*.

Pensou-se muito sobre o melhor lugar onde a grande orquestra de ópera deveria ser instalada, porque os músicos precisam ter boa interação com os cantores, mas não podem se interpor entre a plateia e o palco, obstruindo a visão dos espectadores; a intensidade ou o volume com que tocam tampouco pode ser excessivo. E, como já mencionado, não só os músicos, mas também os cantores devem ter uma boa visão do regente. Tarefa difícil! Foram feitas diversas experiências, como a de

O que é ópera?

colocar a orquestra atrás do palco. Entretanto, como os cantores poderiam ver o regente sem dar as costas ao público?

Por fim, a orquestra acabou sendo colocada diretamente *diante* do palco, mas no "fosso", para não obstruir a visão dos espectadores. Foi assim que se criou o já mencionado "fosso da orquestra". Em pequenos teatros, ele é pequeno; em teatros importantes, é grande, conforme o tamanho da orquestra disponível.

Sobre a orquestra propriamente dita, há ainda algumas informações. Na maioria das vezes, o fosso da orquestra é ocupado por muitos músicos, como nas óperas de Wagner ou de Strauss. Mas, como o fosso é comprido e também bastante estreito, a organização dos lugares é sempre complicada. A perfeita interação dos músicos que ficam mais à esquerda ou mais à direita é muito difícil. Ou seja, eles não se ouvem, e a única ligação se dá por meio do regente, que fica no meio.

Em quase todas as óperas, o maior grupo é o de instrumentos de corda, sempre formado por *violinos*, *violas*, *violoncelos* e *contrabaixos*. Eles costumam ficar no meio, ao redor do regente.

Além disso, normalmente estão presentes os *instrumentos de sopro*. Estes são divididos em *madeiras* e *metais*. As madeiras são *flautas*, *oboés*, *clarinetes*, *fagotes* e, às vezes, também *flautins* e *contrafagotes*. Costumam ficar do lado esquerdo, atrás dos instrumentos de corda, se vistas da plateia. À esquerda, atrás deles e também do lado direito, ficam os metais, dos quais os mais importantes são os *trompetes*, as *trompas*, os *trombones* e as *tubas*. Ao lado destes, ou talvez um pouco abaixo da ribalta (a parte anterior do palco), ficam diversos *tímpanos* e mais *instrumentos de percussão*, como *tambores*, *pratos* e *triângulos*.

Essa disposição de orquestra existe desde Mozart. Mais tarde, o número de músicos foi aumentando gradativamente. Ao longo dos séculos, todos os instrumentos continuaram se desenvolvendo, tanto os de corda como os de sopro, na estrutura e na maneira de serem tocados. A partir do século XX, alguns compositores fizeram experiências com diferentes empregos da orquestra, algumas vezes inovadores, utilizando até efeitos sonoros e aparelhos eletrônicos de som.

Aliás, se em algumas óperas ouvirmos cantores ou instrumentos atrás do palco, não visíveis para o público, devemos saber que uma pequena *câmera de televisão* está filmando discretamente o regente, ajudando assim na interação dos participantes. A imagem pode ser transmitida por monitores situados em qualquer lugar atrás da cena, de forma que o cantor ou o instrumentista "invisível" possa ver o maestro perfeitamente. Quem olhar com atenção verá a pequena câmera mais ou menos do lado oposto ao do pódio, exatamente abaixo do proscênio. Quando está em funcionamento, acende-se uma pequena lâmpada-piloto. Antigamente, quando não existia essa inovação técnica, um maestro de apoio olhava por um buraquinho no cenário e transmitia o andamento determinado pelo regente no fosso da orquestra, regendo assim os músicos que estavam invisíveis para o público.

Certamente, os cantores e a orquestra já terão treinado muito tempo antes da primeira apresentação, durante os ensaios. Cada cantor estuda o seu papel acompanhado por um pianista. Inicialmente, o coro ensaia sozinho com o *regente do coro*. A *orquestra* também começa ensaiando apenas com o *regente*. Todos têm salas próprias, maiores ou menores, para ensaiar, as chamadas salas de ensaio. Somente no final, mais ou menos uma semana antes da récita, os cantores e os músicos se encontram no grande palco do teatro.

O penúltimo ensaio chama-se *ensaio geral*; o último, *ensaio final*. A primeira apresentação ao público chama-se *estreia*. Naturalmente, nessa noite, todos os participantes ficam nervosos e agitados, esperando que tudo funcione bem, tanto no palco como no *fosso da orquestra*. Quando uma peça é apresentada pela primeira vez em um país ou em uma cidade, fala-se em *première* ou récita de estreia. Quando uma ópera é apresentada pela primeira vez no mundo, fala-se em estreia mundial.

O maestro ensaiador e o regente do coro, que acabamos de mencionar, não participam da récita. No teatro existem colaboradores "secretos" em número muito maior do que o espectador pode imaginar. Vamos conhecê-los a seguir.

Diretor, cenógrafo, figurinista

O público nunca vê as pessoas mais importantes na direção de uma montagem de ópera, a não ser depois da estreia, após o aplauso final. Seus nomes só se encontram no programa e no cartaz do teatro. Trata-se do *diretor*, do *cenógrafo* e do *figurinista*, que, sob a orientação do diretor-geral, compõem uma equipe. Eles são os responsáveis por tudo o que se vê no palco e também criam pessoalmente todos os detalhes, conforme as diretrizes do libreto.

Muitos espectadores nem sabem exatamente por que é necessário haver um diretor na ópera. Dizem: "Mas tudo o que deve acontecer no palco está escrito na partitura e no libreto! Então por que os cantores não fazem os seus movimentos por conta própria?".

A resposta é muito simples. Vamos utilizar como exemplo o início de *O rapto do serralho*, de Mozart. Nas rubricas, como são chamadas as instruções para os atores e cantores, está escrito: "Praça diante do palácio do Paxá Selim à beira-mar. Belmonte sozinho". Só isso. Começa então o 1º ato. Se nesse momento não existissem um diretor com grande criatividade, um cenógrafo com ideias igualmente boas ao lado dele e um hábil figurinista, já teríamos logo no início uma enorme confusão e inúmeras perguntas. Aqui enumeramos apenas as mais importantes:

• No início, o palco deverá ser claro ou escuro, isto é, deverá ser dia ou noite?

• Onde estará o mar? Bem lá no fundo, no horizonte, ou bem na frente, do lado esquerdo ou do lado direito do público? E como representaremos a água no palco, a fim de que o público a reconheça sem que os cantores molhem os pés?

• Onde ficará o palácio do Paxá Selim? À direita, à esquerda ou na diagonal? Qual será seu tamanho? Ele terá ricos ornamentos ou medidas e cores sóbrias?

• Onde deve ficar Belmonte quando cantar sua ária? Perto do palácio ou na frente, perto do fosso da orquestra? Ele deverá ficar parado ou, quem sabe, andará nervosamente de um lado a outro?

• Qual será a aparência de Belmonte? Elegante, moderna ou como a de um oriental de conto de fadas? Deve-se perceber o esforço da longa e cansativa viagem?

• Etc., etc., etc....

Perguntas e mais perguntas e todas exigem respostas! Nesse caso, o libreto nos abandona completamente e por isso precisamos de um diretor, que deverá encontrar as respostas claras e convincentes para essas e todas as outras questões. As ideias da direção, cuidadosamente repensadas e frequentemente muito pessoais, são registradas com todos os detalhes no caderno de direção. A ópera é ensaiada segundo esse modelo e repetida mesmo após anos, se por acaso voltar a entrar na programação da casa depois de um longo período.

Durante os ensaios, o diretor é auxiliado por um assistente de direção, que também deseja um dia se tornar diretor. O diretor planeja todas as cenas juntamente com o cenógrafo, para que tudo fique bonito e harmonizado. É importante também que todos os movimentos e ações planejados sejam realizáveis em meio ao cenário, de maneira confortável e despreocupada.

Novamente encontramos um exemplo fácil disso na cena inicial de *O rapto do serralho*, em que Osmin surge repentinamente. Para isso, deve haver uma porta que represente o palácio, para que Osmin realmente saia do palácio para a praça. Se logo em seguida ele tiver de subir por uma escada encostada à figueira, essa árvore também deverá aguentar o peso de uma escada, assim como os degraus da escada deverão aguentar o peso de Osmin sem se quebrarem.

Portanto, o diretor organiza a ação no palco conforme as poucas orientações do libreto. Alguns diretores não se importam muito com essas instruções e preferem basear-se na própria fantasia. Por essa razão, sempre devemos estar preparados para o fato de que no palco as coisas podem ser diferentes do que imaginamos na leitura da peça.

Existem inúmeros exemplos disso. Em *O francoatirador* é possível que Samiel nem apareça, embora muitos espectadores estejam esperando justamente sua entrada! Em vez disso, só se ouve a sua voz assustadora em algum lugar no fundo do palco, seus passos são imitados musicalmente pela orquestra e o palco fica no escuro...

O *cenógrafo* faz *desenhos* específicos, tanto do espaço cênico completo como também de todos os detalhes do cenário (edifícios, móveis, árvores, paisagens de fundo, céu com nuvens e muito mais). Além disso, ele ainda encomenda *maquetes* dos cenários, para que seja possível ter uma boa ideia espacial do conjunto.

Cenário para *Lohengrin*, por volta de 1880   Por volta de 1980

O *figurinista* cria toda a indumentária ou *guarda-roupa*: chapéus, sapatos e tudo o que os atores devem usar, em harmonia com o cenário. Seus desenhos são chamados de *esboços*, que costumam ser parecidos com os desenhos de moda.

Por volta de 1880   Por volta de 1930   Por volta de 2000
Lohengrin

Aliás, em alguns casos, o cenógrafo também desenha o guarda-roupa. Alguns diretores até fazem tudo sozinhos: direção de palco, cenário e guarda-roupa.

Começam então os preparativos para o espetáculo no próprio teatro, que ocorrem em vários lugares ao mesmo tempo. O diretor ensaia todas as cenas, ações e movimentações com os atores, cantores e coro: todas as entradas, cenas, quadros e, finalmente, todos os atos da ópera. De início não são necessários nem a indumentária nem os cenários, que geralmente ainda não estão prontos; nem mesmo a orquestra está presente, sendo substituída por um maestro ensaiador ao piano.

Quando o *palco principal* está livre, os ensaios são feitos lá. Assim os participantes já podem se acostumar às suas dimensões. Mas frequentemente os ensaios são realizados em locais a isso destinados, que são salas de tamanho médio com um palco pequeno, um pódio com paredes móveis (biombos) e com uma mobília simples para simular o futuro cenário. Dessa maneira, ensaia-se por várias semanas, dia após dia, da manhã à noite, e com o tempo surge – cena por cena – o novo espetáculo de ópera.

Do chapeleiro ao armeiro – uma visita às oficinas

Todas as peças do cenário são construídas paralelamente aos ensaios, desde os grandes cenários até os pequenos acessórios, como cortinas, lustres, móveis etc. Para tanto, o teatro dispõe de diversas *oficinas* com muitos funcionários, dirigidas por mestres experientes: a *marcenaria*, a *serralheria*, um grande *salão de pintura* (com muitas tintas e pincéis), um ateliê de escultura, para o caso em que se necessite de uma escultura, como em *Don Giovanni*, e as oficinas de decoração, em que são produzidos todos os trabalhos em tecido, como cortinas, cobertores, revestimentos de parede, tapetes...

A indumentária é criada em grandes *alfaiatarias*, de acordo com os *figurinos*, e é dividida em trajes femininos e trajes masculinos. Além disso, naturalmente há oficinas de sapateiros, de chapeleiros, de peruqueiros e também de armeiros, porque em muitas óperas são utilizados fuzis ou há lutas com espadas e sabres, principalmente quando o final é trágico.

Todos os outros detalhes usados em cena recebem o nome de *adereços* ou *acessórios*. O depósito em que eles são armazenados é um verdadeiro tesouro, onde podemos encontrar flores artificiais, vasos, livros, jornais, louças e garrafas de todos os modelos, todos os tipos de instrumentos musicais verdadeiros e falsos e muitas outras coisas. O aderecista é responsável por todas essas peças. Ele as organiza ou as produz pessoalmente, remove pequenos defeitos e, no momento certo, as entrega por detrás da cortina aos respectivos atores, recolhendo-as rapidamente depois do espetáculo para que estejam perfeitas para a próxima apresentação!

Os maquiadores ficam em estreito contato com a alfaiataria. Sua verdadeira e grande atuação só acontece na noite da récita, antes (e depois) do espetáculo, quando auxiliam os cantores a se maquiarem e a removerem a maquiagem.

Iluminador, sonoplasta, ajudante de palco...

Com seus inúmeros holofotes e lâmpadas, os iluminadores são responsáveis pela criação dos efeitos de luz do dia ou da noite. Em teatros modernos, todas as mudanças de iluminação, a *direção de iluminação*, podem ser feitas de uma única mesa de luz. Muitas vezes esta se encontra atrás de grandes janelas de vidro no fundo do auditório, porque é de lá que o *iluminador* tem a melhor visão do palco. Somente os refletores isolados, cuja luz acompanha as pessoas no palco, são comandados manualmente. Por isso, também são chamados de *canhão seguidor*.

Há também o *sonoplasta*, responsável por todos os ruídos e sons que não venham do fosso da orquestra: por exemplo, pelos trovões e barulhos de tempestade em *O francoatirador*, e pelas badaladas de sinos de igreja, entre outras coisas. Nos seus estúdios encontram-se aparelhos de última geração. Algumas músicas de dança no palco ou certos solos de coro atrás da cena na realidade vêm de *alto-falantes* ocultos.

Enquanto o espetáculo está em andamento e apenas os atores são visíveis no palco, um exército de ajudantes trabalha atrás do cenário e das cortinas:

Os *ajudantes de palco* têm de montar todas as cenas com todos os adereços e mobiliário e desmontar o cenário anterior com rapidez e em silêncio. As peças de decoração, como móveis, árvores e tudo o mais, são guardadas no palco lateral e nos bastidores, atrás das cortinas, logo atrás do palco principal.

Cada ação da equipe de apoio de palco deve ser muito precisa e, por essa razão, já treina o seu trabalho durante os ensaios. Algumas mudanças de cenário de uma cena a outra são cronometradas em segundos, enquanto a orquestra toca um *interlúdio* com as cortinas fechadas. O espectador ficaria admirado se pudesse ver a agitação que acontece atrás do palco, enquanto aprecia a música da orquestra!

Alguns maquinistas têm a função de cuidar das máquinas que movimentam as partes móveis do *piso do palco*, como alçapões e elevadores. Isso é necessário, por exemplo, em *O francoatirador*, quando Samiel surge do submundo.

O *palco giratório* instalado como um disco redondo no piso do palco de grandes teatros é movido por motores silenciosos. Tem a utilidade de permitir a montagem final de vários cenários de forma que a troca possa ser executada muito rapidamente, até com as cortinas abertas.

O *manobrista* opera os guindastes em que estão pendurados alguns componentes do cenário que, quando utilizados, são baixados do urdimento onde normalmente ficam guardados. Em diversas apresentações de *A flauta mágica*, os três garotos costumam ser baixados em uma gôndola, que fica pendurada nesses cabos.

É claro que a *cortina* em frente ao palco tem de ser aberta e fechada. O *assistente de direção* tem essa função e também comanda todas as outras medidas importantes que devem ser tomadas atrás do palco. Ele cuida, por exemplo, para que os atores se apresentem nos momentos e lugares certos. É o responsável pelo bom funcionamento do espetáculo.

A forte parede de aço, chamada *cortina corta-fogo*, que é baixada lentamente após o aplauso final, é usada por segurança, para evitar a propagação de fogo do palco para o auditório, em caso de incêndio. Nela, há uma portinha para que os atores possam retornar ao palco depois da apresentação, para agradecerem novamente os aplausos.

Quase nos esquecemos de uma "pessoa invisível" que está presente durante toda a apresentação no palco ou um pouco abaixo dele. Trata-se do *ponto*, em seu *alçapão*, que só tem uma abertura para o lado do palco e fica bem no meio do proscênio. Ele dita o texto em voz baixa para os atores, ajudando em caso de esquecimento repentino. Tem-se acesso ao alçapão do ponto por baixo, passando-se pelo *fosso da orquestra*. Essa função geralmente é exercida por mulheres, mas também é comum entre os homens.

Gestão do teatro, administração e funcionários da casa

Até agora fomos apresentados aos colaboradores que trabalham atrás do palco ou que preparam o espetáculo. Mas toda *grande empresa* como o teatro precisa de uma direção responsável, de uma administração e de muitos funcionários.

É preciso considerar, organizar e planejar uma infinidade de coisas para que à noite a cortina realmente possa ser aberta. No topo do teatro está o *diretor-geral* e, ao seu lado, o *diretor administrativo*. Ambos têm os seus próprios assessores para diversas tarefas. Por exemplo: o ator principal fica doente (como Papageno, de *A flauta mágica*), e um substituto precisa ser encontrado rapidamente para a noite. Ou é necessário escalar alguém para interpretar determinado papel na próxima ópera. Para isso existem o *setor operacional* e a *divisão de logística*.

O livreto de programação precisa ser elaborado e deve-se cultivar uma boa relação com o público das mais diversas formas, realizando palestras ou eventos de introdução à ópera e comunicando-se com a imprensa. O responsável por isso e por muitas outras coisas é o *diretor artístico*.

Além disso, todas as oficinas devem ser supervisionadas, e é preciso estabelecer uma programação para que todas as peças do cenário fiquem prontas a tempo. E, o mais importante, as verbas são distribuídas para as respectivas oficinas, porque os cenários são caros. Quem cuida disso é o *diretor técnico*, que também é o responsável pela *frota* particular do teatro, com os seus motoristas e caminhões. Muitas vezes os depósitos para guardar as peças de cenário ficam em prédios nas redondezas, sendo necessários, portanto, caminhões para levá-las e trazê-las.

Além disso, todos os empregados do teatro, como cantores, músicos ou trabalhadores, devem receber regularmente os seus salários. Para isso existe um escritório de recursos humanos. E é claro que todos os escritórios e departamentos têm as suas *secretárias*.

Por fim, temos ainda os *funcionários da casa*. Alguns deles encontramos quando vamos à ópera como espectadores; são, por exemplo, os caixas, o pessoal da chapelaria, os vendedores de programa e o lanterninha. O auditório deve ser limpo durante o dia; o pessoal da limpeza cuida dessa tarefa. Também são necessários zeladores e porteiros. Quem mais poderia providenciar o bom funcionamento de todas as fechaduras do grande prédio do teatro? Ou quem cuidaria do importante sistema de extintores de incêndio? Quem mais poderia evitar que pessoas não autorizadas usem a entrada dos artistas?

Portanto, o teatro tem muitos colaboradores, dos quais só uma pequena parte pode receber o aplauso do público à noite. Grandes casas de ópera como as de Berlim, Hamburgo ou Munique empregam quase mil funcionários!

A casa de ópera

Agora compreendemos por que o *prédio de um teatro* tem de ser tão amplo. Todos os colaboradores necessitam de salas em que possam trabalhar. Na realidade, o público sempre só conhece o lado belo do prédio do teatro. Um teatro neoclássico do século XIX muitas vezes se parece com o representado na página 40. Em comparação, abaixo dele, na mesma página, está esboçado um teatro dos anos 1950.

Na parte dianteira, encontra-se o *hall* ou saguão de entrada; atrás deste, o *foyer*, salão onde os espectadores se reúnem no intervalo. Depois, temos o auditório e, acima dele, a grande *torre do palco*.

Mas, quando damos uma volta no prédio, podemos perceber o tamanho real da casa e como ela é diversificada, com seus *escritórios administrativos*, suas inúmeras salas de ensaio, os *camarins* para os artistas, as oficinas e, principalmente, a grande área de depósito para os cenários e o guarda-roupa. Não podemos esquecer que ainda há o refeitório, onde todos os funcionários podem comer durante os intervalos de trabalho!

Urdimento

cort

Foyer

Auditório

Fosso da orquesta

Elevador

O que é ópera?

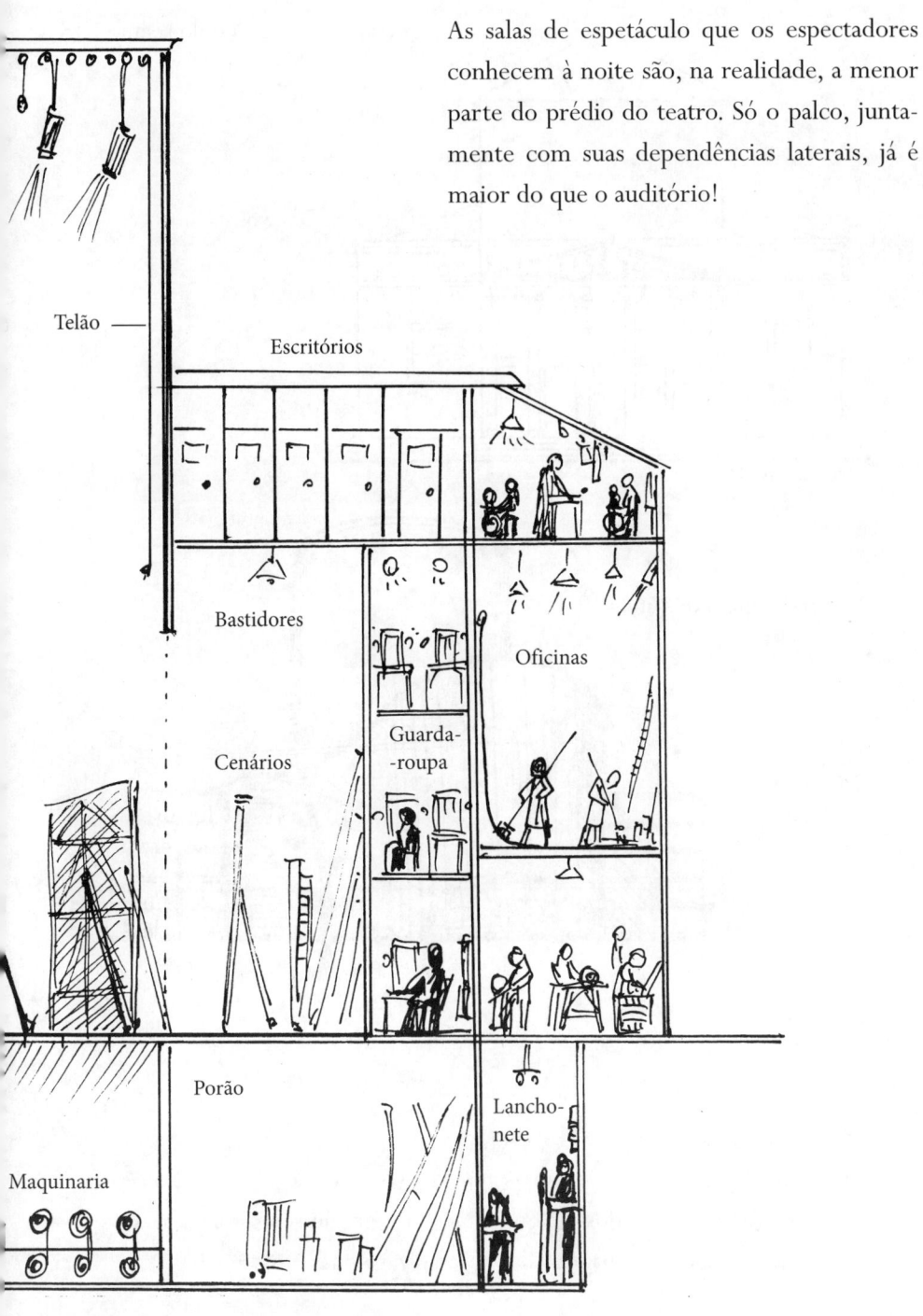

As salas de espetáculo que os espectadores conhecem à noite são, na realidade, a menor parte do prédio do teatro. Só o palco, juntamente com suas dependências laterais, já é maior do que o auditório!

Telão

Escritórios

Bastidores

Cenários

Guarda-roupa

Oficinas

Porão

Lanchonete

Maquinaria

Corte transversal de um teatro de ópera

Teatro neoclássico do século XIX

Teatro de ópera dos anos 1950

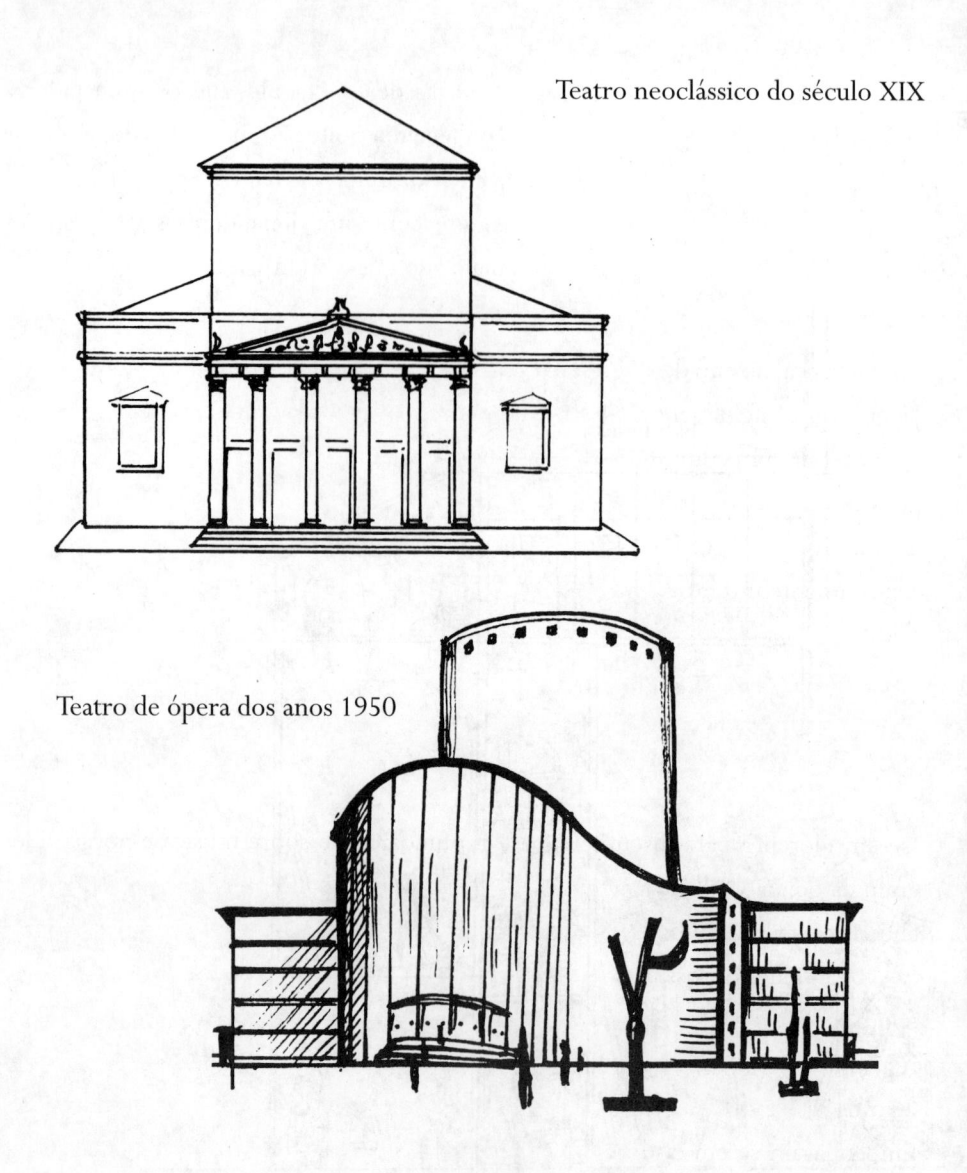

    O grande prédio principal muitas vezes não é suficiente. Nesse caso, as oficinas e os depósitos são instalados em outro prédio. Se pudéssemos olhar através das paredes, veríamos algo semelhante à ilustração das páginas 38/39.

Pequena introdução à história da ópera

Há alguns anos, pudemos festejar quatro séculos de existência das óperas! Em Florença, no ano de 1597 (talvez já em 1594), foi apresentada a ópera *Dafne*, de Jacopo Peri. Infelizmente não sabemos como soava aquela música, pois as partituras se perderam. Em compensação, sabemos exatamente como aconteceu essa estreia e por que foi criado algo tão estranho e novo como a ópera: em razão do casamento de um príncipe da família Medici. Na realidade, não foi um único artista genial que supostamente inventou a ópera.

A ópera – um mal-entendido?

Nos anos anteriores a 1600, alguns homens interessados em arte reuniram-se em Florença para discutir longa e profundamente sobre música e poesia. Eles eram da opinião de que a arte de sua época era de difícil entendimento. Entre eles encontravam-se estudiosos, poetas, músicos e principalmente mecenas, pessoas ricas cujo dinheiro possibilitava a realização de espetáculos dispendiosos. Naquela época, os mecenas eram governantes poderosos. O resultado dessas discussões foi registrado em livros. Em pouco tempo os músicos já tentavam compor de acordo com os resultados das discussões, de modo considerado bom, correto e inovador. Empenhavam-se em criar uma música simples e compreensível, e cuidavam principalmente para que os ouvintes entendessem as palavras cantadas e para que a música se adequasse bem ao texto.

Hoje chamamos aquele período de Renascimento, porque naquela época todos estavam voltados para o mundo da Antiguidade clássica, tentando reproduzir o pensamento e a arte segundo os modelos antigos. Acreditava-se inclusive que os gregos antigos cantavam em suas peças teatrais de forma parecida com a da ópera, e que isso deveria ser reavivado. Hoje sabemos que essa suposição era errônea, e que, portanto, a invenção da ópera na realidade se baseia em um mal-entendido.

Como se recorria à Antiguidade, as ações das óperas também eram baseadas em mitos da Antiguidade neoclássica. Narravam, por exemplo, a história da ninfa Dafne transformada em árvore, ou do cantor Orfeu, que segue a amada Eurídice ao Reino dos Mortos para reconquistá-la com seu canto.

De Monteverdi a Mozart

Logo após o "nascimento" da ópera, surgiu o primeiro compositor genial que se dedicou com determinação a esse novo tipo de arte. Era Claudio Monteverdi. Ele desenvolveu as características gerais mais importantes da ópera, que são conservadas até hoje: a dramática e expressiva melodia vocal e as árias em forma de estrofes com *ritornelos*, abertura, *intermezzo* e epílogo instrumental. Junto com os solistas, também se apresentava um coro. Além disso, eram intercaladas danças, aberturas e *intermezzi* orquestrados. A orquestra brilhava com a multiplicidade de timbres dos instrumentos da época. Hoje só podemos supor quais instrumentos Monteverdi utilizou e como os combinou para conseguir timbres tão peculiares, porque infelizmente isso não foi preservado.

Ao lermos a programação de nossos teatros líricos, quase não encontraremos obras originárias dos primeiros dois séculos da história da ópera (os séculos XVII e XVIII), com exceção das óperas de Mozart, que viveu no final desse período. Muito raramente encontraremos óperas de Monteverdi, Händel, Purcell ou Gluck. Isso por razões plausíveis: naquela época cantava-se e tocava-se de um modo diferente do de hoje. A formação vocal era diferente, os instrumentos tocados eram outros e os sons apreciados não eram os mesmos de agora. Na maioria das vezes, os cantores de hoje cantam da maneira que só virou hábito e passou a ser ensinada a partir do século XIX. Os músicos das orquestras de ópera tocam instrumentos modernos e de uma forma conhecida apenas a partir de Wagner e Verdi. Desde então não houve alteração.

No entanto, entre Monteverdi (logo após 1600) e Mozart (pouco antes de 1800) existiram inúmeros compositores que, escrevendo óperas, também desenvolveram esse gênero. Durante mais de um século, as mais importantes cidades ou principados competiram entre si. No século XVII, Mântua, Veneza e Roma tornaram-se verdadeiras metrópoles da ópera. No século seguinte, o século XVIII, Nápoles tornou-se o centro mais importante. Fala-se de uma *escola napolitana de ópera*, sugerindo que lá atuavam os mais importantes compositores de sua época, que influenciaram os seus colegas de perto e de longe, nacional e internacionalmente. Mestres famosos, como Alessandro Scarlatti, Porpora e Pergolesi, eram dessa escola.

Mais tarde, na chamada *segunda escola napolitana de ópera*, foi um alemão de Hamburgo, Johann Adolf Hasse, que se tornou o artista mais importante. Seguiram-se Georg Friedrich Händel e, meio século depois, Christoph Willibald Gluck, que atuou na passagem do Barroco ao Clássico.

No século XVIII, surgiram dois tipos diferentes de ópera: a *Opera seria*, literalmente "ópera séria", e, como contrapartida alegre, a *Opera buffa*. A *ópera séria* tinha algumas características que logo viraram moda, pois os compositores e libretistas eram contratados pela aristocracia, isto é, pelos governantes, de maneira que no centro das ações sempre havia heróis ou príncipes. Muitas vezes tratava-se de conspirações de traição e luta pelo poder, mas raramente de verdadeiros sentimentos de pessoas únicas. No palco, portanto, encontravam-se "tipos", e a música combinava perfeitamente com isso tudo: cantavam-se sobretudo *recitativos* e *árias*. Os recitativos podiam ser acompanhados somente pelo cravo ou por toda a orquestra e impulsionavam a ação. Em compensação, as árias expressavam o estado de espírito e os sentimentos nobres de maneira extremamente engenhosa. Quase sempre eram compostas de três partes, das quais a terceira tinha de ser uma repetição fortemente ornamentada da primeira, a que se dava o nome de *aria da capo*. *Da capo* significa "do início". Essa última parte os cantores e cantoras ornamentavam com improvisos e assim mostravam todo o seu virtuosismo. Com isso, ficavam famosos e eram celebrados como *primo uomo* ou *prima donna* do teatro.

Uma particularidade especial entre os cantores eram os *castrati*, homens que continuavam com voz de rapaz em virtude de uma intervenção cirúrgica, a castração;

por isso, podiam assumir papéis femininos nas óperas. Essas "estrelas" dominaram as casas de ópera por mais de um século.

Naquela época, para ambientar o público, a orquestra tocava primeiramente uma sinfonia, peça da orquestra que a princípio não tinha nenhuma relação com o conteúdo da sequência da ópera. Só pouco a pouco essa sinfonia foi se transformando em abertura, isto é, na introdução que também preparava musicalmente para a ópera, passando a ser parte inseparável dela.

A *ópera bufa* surgiu na metrópole musical Nápoles. No início era apenas uma peça breve de entretenimento, para animar o público entre os atos da ópera "séria". Gradativamente, esse *intermezzo* alegre se desenvolveu, tornando-se um programa independente e passando a preencher toda uma noite. Geralmente seu argumento era mais natural e "humano", mas, tal como na época da *commedia dell'arte* italiana[6], sempre apareciam certos "tipos". Pergolesi, na época clássica Paisiello (que já havia composto um *Barbeiro de Sevilha* antes de Rossini), Cimarosa, Mozart e mais tarde Rossini foram mestres importantes da ópera bufa.

Com a tragédia lírica na França também surgiu uma tradição própria de ópera. Os seus mestres mais famosos eram Lully e Rameau. Então um alemão introduziu uma drástica mudança, que recebeu seu nome: reforma Gluck[7]. Em suas obras, Gluck aspirava a uma trama dramática, mas que fosse ao mesmo tempo clara e simples; o mesmo deveria valer para a música, simples e cativante. Na opinião de Gluck, a música deveria ser novamente subordinada à poesia. Com isso, ele basicamente superou as regras do Barroco e introduziu o Classicismo.

Mozart realizou *óperas bufas* e *sérias*. As suas três grandes óperas cômicas, *Bodas de Fígaro*, *Don Giovanni* e *Così fan tutte* até hoje enriquecem a programação de todas as casas de ópera. Com *Don Giovanni*, ele conseguiu estabelecer um nexo entre o alegre, o trágico e o demoníaco. Em *Idomeneo*, as personagens já demonstram conflitos espirituais e não são apenas tipos, como na antiga ópera.

---

6   Gênero de comédia surgido na Itália do fim do século XVI; continha fortes elementos de improviso.
7   Em alemão, *Glucksche Opernreform*.

A ópera no século XIX

O grande século da ópera sem dúvida foi o século XIX. Nessa época, foram criadas obras grandiosas que ainda hoje são frequentemente apresentadas em nossos teatros. Compositores de muitos países contribuíram para isso. Na Alemanha e na Áustria surgiu a ópera alemã. Mozart, com o seu drama lírico *O rapto do serralho* e sua *A flauta mágica*, situa-se no início desse desenvolvimento. De repente, nos palcos alemães já não se cantava em italiano, e sim em alemão, de maneira compreensível para todos; entre as árias, até se falava em alemão. Abandonaram-se os habituais recitativos e, em seu lugar, foram intercalados diálogos falados. Na Alemanha, depois de Mozart vieram Beethoven, Weber e Lortzing, até que Wagner (com suas grandiosas óperas românticas e dramas musicais) abandonou novamente os diálogos falados e deixou que a música tocasse ao longo de todo o ato, sem recitativos nem árias! Ao mesmo tempo, em Paris, com Offenbach, e em Viena, com Johann Strauss, surgiu a *opereta*.

Nos outros países da Europa também foram produzidas coisas excelentes no que diz respeito à ópera. Na Itália surgiram novamente importantes compositores e obras, sem os quais os teatros líricos de todo o mundo certamente estariam hoje vazios. Depois de Rossini, Donizetti e Bellini, com suas obras alegres e trágicas, apareceu Verdi, que levou a grande ópera italiana ao apogeu. Era comum Verdi aproveitar peças de poetas famosos (Shakespeare, Schiller) como modelo para os libretos. A maioria de suas 26 obras para o palco ainda é apresentada com maior ou menor frequência. Finalmente, Puccini, o último grande compositor italiano de ópera, abriu o século XX.

O *bel canto*, arte de cantar bem, que tem origem nos primórdios da história da música, está intrinsecamente ligado à ópera italiana e foi desenvolvido à perfeição. Nas primeiras óperas de Verdi, o vocal lírico ainda predominava na trama musical; em relação a ele, o acompanhamento da orquestra ficava como fundo. Só no final do século XIX, nas obras tardias de Verdi e nas óperas de Puccini, a orquestra passou gradativamente a ter a mesma importância que a voz.

Em outros países europeus desenvolveram-se tradições de ópera bem próprias e novas: na França, com Bizet, Gounod e Debussy; na Rússia, com

Tchaikovsky e Mussorgsky; na atual República Tcheca, com Smetana e Dvorák. No decorrer do século XIX, cheio de acontecimentos, também foram construídos os grandiosos e magníficos teatros de ópera, com seus três ou quatro ambientes, suas decorações em ouro brilhante e seus gigantescos candelabros. Muitos ainda estão conservados ou foram restaurados após as destruições da Segunda Guerra Mundial: em Viena e Munique, em Dresden e Londres, em Paris e Budapeste, em Milão, em Roma, em Nápoles…

A grande diversidade

No século XX também foram compostas inúmeras óperas de extrema diversidade, mas poucas se tornaram sucessos de público duradouros. Muitas estrearam e logo foram esquecidas. Só Richard Strauss conseguiu conquistar um verdadeiro lugar cativo no repertório dos teatros (aliás, ele não era parente de Johann Strauss, o rei da valsa em Viena!).

A diversidade musical e argumentativa das novas e mais recentes óperas é impressionante. Diferentemente dos outros séculos, há muito não se pode falar de um estilo uniforme; no máximo pode-se falar de um "estilo pessoal" dos compositores, dos quais citaremos apenas uma pequena seleção: Béla Bartók (*O castelo do Barba-Azul*), Igor Stravinsky (*A carreira de um libertino*), Alban Berg (*Wozzeck*), Ernst Krenek (*Karl V.*), Franz Schreker (*Um som distante* [*Der ferne Klang*]), Ferruccio Busoni (*Doutor Fausto* [*Doktor Faust*]), Paul Hindemith (*Cardillac*), Hans Werner Henze (*O Jovem Lorde*), Carl Orff (*A sábia*), Werner Egk (*Peer Gynt*), Benjamin Britten (*Peter Grimes*), Dimitri Shostakovitch (*O nariz*), Wolfgang Fortner (*Bodas de sangue*), György Ligeti (*Le grand macabre*) e Aribert Reimann (*Lear*).

Todas essas obras têm em comum o fato de não terem sido escritas apenas em razão de sua bela melodia. Essas óperas exigem mais, pois são direcionadas a ouvintes e espectadores abertos e atentos à trama.

O musical

O chamado *musical* surgiu como novo modelo de teatro lírico no século XX. O nome vem da abreviação de "Musical Comedy" (Comédia Musical). Os primeiros musicais surgiram no começo da década de 1900, na Broadway, em Nova York. Desde o início, o gênero tinha um propósito especificamente comercial e pretendia sobretudo entreter o grande público. Os musicais são frequentemente compostos de dois atos e unem os recursos do ator, da ópera e da opereta, do teatro de revista, da música de entretenimento e da dança, do jazz e também do rock. Ao longo da trama são apresentadas muitas canções e cenas de balé. Por essa razão, os atores do musical devem ser extremamente versáteis e flexíveis.

De modo geral, *Show boat* (1927) é considerado o primeiro musical importante. Há outros musicais famosos: *Kiss me, Kate* (1948), *My fair lady* (1956), *West side story* (1957), *Anatevka* (1964), *Hair* (1967) e *Jesus Christ Superstar* (1971). Andrew Lloyd Webber tornou-se o mais bem-sucedido compositor de musicais com os seus sucessos *Cats* (1981) e *O fantasma da ópera* (1986).

Há quem diga "A ópera está morta!", mas nossos teatros provam o contrário, pois noite após noite a casa quase sempre fica lotada, e ano após ano são montadas novas óperas, algumas das quais constituem estreias mundiais. Não parece muito mais adequado dizer "A ópera está viva"?

As óperas

Christoph Willibald Gluck
(1714-1787)

Orfeu e Eurídice

Orfeo ed Euridice / Orphée et Euridice

Ópera em três atos
- Libreto: Ranieri di Calzabigi
- Composição: abertura e 53 números musicais com recitativos
- Esta ópera tem duas versões diferentes:
    1ª em italiano – estreia no dia 5 de outubro de 1762 em Viena
    2ª em francês – estreia no dia 2 de agosto de 1774 em Paris
- Duração: cerca de 2 horas

Personagens

Orfeu 1ª versão	contralto
2ª versão	tenor
Eurídice	soprano
Eros (Amor)	soprano
Pastor de ovelhas, pastoras de ovelhas, ninfas, fúrias e espíritos do submundo, espíritos sagrados do Elísio	coro e balé

SINOPSE

O cantor Orfeu, filho do poderoso deus Apolo, vive na era mitológica da Grécia antiga. Com seu canto e o som sedutor de sua harpa, tem o poder de encantar plantas, animais, seres humanos e até deuses. Mas um terrível destino lhe arrancou a amada esposa, Eurídice, que morreu picada por uma cobra venenosa, deixando Orfeu desesperado e sozinho entre os vivos.

1 Orfeu está entregue ao seu pesar junto à recém-cavada sepultura de Eurídice, rodeado de pastores e ninfas, as bondosas deusas da natureza; juntos, eles coroam a lápide com flores e acendem o fogo do sacrifício. Depois, o triste cantor é deixado sozinho e fala com os deuses. Suplica que lhe devolvam Eurídice, mas apenas o eco responde. Quando, em desespero, se queixa da crueldade dos deuses, o deus Eros demonstra compaixão, pois não consegue resistir ao forte lamento de amor de Orfeu! Mas impõe duas condições para que Orfeu possa resgatar a bem-amada: ele deve dominar os implacáveis espíritos do submundo com o poder de sua música para que eles lhe devolvam Eurídice, e não poderá olhar para ela durante a volta para o mundo dos vivos, caso contrário a perderá para sempre.

Orfeu estremece quando pensa nessas duras condições: consegue bem imaginar o sofrimento desumano que o espera. Mesmo assim, acredita que vai conseguir.

2 O sombrio reino dos mortos embaixo da terra é dominado pelo deus Hades. O rio Estige é a fronteira que todas as almas devem atravessar antes de entrarem nas sombras pelo portão de Tártaro, de onde não há volta. As Fúrias, que são as deusas da vingança, vigiam a entrada e agora, desconfiadas, observam Orfeu, o vivo, que repentinamente, contrariando qualquer regulamento, pede passagem. Mas então, novamente e ainda mais intensa, mostra-se a força mágica do cantor Orfeu: com o suave poder de sua voz e a música de sua harpa, pouco a pouco ele rompe a resistência das Fúrias, que, assombradas, como que dominadas por uma força mágica, abrem-lhe caminho para o Elísio (na mitologia grega é onde se reúnem os heróis e os justos). Ali, nos campos dos espíritos sagrados, numa bela paisagem preenchida por doce e suave harmonia, ele encontra a sua Eurídice.

Mas não pode haver um reencontro carinhoso – a dura tarefa do retorno pesa sobre Orfeu; rapidamente, ele arrasta a amada atrás de si.

| Orfeu | Fúrias | Eurídice | Espíritos sagrados |

3 O caminho de volta para a vida conduz os dois por um sinistro labirinto. Cheio de preocupação e pressentimentos sombrios, Orfeu segue apressado na frente, levando Eurídice pela mão atrás de si. Mas ela não consegue compreender o que acontece. Vê e sente o amado, porém não o tem realmente, porque ele não lhe dirige um único olhar. A inquietação dela é cada vez maior e suas perguntas cada vez mais insistentes. Ela começa a duvidar do amor dele. Se a ama, por que não olha nem uma vez para ela? A sua súplica se torna mais persistente e por várias vezes Orfeu quase se volta para ela. Eurídice fica cada vez mais fraca. Finalmente, quando ameaça cair (não se sabe se é realmente por fraqueza ou se está querendo desafiar a aparente indiferença de seu amado), a resistência de Orfeu se rompe. No mesmo instante em que se olham, Eurídice morre novamente.

Com a segunda partida da esposa, Orfeu mergulha em profundo desespero. Lamenta o seu destino aos brados: "Ah, eu a perdi! Destino cruel, estou desesperado!". Totalmente sem esperança, tenta se suicidar, mas nesse momento o deus Eros volta a interferir. Arranca-lhe a arma e pela segunda vez o presenteia com Eurídice, razão de um amor tão imenso que venceu até a resistência dos deuses!

Orfeu e Eurídice celebram o deus Eros num magnífico templo, em meio a um grupo de pastores e pastoras.

NOTAS

Na primeira versão em italiano, a partitura de Orfeu, para contralto, é cantada por um castrato. *Nos séculos XVII e XVIII, ao lado das* prime donne, *os* castrati *eram as estrelas do palco. Eram cantores que na adolescência haviam sido submetidos a uma intervenção castradora, em virtude da qual a voz se mantinha nos registros de menino, muito semelhantes aos do contralto. Hoje em dia, essa partitura é cantada por uma mulher em trajes masculinos.*

Gluck revisou e complementou a segunda versão da ópera, apresentada em Paris, mudando o papel do Orfeu, interpretado não mais por soprano, e sim por tenor. Provavelmente a ária mais famosa de Orfeu seja a sua súplica no 3º ato:"Ah, eu perdi minha Eurídice!", que, embora soe profundamente triste, é escrita em Dó maior:

Orfeu: [8]

Che fa — rò sen-za Eu-ri-di — ce   Do-ve an-drò sen-za il mio be-ne

A maneira de cantar do deus Eros distingue-se claramente das melodias graves de Orfeu e das de Eurídice: ele é personificado por um soprano (uma soubrette*), e sua melodia é graciosa e alegre.*

Naquela época, certas características dessa ópera eram novidade, e o público teve de ir se acostumando aos poucos. Os longos e expressivos recitativos entre as árias e o coro, por exemplo, eram novos e passaram a ser acompanhados pela orquestra. A tradução de "recitativo" como "canto

---

8 "Que farei sem Eurídice?/ Aonde irei sem o meu bem?"

falado" é um pouco imprecisa. Na verdade, o texto é cantado, mas nesse caso a música se orienta especificamente pela acentuação das palavras e também pelo sentido; por isso, ela é bastante variada e muitas vezes dramática. Também era novo o fato de as árias não terem mais uma estrutura fixa, como até então, e seguirem mais os diversos estados de espírito do ator.

Orfeu e Eurídice é antes de tudo uma ópera com magníficos coros e balés. A cena do 2º ato, em que as Fúrias opõem repetidamente um "Não!" a Orfeu, é muito impressionante. Já a "Dança dos espíritos felizes", quando Orfeu entra no Elísio, cria um contraste com sua extrema suavidade:

Surpreendentemente, a abertura foi escrita em Dó maior e por isso parece bastante leve e alegre. É provável que nesse ponto Gluck quisesse descrever musicalmente o casamento de Orfeu e Eurídice. Tanto mais sombrio parece, logo depois, o clima soturno do 1º ato.

> Outras óperas importantes de Gluck são: *Alceste* (1767), *Ifigênia em Áulis* (1774) e *Ifigênia em Táurida* (1779).

Wolfgang Amadeus Mozart
(1756-1791)

O rapto do serralho

Die Entführung aus dem Serail

Ópera em três atos
- Libreto: Gottlob Stephanie (com base em texto de Christoph Friedrich Bretzner)
- Composição: abertura e 21 números musicais com diálogos falados
- Estreia: 16 de julho de 1782, em Viena, sob a regência do compositor
- Duração: mais de 2 horas

Personagens

Paxá Selim	papel falado
Konstanze, amada de Belmonte	soprano
Blonde, criada de Konstanze	soprano
Belmonte	tenor
Pedrillo, seu criado	tenor
Osmin, guarda da casa de campo do Paxá	baixo
Klaas, um capitão de barco	papel falado
Um mudo	papel mudo
Guarda do palácio, janízaros (tropa do exército dos sultões otomanos), escravos, escravas	coro, figurantes

SINOPSE

Muito longe daqui, na distante Turquia, o Paxá Selim, fidalgo com grande séquito, morava em uma magnífica casa de campo à beira-mar. Viera de países distantes e se convertera do cristianismo ao islamismo. Uma famosa tropa de infantaria – os janízaros – formava a guarda militar de seu palácio, e o humilde Osmin era uma espécie de zelador da propriedade.

Ali também viviam três estrangeiros que o paxá havia comprado algum tempo antes como escravos: duas inglesas – Konstanze, senhora distinta, e sua criada, Blonde – e um jovem espanhol, Pedrillo, namorado de Blonde. O destino quis que o navio dos três fosse atacado e saqueado por piratas durante uma longa travessia. Assim, todos foram levados para um mercado turco de escravos, onde acabaram sendo comprados pelo paxá.

Desde que chegaram ao palácio do paxá, este se esforça por conquistar o amor de Konstanze. Blonde foi entregue a Osmin, que no entanto não soube lidar com ela. Apesar de tudo, Pedrillo conseguiu agradar ao paxá e foi empregado como jardineiro. Uma das inúmeras cartas que Pedrillo enviou clandestinamente do palácio acabou chegando às mãos de Belmonte por caminhos tortuosos. Belmonte, espanhol ilustre, é amante de Konstanze. No dia do ataque ao navio, ele também estava lá e foi o único que conseguiu escapar dos piratas. Cheio de esperança, embarcou em outro navio e se pôs a caminho para salvar seus amigos da escravidão.

1 Finalmente, após uma longa odisseia (e é nesse momento que a ópera começa), Belmonte encontra o palácio do paxá. Osmin está subindo em uma escada para colher figos, entretendo-se justamente com uma canção cheia de bons conselhos para amantes, quando, depois de várias tentativas, Belmonte consegue chamar a sua atenção. Desavisado, Belmonte logo pergunta do paradeiro de Pedrillo, o que provoca um ataque de raiva em Osmin, que proíbe o estupefato Belmonte de entrar no palácio. Osmin fica tão enfurecido que não consegue se acalmar nem depois da saída do espanhol. De um modo que o faz parecer louco, declara repetidas vezes em voz alta: "Eu também tenho cérebro". Por fim, desaparece irritado no interior do palácio, enquanto Pedrillo e Belmonte se cumprimentam alegremente do lado de fora.

As óperas

Nesse momento, o paxá volta de um divertido passeio no mar. Konstanze está com ele e novamente é pressionada a se tornar sua amante. Ele está quase perdendo a paciência com a resistência dela, mas lhe dá mais tempo para pensar.

Logo depois, Pedrillo convence o paxá a contratar Belmonte como construtor. Estava dado o primeiro passo para a libertação! Dessa vez Osmin não consegue evitar que Belmonte entre no palácio. Belmonte e Pedrillo se divertem à sua custa e o deixam de lado.

Osmin   coro

Osmin tenta forçar Blonde, que é sua escrava, a amá-lo, mas ela pretende ensinar-lhe como conquistar o coração de uma inglesa: "Com carinho e elogio...". Por fim, o único jeito de manter o pretendente a distância é ameaçando arrancar-lhe os olhos com as unhas.

O tempo que o paxá dera a Konstanze para refletir expirou. Pela última vez ele pressiona a pobre mulher para que lhe dê atenção. Diante de nova recusa, ele, raivoso, a ameaça com "torturas de todos os tipos". Assim, a única saída para ela está na esperança de morrer. Ela não quer e não pode dar ouvidos ao paxá porque ama Belmonte, que acredita estar longe pois ainda não sabe de sua chegada.

Blonde fica sabendo por Pedrillo que Belmonte chegou para raptá-los e levá-los de volta para casa. Mas antes de agir é necessário que o principal empecilho seja eliminado: Osmin! Pedrillo, que entrementes já conhece bem as fraquezas de Osmin, convida-o para uma bebedeira — bem sabendo que o islamismo proíbe seriamente a seus seguidores a ingestão de bebidas alcoólicas. Para prevenir-se, Pedrillo coloca sonífero na grande garrafa de Osmin, com vinho de Chipre. Então, depois de ambos entoarem sonoramente uma canção em louvor a Baco, deus do vinho, Osmin, balbuciante e sonolento, vai cambaleando para o palácio. Parece que o plano dará certo!

Porém ainda há tempo até a meia-noite... Primeiramente, os quatro festejam um feliz reencontro, que é um pouco ofuscado por uma pequena cena de ciúmes dos dois homens: será que Konstanze e Blonde realmente permaneceram fiéis? Blonde retruca indignada com uma bofetada, e Konstanze se entristece com tanta desconfiança. Mas logo os dois casais fazem as pazes.

3 Escurece e lentamente começam os preparativos secretos para a fuga. O navio de Belmonte espera com as velas içadas, pronto para zarpar com a proteção da escuridão. Um marinheiro arruma as escadas. Enquanto Pedrillo dá uma última volta, espionando em torno do palácio, Belmonte fala consigo mesmo para se encorajar: "Conto com a tua força". É na força do amor que ele quer confiar.

Tudo está calmo, e Pedrillo finalmente pode dar o sinal combinado para a fuga de Konstanze e Blonde; para isso, canta uma pequena serenata, acompanhado por seu bandolim. Tudo parece estar certo. Com a ajuda das escadas, os dois homens entram pela janela para fugir com as moças. Mas infelizmente um escravo mudo acompanhou todo o processo. Ele acorda Osmin, a quem explica o acontecido por meio de gestos. Osmin demora um pouco para entender, pois o vinho com o sonífero o deixara bastante zonzo. Pedrillo e Blonde conseguem escapar, só que logo são recapturados pelos guardas do palácio. Sem sucesso, Belmonte tenta subornar Osmin com dinheiro, mas todos são levados ao paxá.

O paxá fica indignado. Durante o interrogatório, também fica sabendo que Belmonte é filho de um de seus maiores inimigos, o comandante Oran, que lhe roubara toda a fortuna, a posição de prestígio e também a mulher amada. Parece que o destino dos quatro está decidido! Temerosos e fazendo autocríticas severas, aguardam as suas penas. Acreditam que a única saída será a morte.

Então acontece um milagre. O paxá volta e presenteia todos com a liberdade, porque "É muito mais prazeroso revidar uma injustiça com uma boa ação do que quitar um mal com outro mal".

No curto período de ausência, o paxá se transformou de vingador em complacente benfeitor. Agradecidos, todos entoam a canção de louvor ao generoso paxá. Só Osmin não concorda com essa solução, que lhe parece injusta. As suas ameaças e maldições se misturam mais uma vez à alegria geral.

Paxá Selim   Konstanze   Belmonte   Blonde   Pedrillo

NOTAS

O rapto do serralho foi a obra para palco mais apresentada e de maior sucesso durante a vida de seu autor. Enquanto a criava, Mozart rompeu com o seu patrono, o arcebispo Hieronymus von Colloredo. Após uma série de desentendimentos entre os dois, Mozart deixou a sua cidade natal e mudou-se para Viena, onde sua esperança de ser contratado como compositor da corte não se concretizou. Foi nessa época, enquanto trabalhava em O rapto do serralho, que Mozart se casou com Konstanze Weber.

Em O Rapto há um Singspiel. Nessa forma, tipicamente alemã, cantava-se e falava-se alternadamente. Naquele tempo, isso era novidade. Para o público da época, a ópera sempre era cantada, e em italiano. Mas, para a plateia alemã, era muito mais fácil acompanhar a trama desse modo, com diálogos falados em sua língua. Nos trechos cantados, nas árias e nos duetos, tercetos, quartetos, coros etc., os cantores podiam transmitir sentimentos e estados de alma com a expressividade vocal.

A verdadeira personagem principal de O Rapto, o Paxá Selim, é um caso incomum de papel falado. Ele não canta uma só nota e é exatamente por isso que se destaca dos outros. Dois outros papéis secundários, que nas apresentações de hoje costumam ser cortados, também são interpretados por atores, e não por cantores: Klaas, o marinheiro, e naturalmente o mudo, que descobre o rapto no final.

Belmonte é um papel de destaque para o tenor lírico. A sua ária mais conhecida é a segunda do 1º ato: "Oh, que assustado, oh que fogoso!".

Em uma conhecida carta a seu pai, o próprio Mozart descreveu a maneira como utilizou a música da orquestra para ilustrar exatamente as palavras de Belmonte: a palpitação assustada e fogosa do coração, lágrimas, temor, cambaleio, o peito inflando, os sussurros...

Em compensação, o seu divertido criado Pedrillo é um tenor bufo. "Bufo", do italiano "buffo", significa cômico, burlesco, satírico.

A partitura de Konstanze é temível pelas inúmeras árias difíceis e sobretudo por suas coloraturas. Na sua ária mais famosa, "Sofrimentos de todos os tipos", além da voz solo foram inseridos quatro instrumentos solo: violino, violoncelo, oboé e flauta transversal.

Blonde também é soprano, uma *soubrette*; as suas árias são mais curtas e mais parecidas com canções, mas também contêm coloraturas.

Osmin é um baixo apreciado; as suas partes engraçadas são expressas principalmente por registros muito baixos.

Na época em que a peça foi criada, era moda imitar a música turca (da forma como as pessoas imaginavam que ela fosse); ainda se mantinham bem vivas as lembranças da Guerra Turca, cem anos antes. Em O Rapto, Mozart seguiu essa moda. Assim, a abertura tem três partes (A B A), e as duas partes iguais, o começo e o final, soam "turcas":

As óperas

Há uma alternância de trechos muito sonoros (forti) e pouco sonoros (piani)[9]. Também são utilizados alguns instrumentos que Mozart raramente (ou nunca) usava em sua orquestração: flautim e instrumentos de percussão, como pratos, triângulo e tambores, justamente à "música turca".

Quando a cortina sobe para o 1º ato, depois da abertura, Belmonte começa cantando exatamente a mesma melodia que era apresentada lentamente na parte central da abertura, mas agora em tonalidade menor.

Abertura:

Belmonte:[10]

Hier soll ich dich denn se-hen, Kon - stan - ze, dich, ____ mein Glück

---

9   As indicações *forte* e *piano*, em música, determinam a intensidade, o volume em que se deve tocar.
10 "Então é aqui que te verei, Konstanze, minha felicidade."

Wolfgang Amadeus Mozart
(1756-1791)

As bodas de Fígaro

Le nozze di Figaro

Ópera cômica (ópera bufa) em três atos
- Libreto: Lorenzo Da Ponte (com base em peça de Caron de Beaumarchais)
- Composição: abertura, 28 números e recitativos
- Estreia: 1º de maio de 1786, em Viena, sob a regência do compositor
- Duração: cerca de 3 horas

Personagens

Conde Almaviva	barítono
Condessa Rosina Almaviva	soprano
Susanna, sua camareira	soprano
Fígaro, criado do conde	baixo/barítono
Cherubino, pajem do conde	(*mezzo-*)*soprano*
Marcellina, governanta no palácio do conde	*mezzo-soprano*
Doutor Bartolo, médico de Sevilha	baixo
Basílio, professor de música	tenor
Don Curzio, juiz	tenor
Antônio, jardineiro do conde e tio de Susanna	baixo
Barbarina, sua filha	soprano
Duas meninas	soprano e contralto
Camponeses e camponesas, convidados, caçadores e criados	coro

SINOPSE

O conde Almaviva é um soberano típico do período absolutista. Está habituado a ser obedecido por seus subordinados sem contestação. Além disso, é um pouco vaidoso e de modo nenhum descarta galantes aventuras amorosas com criadas, embora seja casado com uma mulher jovem e bonita, a condessa Rosina, a quem cortejou apaixonadamente pouquíssimo tempo antes. (Na ópera de Rossini *O barbeiro de Sevilha*, que foi criada trinta anos depois de *As bodas de Fígaro* de Mozart, descobrimos a história antecedente – veja a página 102.)

Em todo caso, o conde está rodeado de subordinados bastante espertos, que não ficam calados e, em cada situação, por mais confusa que seja, se valem da astúcia para se defenderem de seu senhor.

Um deles é Fígaro, o mordomo, que está ansioso para casar-se muito em breve com a bela camareira Susanna. Mas, infelizmente, o patrão sempre tem novas razões para adiar o consentimento do matrimônio. Isso porque, na verdade, ele mesmo está muito interessado em seduzir a sua camareira, o que, aliás, na época era realmente um direito legal do soberano (lei que certamente fizeram em causa própria!). Embora Almaviva há muito tempo tenha renunciado oficialmente ao "direito da primeira noite", agora se arrepende da generosidade passada e quer fazer valer o antigo direito, justamente com Susanna.

1 Fígaro e Susanna estão ocupados medindo e decorando o quarto que o conde, aparentemente tão generoso, pôs à disposição deles no palácio. Mas a jovem Susanna descobriu as intenções do patrão e agora diz em voz alta o que pensa a respeito: que o conde, quando enviar Fígaro a alguma viagem, pode rapidamente, e sem ser visto, deslizar para dentro de seu quarto. Isso desperta o ciúme de Fígaro e logo o faz pensar em tomar providências: "Se quiser dançar, senhor condinho, eu toco o violãozinho!"[11].

---

11 "Se vuol ballare/ Signor Contino,/ il chitarrino/ le suonerò."

Começa a se formar uma rede de intrigas. Há duas pessoas contrárias ao casamento de Fígaro: a envelhecida Marcellina e o Doutor Bartolo, a quem tempos antes Fígaro prometera desposar Marcellina em troca de um empréstimo. Agora, o conde Almaviva, também interessado, deverá ajudá-la a conquistar esse direito. Bartolo, por sua vez, tem os seus próprios motivos para não gostar de Fígaro: em Sevilha, o rapaz acobertou o conde no rapto de Rosina, pupila de Bartolo, agora condessa. É claro que Marcellina e Susanna também não se gostam, e provocam-se toda vez que se encontram.

Há também o pajem Cherubino, tão jovem que ainda nem engrossou a voz, mas que já tem idade suficiente para ficar corado e muito interessado ao ver um rabo de saia, seja Susanna, seja Barbarina, a filha do jardineiro, seja a própria condessa. Aliás, ele acabou de flertar com Barbarina e foi pego em flagrante. Agora procura os conselhos de Susanna e aproveita para lhe apresentar o seu novo poema de amor. Quando o conde entra inesperadamente no quarto, o rapaz consegue se esconder atrás da grande poltrona. Em seguida, o conde começa a pressionar a pobre Susanna, pedindo-lhe um encontro ao entardecer no jardim. Nesse momento, ouve-se a voz de Basílio, o professor de canto, que persegue o conde apaixonado. Almaviva também se esconde rapidamente atrás da poltrona, enquanto Cherubino consegue escapar, escondendo-se dentro de um vestido longo que está em cima da poltrona.

Imediatamente Basílio, o tagarela, começa a fazer mexericos. Não é que o garoto Cherubino está querendo chamar a atenção até da senhora condessa? Indignado, o conde salta descontrolado de trás da poltrona! E é evidente que Basílio acha muito engraçado ter flagrado o patrão no quarto da camareira de sua esposa. Que coincidência! Então Susanna fica muito preocupada com a possibilidade de os dois descobrirem o pajem escondido. O desastre segue seu curso: o conde começa a contar alegremente como apanhou o menino no outro dia com Barbarina, debaixo das cobertas, e, para demonstrar o acontecido, levanta o vestido e descobre Cherubino na poltrona. Basílio se diverte, malicioso: dois homens escondidos no quarto de Susanna?

No meio da confusão, Fígaro chega com alguns camponeses e camponesas para homenagear o conde. Certamente esse não é o melhor momento para isso!

Agora Fígaro tem de consolar o pajem desesperado, que o conde quer mandar para o seu regimento como oficial.

2 A condessa Rosina está sozinha em seu salão, que dá acesso, passando-se por duas portas, ao quarto de Susanna e a outra sala. Está muito triste porque o seu marido quase não lhe dá mais atenção. Susanna e Fígaro, um após o outro, entram no salão e relatam a intenção do conde. Ele realmente quer apoiar o plano de Marcellina de se casar com Fígaro só porque Susanna não cedeu ao seu assédio.

Resolvem armar uma cilada para o conde, fazendo-o sentir ciúme de sua mulher. Fígaro pretende enviar a Almaviva uma carta anônima contando um suposto encontro da condessa. Além disso, eles combinam que Susanna deve concordar com o encontro noturno desejado pelo conde, durante o qual ele deve ser desmascarado. Cherubino, em trajes femininos, poderia receber o conde no lugar de Susanna. Assim, em vez de partir para o regimento em Sevilha, o rapazinho, com um vestido de Susanna, será transformado em uma moça encantadora. Antes disso, porém, ele apresenta sua mais nova poesia de amor à condessa, que a acha adorável.

Susanna acaba de deixar o quarto a fim de buscar um vestido para o pajem quando, inesperadamente, o conde, que se pensava estar caçando, bate à porta. Com grande atropelo, Cherubino é enfiado em um pequeno cômodo ao lado e, às pressas, tranca-o por dentro. Só então o conde pode entrar. Nas mãos, traz a carta anônima de Fígaro, que já começa a surtir algum efeito. Nesse momento, Cherubino desastradamente derruba uma cadeira. Quem foi? A condessa fica visivelmente embaraçada. Talvez Susanna? Em vão, o conde tenta abrir o quartinho. Depois de ordenar diversas vezes que a porta seja aberta, o ciumento decide buscar, em companhia da esposa, uma ferramenta apropriada para arrombar a porta. Mas, antes de deixar o aposento, toma a precaução de trancar a porta que dá para o quarto de Susanna e a do salão. É ridículo não poder esclarecer o caso!

Entrementes Susanna havia voltado ao quarto da condessa e escutado a conversa do casal. Nesse momento, ela não vê outra solução a não ser a de convencer o pajem a abrir a porta imediatamente. A Cherubino só resta a fuga apressada pela janela que dá para o jardim. Em seguida, Susanna se tranca no quartinho em seu lugar.

Enquanto isso, o casal de nobres retorna, e a amedrontada condessa admite que o pajem de fato se escondeu no quarto ao lado. Com isso, o conde tem a confirmação da cartinha de Fígaro: trata-se de um admirador de sua mulher! Mas, para surpresa geral, é Susanna quem entra com naturalidade pela porta. A condessa a custo esconde o espanto, e, muito a contragosto, seu marido é obrigado a se desculpar.

Finalmente, quando tudo parece se resolver para a satisfação de todos, Fígaro aparece despreocupado: as duas mulheres lhe sussurram as informações necessárias e Fígaro habilmente consegue responder às muitas perguntas do desconfiado conde. Agora Almaviva está encurralado. O momento é favorável e deve ser aproveitado para se conseguir o consentimento para o casamento de Fígaro. Então surge novo perigo na pessoa do jardineiro Antônio, que, indignado, mostra um vaso que algum desconhecido quebrou ao pular pela janela da condessa. Mais uma vez Fígaro tem de salvar a situação: "Eu mesmo pulei". Assustado pelo barulho do conde, ele teria feito isso quando supostamente se encontrava no quarto de Susanna. Mas de onde vêm os documentos que Cherubino perdeu ao pular da janela, e que Antônio encontrou debaixo dela? São os documentos para o exército, nos quais, por sorte, ainda faltava o selo do conde. Cherubino até os mostrara à condessa! Felizmente, Almaviva aceita a explicação de que Fígaro estava com os papéis do rapazinho para apresentá-los ao conde, que deveria pôr seu selo. Por fim, Basílio, Bartolo e Marcellina também aparecem com os seus pedidos de casamento e a confusão é geral.

3 Desconfiado, o conde observa os preparativos para o casamento, que, apesar de tudo, começam sem que ele entenda exatamente por quê. Enquanto isso, a condessa e Susanna fazem planos para o encontro noturno, ao qual a própria condessa planeja ir, vestida com os trajes de sua camareira. A infidelidade do conde deve ser exposta de maneira definitiva e oficial. Susanna aceita o convite de Almaviva para o encontro no bosquezinho, com a condição de que ele perdoe a antiga dívida de Fígaro com Marcellina. Almaviva concorda generosamente e fica muito satisfeito com a sua nova conquista. No entanto, ao perceber a alegria de Susanna, suspeita de alguma intriga e promete vingança.

Mas então uma surpresa frustra novamente todos os planos do conde. Durante as negociações com o juiz consultado, descobre-se que Marcellina é a mãe de Fígaro, e Bartolo é o seu pai! Sinal inequívoco é uma marca de nascença que Fígaro tem no braço esquerdo. Rapidamente, os dois velhos aceitam a nova situação e abraçam o filho que acreditavam ter perdido. Sem saber de nada, Susanna aparece com o dinheiro que recebeu do conde para comprar de Marcellina a liberdade de seu Fígaro. Nesse momento ela vê indignada o abraço entre Fígaro e a sua "rival". Mas depois de lhe explicarem o surpreendente reencontro familiar, ela também fica felicíssima com a solução inesperada. Já o conde perde o seu maior trunfo contra o casamento de Fígaro. Assim, anuncia-se um casamento duplo, porque Marcellina e Bartolo também resolvem se casar e compensar o tempo perdido.

Só a condessa está muito inquieta. Que maneira mais indigna de reconquistar o amor de seu marido! Cada vez mais obstáculos devem ser superados. Agora o jardineiro também encontrou o chapéu que Cherubino aparentemente perdeu no quartinho da condessa enquanto se disfarçava. O conde hesita: afinal, o pajem já deveria estar no exército há muito tempo!

Enquanto isso, a condessa dita a Susanna a carta que deverá explicar ao conde, de maneira cifrada, o local exato do prometido encontro no bosquezinho. Para indicar que entendeu, ele deverá devolver um pequeno broche que fechará a carta.

Barbarina e algumas meninas levam flores para a prezada senhora condessa. Antônio descobre que entre as camponesas está o pajem Cherubino disfarçado de mulher e logo relata o fato ao conde. Barbarina, com quem o conde também já flertou, prometendo-lhe a realização de seus sonhos, salva a situação com presença de espírito: ela pede Cherubino em casamento na frente da condessa e de todos os outros. Novamente, o conde se vê enganado e, furioso, é obrigado a concordar.

A comitiva do casamento de Susanna e Fígaro já está próxima. As pessoas se organizam em filas para a dança. Enquanto o conde entrega o véu de núpcias a Susanna, ela lhe dá a falsa carta de amor, e o conde, impaciente, pica o dedo com o pequeno broche.

Condessa   Susanna   Conde Almaviva   Fígaro   Cherubino

Já é noite, e um dia incrível está terminando. Barbarina perde o pequeno broche que o conde lhe dera com ordens de devolvê-lo a Susanna, como sinal de entendimento. Fígaro acaba por achá-lo e fica sabendo do encontro marcado entre Susanna e Almaviva. Desabafa a raiva e o ciúme com a sua nova velha mãe Marcellina, que, por sua vez, o aconselha a ter calma.

À noite, tem início uma confusa comédia no bosquezinho do palácio. Pouco a pouco, todas as pessoas aparecem com as mais diversas intenções. Fígaro, por exemplo, vigia Susanna para pegá-la em flagrante. Ele de fato acredita que ela seria capaz de traí-lo com o conde na sua primeira noite de núpcias! Contudo, ela trocou de roupa com a condessa. É claro que Cherubino, constantemente apaixonado, também anda por ali; quer encontrar Barbarina, que está escondida em um dos coretos. Nesse momento, topa com a condessa disfarçada de Susanna e, com audácia, toma-lhe a mão e a acaricia. Mas, quando o conde aparece, o pajem rapidamente foge para o coreto. Fígaro e Susanna se escondem atrás de arbustos diferentes sem que um saiba do outro. Agora eles observam como o conde é enfeitiçado pelo encanto da própria esposa, a suposta camareira, e a corteja. Ciumento, Fígaro atravessa depressa a escuridão, mas a condessa disfarçada se esconde no coreto e o seu nobre admirador pula para trás dos arbustos para não ser reconhecido.

Então, Fígaro e Susanna, que ainda veste o traje da condessa, se encontram. Surpreendida, ela se esquece de mudar a sua voz, e assim Fígaro, aliviado, reconhece a noiva. Mesmo assim, continua fingindo acreditar estar diante da condessa e, entusiasmado e cortejador, põe-se de joelhos. O resultado imediato do gesto é uma bela bofetada, mas os dois fazem as pazes rapidamente. Em seguida, também aparece o conde, de novo à procura de Susanna. Ele avista a "própria mulher" entre os arbustos. Soa a hora da vingança: em alto e bom som, Fígaro faz declarações amorosas à "condessa" (que na realidade é a sua Susanninha), e o indignado conde esquece de imediato a mulher que estava perseguindo antes. Chama toda a corte para desmascarar Rosina e, de repente, é obrigado a perceber que todos já estavam ali, atrás de arbustos e árvores e, sobretudo, no coreto, testemunhando sua própria infidelidade.

No final, a verdadeira condessa sai do esconderijo e Almaviva compreende que o único bobo é ele. Não lhe resta mais nada senão pedir perdão. Será que ele realmente está sendo sincero e voltará para a esposa?

NOTAS

Além de Falstaff, *de Verdi,* As bodas de Fígaro *certamente é a ópera cômica mais famosa*[12]. *Seu libreto foi escrito com base numa peça de teatro do francês Caron de Beaumarchais, intitulada* Le mariage de Figaro *[As bodas de Fígaro] ou* La folle journée *[O dia maluco]; este último título também poderia ser aproveitado para a ópera, embora a peça de teatro contivesse mais crítica social.*

O ambiente descontraído desse dia maluco também determina o tom básico da animada abertura, que, da primeira à última nota, tem andamento presto accelerato. *Seus temas, embora não reapareçam de fato na ópera, introduzem perfeitamente a turbulenta comédia:*

---

[12] Deve-se ter em conta que o autor se refere à Alemanha. Não há dúvida de que no Brasil *O barbeiro de Sevilha* é a ópera cômica mais famosa.

Presto

[notação musical]

 Essa ópera, em que solistas e grupos se alternam em colorida diversidade, é especialmente famosa pelos magníficos conjuntos finais, respectivamente no final do 2º e do 4º atos. Neles, até sete cantores se revezam constantemente: um por vez, ou em grupos, ou todos ao mesmo tempo. Ninguém além de Mozart foi capaz de compor peças tão elaboradas para tais conjuntos, em que cada personagem conserva o seu próprio caráter inequívoco e, ademais, a orquestra como que comenta com bom humor a trama!

 Ao mesmo tempo, um grande contraste são as árias de caráter ameno, trechos expressivos como, por exemplo, aquele em que a condessa expressa tristeza pela infidelidade do marido. Um ápice tocante também é a famosa ária de Susanna no último ato, em que ela, embora iludindo Fígaro disfarçada de condessa, lhe faz as mais belas confissões de amor:

Andante

Susanna:[13]

[notação musical: Deh, vie - ni non tar - dar, oh gio — i - a be — lla]

 Cherubino, que ainda tem voz de menino, é interpretado por uma mulher em trajes de garoto; isso é chamado de "papel de calças". As suas árias nos descrevem um jovem impetuoso, constantemente apaixonado, quase se tornando homem, mas ainda incapaz de resolver os seus próprios problemas (1º ato):

---

13 "Ah, vem, não demores, linda alegria."

Allegro vivace

Cherubino:[14]

Non so più cosa son cosa faccio or di fuoco ora sono di ghiaccio

Entre as árias e os trechos cantados em conjunto, há recitativos, que impulsionam a emocionante trama. Quando acompanhados apenas por acordes de cravo, são chamados de "recitativo secco" ("seco" significa aí "sem orquestra"); quando acompanhados por toda a orquestra, que ilustra o texto musicalmente, são chamados de "recitativo accompagnato" (acompanhado). Essa constante alternância entre recitativos e números musicais fechados em si é típica da ópera bufa italiana da época.

Aliás, As bodas de Fígaro é a primeira de uma série de óperas famosas cujo argumento transcorre em Sevilha: mais tarde surgem O barbeiro de Sevilha, de Rossini; Fidelio, de Beethoven; e Carmen, de Bizet.

---

14 "Já não sei o que sou, o que faço/ ora sou de fogo, ora sou de gelo."

Wolfgang Amadeus Mozart
(1756-1791)

Don Giovanni

Drama jocoso em dois atos
- Libreto: Lorenzo Da Ponte
- Composição: abertura e 24 números musicais com recitativos
- Primeira estreia: 29 de outubro de 1787, em Praga, sob a regência do compositor
- Duração: cerca de 3 horas

Personagens

Don Giovanni, nobre jovem e muito imprudente	barítono
Comendador	baixo
Donna Anna, sua filha	soprano
Don Ottavio, seu noivo	tenor
Donna Elvira, dama de Burgos e ex-amante de Giovanni, por ele abandonada	soprano
Leporello, criado de Don Giovanni	baixo
Masetto, jovem camponês	baixo
Zerlina, sua noiva	soprano
Camponeses, camponesas, criados, vozes de espíritos	coro, balé
Músicos no palácio de Giovanni	membros da orquestra

SINOPSE

Ao lado de Casanova, Don Juan certamente foi o mais famoso sedutor que já existiu. Inúmeras histórias e peças de teatro narram suas aventuras amorosas. Nessa ópera, acompanhamos seus últimos dias e horas, que tomam um curso bastante dramático, deixando de transcorrer com o sucesso a que ele se acostumara durante sua turbulenta vida. "Don Giovanni", portanto, é a tradução italiana do "Don Juan", nome de um fidalgo que teria vivido na Espanha por volta de 1600.

1 Levado por seu instinto indomável, Don Giovanni novamente persegue uma bela dama. Disfarçado para não ser reconhecido, à noite visita Donna Anna e tenta seduzi-la. Será que foi bem-sucedido? Vários indícios dizem que sim. Em todo caso, agora ela, gritando por socorro e muito indignada, persegue o cortejador em fuga. Seu velho pai, o Comendador, tenta barrar o caminho do nobre imprudente, mas não tem energia suficiente para enfrentar o jovem e é derrotado num breve duelo, em que é mortalmente ferido. Leporello, o fiel criado de Don Giovanni, assistiu a tudo escondido. Senhor e criado conseguem fugir protegidos pela escuridão.

Donna Anna sofre não só pela dor de perder o pai, como também por ter a honra manchada. Desse modo, Don Ottavio, seu nobre noivo, vê-se obrigado a jurar vingança, embora seja tudo, menos um lutador!

Assim que consegue fugir, Don Giovanni é tentado a lançar-se em novas aventuras de conquista e de novo se mete em encrenca. Dessa vez, aborda Elvira, ex-amante que ele mesmo abandonara, mas, em razão da luz indefinida do crepúsculo na rua, reconhece-a tarde demais. Só consegue se livrar de suas acusações por meio de um truque: Leporello lê com orgulho, para ela, a lista inacreditavelmente longa de aventuras amorosas de Don Giovanni em toda a Europa ("Na Espanha já são mil e três"), enquanto Don Giovanni foge discretamente.

Logo em seguida, o nosso sedutor se depara com um alegre casamento rural e, instantaneamente, só tem olhos para a graciosa noiva, Zerlina. Leporello, que por sua vez também já está se divertindo com algumas camponesas, logo recebe a incumbência de "cuidar" do noivo, Masetto. Sem rodeios, Don Giovanni começa a cortejar Zerlina, e ela está prestes a sucumbir à sua encantadora arte de seduzir quando a inesperada aparição de Donna Elvira salva a noivinha de seus braços.

Donna Anna   Don Giovanni   Comendador

Parece que hoje tudo está dando errado! Até Donna Anna e Don Ottavio cruzam o caminho de Don Giovanni, e ele, incógnito, hipocritamente acaba lhes oferecendo ajuda. Mas Donna Elvira volta e acaba com seus planos, acusando-o de dissimulado e traidor, e Don Giovanni lança mão de todo o seu poder de persuasão para convencer o casal de que Elvira não está bem da cabeça. Mas agora é tarde. Anna e Ottavio são tomados por dúvidas e, de repente, enquanto Don Giovanni acompanha Elvira para fora, Donna Anna reconhece, pela postura e pela voz, o seu sedutor, o assassino de seu pai! Tenso, Don Ottavio escuta a descrição que ela faz daquela noite horrorosa ("Agora sabes quem quis me desonrar!").

Leporello começa a se cansar das perigosas travessuras do seu patrão, mas Don Giovanni não lhe dá a mínima chance de se queixar; ao contrário, já planeja uma grandiosa festa, em que pretende seduzir a graciosa Zerlina. Nesse ínterim, Zerlina se esforça para acalmar o noivo ciumento, envolvendo-o com canções carinhosas.

Mas, assim que ele se acalma, aparece Don Giovanni e convida os camponeses a visitarem o seu palácio.

Enquanto isso, Donna Anna, Don Ottavio e Donna Elvira se aliam e planejam organizar um complô. Mascarados, eles também comparecem ao palácio, onde todos dançam e se divertem ao som de orquestras. Don Giovanni aproveita a alegre confusão da festa para, à sua maneira, desaparecer com Zerlina, que se defende furiosamente, enquanto Leporello está ocupado distraindo Masetto. O grito agudo de socorro de Zerlina surpreende os convidados. Todos ameaçam o malfeitor que, em vão, tenta pôr a culpa em seu criado, mas acaba conseguindo se safar outra vez, empreendendo corajosa fuga.

É noite novamente. Leporello, que entrementes passou a achar tudo muito perigoso, pensa seriamente em pedir demissão. Mas Don Giovanni conhece as pequenas fraquezas de seu criado e, com uma bolsa de dinheiro, convence-o a não se demitir, incitando-o até a participar de outra aventura. A curiosidade libidinosa de Don Giovanni volta-se agora para a criada de Donna Elvira, a quem, por ser uma simples moça do povo, ele prefere seduzir vestindo as humildes roupas de Leporello. Os dois trocam os respectivos trajes, e Leporello é obrigado a assumir o lugar do patrão. Mas eis que Donna Elvira aparece inesperadamente na janela. De novo Don Giovanni a encanta com uma canção lisonjeira, enquanto o criado disfarçado o acompanha com gestos; na escuridão, a troca de identidade não é descoberta! Donna Elvira de fato é atraída para fora da casa, e Leporello é obrigado, por bem ou por mal, a continuar fazendo o papel de sedutor, no que ficam entretidos os dois, até que Don Giovanni os assusta com certo estardalhaço.

Eles se vão e, finalmente, o caminho está livre para Don Giovanni, que, sob a janela da criada de Donna Elvira, se põe a cantar uma serenata com voz sentimental, acompanhado por uma cítara. Mas, em vez da criada, quem surge é Masetto com seus amigos camponeses, sedento de vingança, à procura do odiado rival. Don Giovanni por sorte está vestido com as roupas de seu criado. Primeiro, manda os camponeses para a direção errada, depois volta-se calmamente para o inocente Masetto e, usando de malícia, desarma-o, surra-o e o deixa caído no chão. Assim é encontrado por Zerlina, que delicadamente o ajuda a se levantar e o consola.

Enquanto isso, Donna Elvira ainda está zanzando com o falso Don Giovanni. Logo topam com Donna Anna, Don Ottavio e o casal de noivos, Zerlina e Masetto, que estão loucos para se vingar de Don Giovanni. Leporello só consegue se livrar do mal-entendido jogando fora o disfarce e fugindo.

Patrão e criado vão se esconder de seus perseguidores logo no cemitério! Sem se impressionar com o lugar sagrado, Don Giovanni relata suas mais novas aventuras amorosas às gargalhadas. Nesse momento ecoa uma voz assustadora, que parece vir do outro mundo. Por coincidência, encontram-se bem diante do túmulo do comendador assassinado, cuja estátua emite a voz ameaçadora! O patrão ordena que Leporello leia as inscrições da insígnia do pedestal, e ele as lê: "Do ímpio que me trouxe a este mundo/ aqui aguardo a vingança!". Depois o obriga a fazer o sacrilégio de convidar a estátua para jantar. A estátua de pedra acena com a cabeça e responde "sim" quando o próprio Giovanni pergunta mais uma vez, assustado e incrédulo.

Donna Elvira   Leporello   Zerlina   Masetto   Don Ottavio

Agora já não há como evitar o mal. Como se nada tivesse acontecido, Don Giovanni está apreciando o jantar em sua casa, numa mesa ricamente servida, ao som de música e na companhia de belas moças. Inesperadamente, Donna Elvira irrompe na sala, tentando convencer o homem que ainda ama a regenerar-se ("Muda de vida!"), mas sem sucesso. Ao sair da sala, Elvira grita de susto. Don Giovanni manda Leporello ver o que está acontecendo, e este também grita. Logo em seguida, ouve-se uma batida forte e tenebrosa à porta. A estátua de pedra do cemitério está à entrada e pede passagem! Chegou a hora de Don Giovanni! Enérgico e corajoso, ele resiste a todas as tentativas de seu hóspede do além de convertê-lo. Por fim, a estátua, dizendo que aceitou o convite para jantar e chamando Don Giovanni para jantar também, pede um aperto de mão como penhor da aceitação. Esse aperto, frio como pedra, determina o declínio de Don Giovanni. Leporello, que em pânico se escondera debaixo da mesa, é obrigado a assistir à terrível descida ao inferno de seu patrão.

Ainda completamente perplexo com o impensável acontecimento, ele é a única testemunha que pode relatar aos outros o triste fim do vilão. Então os caminhos se separam. Donna Elvira renuncia à vida mundana e se retira para um convento; Don Ottavio pede Donna Anna em casamento; Zerlina e Masetto seguem despreocupados para o jantar e Leporello vai até a hospedaria em busca de um patrão melhor...

NOTAS

Em 1786, com a estreia de As bodas de Fígaro *em Praga, Mozart alcançara sucesso até maior que em Viena, sua cidade natal. Assim, em 1787, ele aceitou de bom grado o convite do diretor do teatro de Praga, Bondini, para compor uma nova ópera a ser ali apresentada. Quando Mozart chegou a Praga, no verão do mesmo ano, parte da nova peça já estava pronta. Concluiu o que faltava no local, escrevendo praticamente "sob medida" para os cantores do teatro, levando em conta o volume de cada voz e as suas qualidades musicais particulares. A abertura foi escrita na noite anterior à estreia, pois Mozart não apreciava a escritura e considerava tedioso trabalhar nela! Por consequência, os excelentes músicos de Praga foram obrigados a tocar sem ensaio. Como terá sido ouvi-los? O público aceitou a nova ópera com muito entusiasmo. O programa a anunciava com o nome* O libertino castigado *ou* Don Giovanni.

A abertura nos conduz instantaneamente aos dois mundos opostos de Don Giovanni: *os tons sombrios e inquietos já antecipam a aparição do hóspede de pedra no final. Segue-se uma parte principal acelerada, leve e temperamental. O subtítulo da ópera – "drama jocoso" – também parece sugerir esse conflito entre alegria e seriedade, comédia e tragédia. Anos mais tarde, enfatizava-se um ou outro lado nas apresentações, dependendo da tendência da época: assim, em muitos casos deixava-se de lado o final alegre dos sobreviventes, e a ópera terminava tragicamente com a descida do herói ao inferno.*

Tal como em As bodas de Fígaro, *há extensos recitativos entre as árias e os momentos em que os solistas cantam juntos quando a ação ganha impulso. Apesar do sucesso de* As bodas de Fígaro *e* A flauta mágica, *a ópera mais famosa de Mozart é* Don Giovanni, *o que ocorre provavelmente em razão de o tema ser universal e sempre voltar a ocupar a fantasia de poetas e pensadores. Mas sua fama também se baseia na inigualável riqueza de ideias musicais, com as quais Mozart expressa, por meio de timbres orquestrais e de frases melódicas jamais ouvidas antes, as mais diferentes nuances do amor, como a efusiva alegria de viver na ária "Fin ch'han dal vino", cantada por Don Giovanni, conhecida na Alemanha como "Champagner-Arie" (ária do champanhe), e em cujo texto na realidade nem se fala de champanhe. Esse nome alemão vem de uma velha tradução ruim:*

Presto
Don Giovanni:[15]

Fin ch'han dal vi - no la tes - ta pie - na u - na gran

fes - ta fa pre - pa - rar

Ou em ternas cenas de sedução como a do dueto de Don Giovanni e Zerlina:

---

15 "Enquanto tiverem a cabeça quente do vinho, manda preparar uma grande festa."

Andante

Don Giovanni:[16]

Là ci da-rem la ma-no   Là mi di-rai di sì

    Mozart de fato realizou uma obra-prima com a cena do baile do 1º ato: três pequenas orquestras tocam simultaneamente uma dança diferente cada uma, distribuídas em três galerias! A composição do demoníaco e do além na cena do cemitério é igualmente fascinante e destaca-se ainda mais na chegada do convidado de pedra, em que o sobrenatural é representado por três trombones.

---

16 "Lá daremos as mãos, lá me dirás que sim."

Wolfgang Amadeus Mozart
(1756-1791)

Così fan tutte, ossia *La scuola degli amanti*

(Assim fazem todas ou *A escola dos amantes)*

Ópera cômica (ópera bufa) em dois atos
- Libreto: Lorenzo Da Ponte
- Composição: abertura e 31 números musicais com recitativos
- Estreia: 26 de janeiro de 1790, em Viena, sob a regência do compositor
- Duração: 3 horas

Personagens

Fiordiligi	soprano
Dorabella, sua irmã	*(mezzo-)soprano*
Guglielmo, oficial, noivo de Fiordiligi	barítono
Ferrando, oficial, noivo de Dorabella	tenor
Despina, criada das senhoras	soprano
Don Alfonso, um velho filósofo	baixo
Soldados, criados, pessoal do navio, convidados do casamento, povo	coro

SINOPSE

Così fan tutte trata das mulheres que são acusadas de infidelidade quando postas à prova durante certo tempo.

É a história de dois casais de amantes: Fiordiligi e Ferrando, Dorabella e Guglielmo. As duas damas são irmãs e moram em Nápoles; os dois homens são oficiais e amigos.

1 Os dois oficiais encontram o professor Don Alfonso num dia de folga e passam o tempo entretendo-se com conversas espirituosas. Estão justamente tecendo os maiores elogios à fidelidade de suas amadas quando Don Alfonso declara peremptório que no mundo inteiro não há uma só mulher realmente fiel, pois nenhuma resiste caso seja tentada durante algum tempo. Ferrando e Guglielmo ficam indignados: como o velho se atreve a tamanho descaramento ao falar de suas noivas! Com toda a calma, Alfonso lhes propõe uma aposta: os dois amigos devem se disfarçar conforme as suas orientações e durante um dia inteiro um deles deve tentar seduzir a amada do outro. Como estão completamente convencidos da fidelidade de suas amadas, os oficiais aceitam a brincadeira no mesmo instante. Ficam tão animados que até planejam o que fazer com o dinheiro que ganharão da aposta: por exemplo, oferecer uma serenata às suas namoradas...

Enquanto isso, Fiordiligi e Dorabella pensam, apaixonadas, em seus namorados. Nesse momento, Alfonso lhes traz uma terrível notícia: estamos em guerra, e o rei está convocando os seus soldados para o campo de batalha. Ferrando e Guglielmo aparecem comovidos para se despedirem. Um navio leva os soldados para o mar, deixando as duas moças desoladas. Surpreendentemente, logo lhes anunciam uma visita: com grande rapidez, os dois oficiais se fantasiaram e retornaram como estrangeiros; mais especificamente, como albaneses em trajes coloridos e com longas barbas. Alfonso os apresenta como amigos de longa data. Contrariadas, as moças aceitam o pedido de Alfonso e recebem os estrangeiros. Despina, a alegre criada das duas irmãs, foi incluída no plano e está disposta a ajudar, e seu prazer é ainda maior em participar da brincadeira porque ela mesma nunca rejeita pequenas aventuras amorosas. Além disso, Alfonso sempre lhe dá um bom dinheiro.

Fiordiligi   Dorabella   Guglielmo   Ferrando   Don Alfonso
                                                     Despina

Para espanto das moças, os dois estrangeiros não se comportam de maneira discreta e elegante; em vez disso, imediatamente começam a cortejá-las em voz alta e animada, cada qual se aproximando da namorada do outro! É natural que esse primeiro ataque não seja bem-sucedido; ao contrário, as moças se defendem indignadas. Ferrando e Guglielmo então mudam de tática e tentam um método mais eficiente: diante das moças assustadas, tiram pequenos frascos dos bolsos e bebem. O suposto "veneno" que tomam por sofrerem de amor surte efeito imediato: os dois homens fortes caem no chão e se contorcem de dor.

Um médico é chamado; surge Despina em trajes imponentes, disfarçando a voz. Ela traz consigo um grande ímã e cura os dois supostos doentes com as suas forças misteriosas, tal qual teria feito o famoso doutor Mesmer de Viena na época de Mozart. Ao despedir-se, o milagroso doutor ainda dá um conselho às resistentes damas: beijos carinhosos certamente acelerariam muito o processo de recuperação! Raivosas, Fiordiligi e Dorabella recusam tal recomendação, mas mesmo assim se percebe que os rapazes impressionaram as moças.

Despina tenta desestabilizar as moças com todo tipo de conselho de amor. Os oficiais continuam cortejando cada qual a noiva alheia. As moças reagem com resistências diversas. A primeira a sucumbir ao intenso charme do pretendente é Dorabella, que lhe faz ardentes declarações de amor durante um passeio pelo jardim. Fiordiligi também começa a vacilar, apesar de pouco antes ter repreendido a irmã e estar decidida a seguir o seu amante no campo de batalha. Mas Ferrando acabara de presenciar em segredo a infidelidade de sua noiva e, com toda a ira de amante enganado, vinga-se cortejando Fiordiligi apaixonadamente. Ela também acaba sucumbindo ao cortejo e, em sinal de consentimento, entrega-lhe um pequeno amuleto. Don Alfonso ganha a aposta e tenta acalmar os amigos furiosos e decepcionados: "assim fazem todas", conforme havia previsto!

Enquanto isso, o esperto Alfonso preparou uma pequena cerimônia. À luz de velas e com uma mesa festivamente decorada, celebra-se o noivado. Dessa vez, Despina está disfarçada de notário e traz consigo os contratos de casamento preparados. Justamente quando as moças — somente elas, não os homens — assinam os contratos, a distância soa aquela marcha, a mesma que tocou quando os oficiais partiram para a guerra pouco tempo antes. Espalha-se um terror paralisante: os antigos noivos estão voltando! Rapidamente, os novos noivos se escondem e surgem Ferrando e Guglielmo. Eles veem o contrato de casamento, o "notário" se identifica e, arrependidas, as infelizes e infiéis noivas admitem o erro. Por também se sentirem culpados, eles "generosamente" as perdoam. Será que agora serão felizes?

NOTAS

Depois de As bodas de Fígaro e de Don Giovanni, Così fan tutte *é a terceira ópera bufa que Mozart escreveu com libreto de Lorenzo Da Ponte. O imperador Joseph II encomendara a obra aos dois, mas sua morte precoce o impediu de vê-la realizada.*

Ao contrário das duas outras óperas cômicas mencionadas, até o início do século XX Così fan tutte *não havia feito muito sucesso. Ao que tudo indica, logo após a estreia em Viena, causou incômodo um libreto supostamente imoral, em que três homens se divertem pondo à prova a lealdade de duas moças, querendo demonstrar com isso que todas as mulheres são* infiéis. Por isso, até compositores famosos como Ludwig van Beethoven e Richard Wagner desaprovaram Così fan tutte. *Mas mesmo os mais amargos oponentes desse libreto reconheciam que Mozart havia composto uma música genial para ele. No século XIX, chegou-se até a adaptar libretos e argumentos novos para a música de Mozart.*

Só recentemente se reconheceu que o libreto e a música em sua versão original representam uma unidade inseparável, e que Così fan tutte *também é uma obra-prima. Assim, hoje em dia, a peça aparece na programação de nossos teatros quase tanto quanto as outras grandes óperas de Mozart.*

Così fan tutte *é composta de uma sequência de árias, recitativos e inúmeros momentos de canto conjunto (duetos e até sextetos). Tais elementos (graças aos quais o argumento se desenvolve com vivacidade) são característicos do gênero ópera bufa, especialmente na arte de Mozart.*

No final do 2º ato, os dois novos casais festejam o noivado solenemente e até querem assinar um contrato de casamento. Nessa ocasião, eles cantam um cânone complicado, iniciado por Fiordiligi:

Fiordiligi:[17]

E nel___ tu - o nel mi___ o bi - cchie ro

Esse cânone[18] é cantado por Fiordiligi, Dorabella e Ferrando, mas não chega a ter quatro vozes porque Guglielmo "perturba" a melodia que vem sendo cantada pelos outros com uma entrada diferente, que a contraria.

---

17 "E na tua e na minha taça."

18 O cânone é um tipo de composição (em contraponto) no qual uma melodia, em uma das vozes, é seguida por uma imitação ou mais dessa mesma melodia, tocada ou cantada depois de certo tempo por outras vozes.

A abertura consiste em duas partes: no início, tem-se um breve andante e em seguida é introduzida uma parte turbulenta em presto, na qual alguns poucos temas alegres entram em sequência.

Andante

Presto

No final da introdução-andante, destaca-se uma sequência que é repetida pouco antes do final do presto. E pouco antes do término da ópera, ouvimos esse tema pela terceira vez, cantado então pelos três homens:[19]

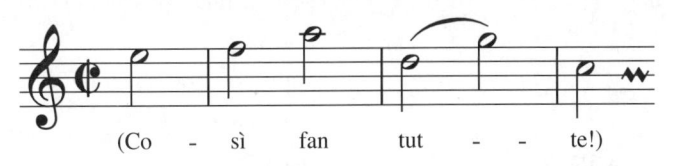

(Co - sì fan tut - - te!)

---

19 "Assim fazem todas."

Wolfgang Amadeus Mozart
(1756-1791)

A flauta mágica
Die Zauberflöte

Ópera alemã em dois atos
- Libreto: Johann Emanuel Schikaneder
- Composição: abertura e 21 números musicais com diálogos falados
- Estreia: 30 de setembro de 1791, em Viena, sob a regência do compositor
- Duração: cerca de 3 horas

Personagens

Sarastro	baixo
Tamino, um príncipe	tenor
Narrador – sacerdote de Sarastro	baixo
Dois outros sacerdotes	tenor, baixo
Rainha da Noite	soprano
Pamina, sua filha	soprano
Três damas da rainha	soprano, *mezzo-soprano* e contralto
Três meninos	soprano, *mezzo-soprano* e contralto
Papageno, o caçador de pássaros	barítono
Papagena	soprano
Monostatos, um mouro a serviço de Sarastro	tenor
Duas pessoas de armadura	tenor, baixo
Três escravos	papéis falados
Sacerdotes, séquito, povo, escravos, vozes, aparições	coro, figurantes

SINOPSE

Num conto de fadas sempre existem pessoas boas e pessoas más, e as boas costumam vencer no final. *A flauta mágica*, de Mozart, também é um conto de fadas em que as forças do bem e do mal se confrontam: de um lado, o sacerdote do sol Sarastro com os seus homens; do outro, a ardente estrela, a Rainha da Noite, com suas três damas. Mas não está muito definido quem representa o bem e quem representa o mal. De qualquer modo, Sarastro mantém escravos e aplica penas bastante duras para aqueles que não lhe obedecem. A Rainha da Noite tem uma filha, Pamina, a quem ama muito e de quem sente muitas saudades, pois foi sequestrada por Sarastro. Porém, a verdadeira razão de seu ódio por ele é outra: antes de morrer, seu marido, o soberano do reino das estrelas, entregou o controle de tudo o que tinha a Sarastro, e não a ela. Com isso, pretendia assegurar que o poder continuasse em mãos masculinas após sua morte, o que acabou provocando a ira e o ciúme da rainha. Sarastro alega ter sequestrado Pamina para protegê-la da mãe imprevisível. Um caso bastante confuso!

Certo dia, o príncipe Tamino, fugindo de uma imensa cobra, perde-se e acaba chegando a um mundo peculiar, onde as coisas acontecem de maneira estranha. No último instante é salvo pelas três damas da rainha, que, curiosas, admiram o belo desconhecido desacordado. A rainha precisa ser informada o quanto antes. Quem sabe o jovem possa ajudá-la em seu desespero? Rapidamente, elas se põem a caminho.

Tamino acorda e, surpreso, avista um estranho ser, uma pessoa com traje de penas, que vem em sua direção tocando despreocupadamente uma flauta de Pã. É Papageno, que caça pássaros para a Rainha da Noite e para isso recebe seu sustento regularmente. É o suficiente para viver, não precisa de mais nada, além de... Bem, ele gostaria de ter uma namorada!

Os dois se apresentam e conversam. Papageno logo percebe que não precisa ter medo do príncipe e começa a fanfarronar. Alega tê-lo salvado estrangulando a cobra com as mãos. Para seu azar, as três damas, que estão retornando, ouvem a mentira. Então, como "recompensa", naquele dia elas dão a Papageno uma pedra em vez de pão doce, e água em vez de vinho. Além disso, colocam um cadeado em sua boca para ele deixar de ser mentiroso. Por ordem da rainha, entregam um retrato de Pamina ao príncipe. Como que por mágica, Tamino se apaixona instantaneamente pela jovem que Sarastro roubara de maneira tão cruel.

A rainha deve ter contado com isso, porque, em seguida, raios e trovões anunciam a sua chegada; de repente, ela está diante do príncipe assustado, lamentando o seu sofrimento e o incumbindo da tarefa: "Você libertará a minha filha!".

Tamino fica profundamente impressionado com tanto brilho e amor materno ao mesmo tempo. Pretende invadir o reino do vilão imediatamente. Então, as três damas libertam Papageno do cadeado, nomeando-o companheiro de viagem de Tamino. Ambos recebem um instrumento mágico para se proteger: o príncipe recebe uma flauta; Papageno, um carrilhão. Elas ainda avisam que, sempre que estiverem em apuros, surgirão três meninos para ajudá-los.

Sarastro mantém Pamina presa em seu palácio. Alguns escravos e o mouro Monostatos cuidam dela. O mouro acabara de impedir uma de suas tentativas de fuga e ordenara que ela fosse amarrada. Ele tenta se aproveitar da jovem indefesa quando, de repente, se assusta e foge: um rosto desconhecido surge na janela! É Papageno que conseguira entrar no palácio e reconhecera Pamina, pois levava consigo seu retrato. Ambos partem rapidamente e procuram uma saída.

Tamino, por sua vez, opta pela entrada principal. Indeciso, para diante de três portões fechados: em dois deles há vozes que o repelem, mas no portão central surge um sábio sacerdote. Confuso, Tamino ouve as palavras enigmáticas do homem ilustre: "Templo, amizade...". Pergunta assustado por Pamina e vozes misteriosas respondem: "Ela vive!". Agradecido, toca pela primeira vez sua flauta mágica; nesse momento, diversos animais selvagens aproximam-se docilmente.

De repente, o som da flauta de Pã de Papageno se mistura ao som da flauta de Tamino, que começa a procurar o seu companheiro de viagem. Mas Papageno e Pamina aproximam-se pelo outro lado, perseguidos por Monostatos e seus escravos. Agora Papageno também tem a oportunidade de experimentar a força de seu novo instrumento: mal começa a tocar a música, os escravos se põem a dançar e a cantar, e se distanciam.

As óperas

Papageno   Tamino   Pamina   Rainha da Noite

Nesse momento, surge Sarastro com seu grande séquito e a fuga é interrompida! No entanto, o sábio sacerdote perdoa Pamina. Ele só a mantinha presa para protegê-la de sua orgulhosa mãe! Monostatos traz Tamino, que, sem querer, correra ao seu encontro enquanto vagava perdido. Como que por uma força maior, o príncipe e a princesa se reconhecem e se abraçam imediatamente! Mas no reino de Sarastro não existe felicidade que surja tão de repente e sem merecimento: antes, Tamino e Papageno devem passar por testes para provarem que são dignos.

Sarastro reúne seus sacerdotes e os aconselha sobre os dois invasores. Ele também lhes revela o segredo que o levara a sequestrar Pamina: os deuses a predestinaram a Tamino. No entanto, a rainha quer confundir o povo com sua mágica e superstição para destruir o império do sol de Sarastro. Agora Tamino, purificado pelas provas, deve ser convertido para o lado de Sarastro.

À noite, Tamino e Papageno são levados a uma região bastante inóspita. Dois dos sacerdotes de Sarastro lhes informam as condições das provas: seguir incondicionalmente as leis de Sarastro e em silêncio! Como recompensa, o príncipe receberá Pamina, e Papageno terá uma Papagena à sua espera.

Se o silêncio não é a especialidade de Papageno, não se pode dizer o mesmo do resistente príncipe. As três damas da Rainha da Noite, que invadiram secretamente o reino de Sarastro, não conseguem arrancar nenhuma palavra de Tamino e são obrigadas a se retirar sem qualquer informação. Com o estrondo de um trovão, elas desaparecem no chão.

Nesse momento, Monostatos se aproxima de Pamina enquanto ela dorme. Sem querer, acaba testemunhando o aparecimento da Rainha da Noite para a filha em meio ao luar. Ela traz consigo um punhal com o qual Pamina deve matar Sarastro. Caso não o faça, a Rainha da Noite ameaça: "Nunca mais serás minha filha!". Pamina fica desesperada.

Monostatos, que ouvira tudo, quer se aproveitar da difícil situação de Pamina fingindo ser de confiança. Uma vez mais, porém, fica explícita a onipresença de Sarastro: no último instante, ele salva Pamina da ira cega do mouro. As palavras do sábio deixam Pamina esperançosa. No reino dele não existe vingança.

As três damas　　　　Monostatos　　　　　　　Sarastro

Enquanto isso, Tamino e Papageno continuam vagando. O príncipe cumpre bravamente a ordem de silêncio, mas Papageno não consegue manter a boca fechada. Só quando surge uma mulher muito velha, alegando ser sua amada, é que ele se cala de susto. Pouco depois, Tamino e Papageno têm um lampejo de esperança, pois os três meninos misteriosos aparecem e os encorajam, devolvendo-lhes os instrumentos que haviam sido apreendidos. Nesse momento, quem mais precisa de coragem é o príncipe, porque Pamina surge repentinamente, muito feliz, querendo abraçá-lo. Mas ele é obrigado a ficar em silêncio e a ignorá-la, como exige a sua promessa. Pamina fica muito triste e se afasta, enquanto ao longe uma fanfarra de trombones convoca Tamino para a próxima prova.

Sarastro aguarda rodeado por sacerdotes, e Tamino e Pamina devem se despedir para sempre. A despedida é desoladora! Em meio à sua dor, os dois não prestam atenção às palavras de Sarastro: "Nós nos veremos novamente!".

Enquanto isso, Papageno está só e abandonado. Em sua aflição, finalmente se lembra de seu instrumento e produz nova mágica: de repente, a velha reaparece e, aproveitando-se da situação desesperadora, consegue fazê-lo prometer fidelidade a ela. Mal ele termina de pronunciar a promessa, ela se transforma em uma bela jovem envolta em penas – a sua tão esperada Papagena! Mas eles ainda não podem se abraçar: um sacerdote leva Papagena às pressas para fora, e Papageno cai por terra, desolado.

Em seu desespero, Pamina quer se suicidar com o punhal que a mãe lhe dera, mas a vigilância dos três meninos impede que ela o faça. Imediatamente, eles levam Pamina até seu amado e, para a imensa alegria de ambos, juntos superam as últimas e mais difíceis provas. Dois sacerdotes trajando armaduras escuras abrem os portões para uma tumba misteriosa, cheia de vapor efervescente, fumaça e estalidos. O poder do amor protege Tamino e Pamina durante sua corajosa caminhada através do fogo e da água, enquanto o príncipe toca a flauta mágica. Sãos e salvos, sobrevivem ao último grande perigo.

Papageno não quer mais viver, porque perdeu Papagena no instante em que a viu. Novamente, os três meninos agem com rapidez e salvam Papageno, que está prestes a se enforcar numa árvore. Sarastro sente pena desse adorável ser da natureza e acaba dando Papagena a Papageno, ainda que este tenha falhado na prova.

Nesse ínterim, o malvado mouro Monostatos se aliou à Rainha da Noite e suas damas. A rainha até lhe prometera a mão de sua filha se ele lhe mostrasse o caminho até Sarastro. Enquanto estão tramando vingança, são atingidos pelo castigo de Sarastro e desaparecem na noite eterna.

Sarastro e seu séquito recebem os amantes, que enfim se encontraram radiantes. Pamina e Tamino são recebidos solenemente nas fileiras dos iniciados.

NOTAS

Em seu último ano de vida, Mozart trabalhou nessa ópera popular em parceria com Emanuel Schikaneder, diretor de um teatro da periferia de Viena. Schikaneder escreveu o texto pessoalmente e, na primeira apresentação, desempenhou o papel do cômico Papageno. Como conhecia o seu teatro e o seu público, sabia perfeitamente com o que as pessoas queriam ser entretidas. Por isso, providenciou para que nessa ópera fossem aproveitados todos os efeitos com os quais o teatro pudesse impressionar o seu público: no palco, as mudanças de cenário são muitas e rápidas, as variações de luz são surpreendentes, com as passagens do dia para a noite e vice-versa; e há todo tipo de assombração e magia, como, por exemplo, o repentino aparecimento ou desaparecimento de pessoas (afundando no chão do palco). Além disso, os três meninos descem do céu de maneira espetacular numa máquina voadora e, na cena da prova, ouvem-se uma cachoeira e os estalidos de uma fogueira.

No libreto de Schikaneder também há alusões muito diversas: o mundo clerical de Sarastro cultua os antigos deuses egípcios Ísis e Osíris; ao mesmo tempo, há algumas alusões à maçonaria — Mozart e Schikaneder eram membros da loja maçônica de Viena, misteriosa associação masculina.

A flauta mágica *contém alguns disparates: a quem é que se reportam os três meninos? À rainha ou a Sarastro? E por que as três damas são tão sociáveis e gentis no primeiro ato, mas depois invadem o palácio com propósitos assassinos? E onde é que o mouro malvado se encaixa no santuário do sol de Sarastro? Provavelmente essas contradições ocorrem porque, por algum motivo, o libreto foi adaptado diversas vezes durante o trabalho de Schikaneder. Decerto se perdeu um pouco a visão geral do enredo e acabou faltando tempo para as correções. É que na época não se escreviam óperas para a posteridade, mas para as necessidades imediatas do teatro. A música de Mozart, por sua vez, torna esses "pequenos defeitos de composição" quase imperceptíveis.*

Depois do Singspiel *alemão* O rapto do serralho, A flauta mágica *é a primeira verdadeira "ópera alemã", com extensos diálogos em alemão e diversas árias e cenas. Por isso,* nela também se encontram canções populares simples, como as duas árias de Papageno, a segunda das quais acompanhada por um carrilhão.

Papageno:[20]

Ein Mäd-chen o-der Weib - chen wünscht Pa-pa-ge-no_ sich! O so ein sanf-tes Täub - chen wär_ Se-lig-keit_ für_ mich!

Por sua vez, são densas as árias de Sarastro e de seus sacerdotes, bem como duas das mais famosas árias líricas para soprano e tenor: o lamento infeliz de Pamina, depois que Tamino supostamente a rejeita, e sobretudo a ária do retrato no 1º ato, durante o qual é possível acompanhar como o amor do príncipe vai crescendo aos poucos:

Tamino:[21]

Dies Bild - nis ist be-zaubernd schön, wie noch kein Au-ge je ge - sehn.

A Rainha da Noite canta de maneira completamente diferente, como numa grande ópera italiana. A melhor forma de expressar o seu gênio volúvel são suas coloraturas, temidas por todas as cantoras em razão de sua extrema dificuldade, como as da ária "A vingança do inferno arde em meu coração", no 2º ato. Coloraturas são rápidas sequências de notas na mesma

---

20 "Uma moça ou uma mulher é o que Papageno quer! Oh, uma pombinha, como seria suave a felicidade minha!"
21 "Este retrato é de beleza jamais vista."

sílaba, em que a voz é utilizada como um instrumento e só emite sílabas como la-la-la, com escalas e trinados.

Rainha da Noite:[22]

Coloratura: .... mei - ne Toch - ter nim - mer mehr!

A abertura começa com três acordes dos instrumentos de sopro, que depois também aparecem nas cenas dos sacerdotes e no momento em que Tamino e Papageno anunciam as suas provas. Após uma lenta introdução, segue a movimentada parte principal, na qual todas as vozes vão entrando sucessivamente, como em uma fuga antiga, semelhante a um cânone. No meio dessa parte retornam os três acordes solenes do início.

A propósito, as melodias dos dois instrumentos mágicos no palco – a flauta e o carrilhão – são tocadas por músicos no fosso da orquestra com uma flauta transversal e com uma celesta, pequeno piano com lâminas de metal. Mas o próprio Papageno sempre toca em cena a sua pequena flauta de Pã.

> Aqui descrevemos as mais importantes obras de palco de Mozart. A última ópera que ele compôs foi *La clemenza di Tito* (*A clemência de Tito*), em 1791; trata-se de uma ópera séria, assim como *Idomeneo*, de 1781. Algumas de suas primeiras óperas, anteriores a *O rapto do serralho*, aparecem ocasionalmente nos programas.

---

22 "Minha filha nunca mais!"

Ludwig van Beethoven
(1770-1827)

Fidelio

Grande ópera em dois atos
- Libreto: Joseph Sonnleithner e Georg Friedrich Treitschke (com base no texto francês de Nicolas Bouilly)
- Composição: abertura e 16 números musicais com diálogos falados
- Estreia: 1ª versão, em 1805; 2ª versão, em 1806; e 3ª versão em 1814; todas em Viena, sob a regência do compositor
- Duração: cerca de 2 horas e 30 minutos

Personagens

Don Fernando, ministro	barítono/baixo
Don Pizarro, governador de uma penitenciária	barítono
Florestan, um preso	tenor
Leonore, sua esposa (sob o nome de Fidelio)	soprano
Rocco, carcereiro	baixo
Marzelline, sua filha	soprano
Jaquino, porteiro	tenor
Dois prisioneiros	tenor e baixo
Guarda, oficiais, soldados, presos, povo	coro

SINOPSE

Na entrada da cidade de Sevilha, no sul da Espanha, há uma sombria penitenciária, lotada de prisioneiros infelizes. Alguns deles são vítimas de violência arbitrária, postos atrás dos muros da prisão sem processo nem sentença. A penitenciária é dirigida por Pizarro, que também não descarta um assassinato quando se trata de garantir o poder.

O carcereiro Rocco, além de muito diligente e obediente, é humano e misericordioso. Vive com a filha Marzelline num pequeno aposento no interior da fortaleza. Jaquino, um jovem forte, é seu porteiro; ele e Marzelline se apaixonaram.

Rocco   Marzelline   Jaquino

1 Certo dia, Fidelio se apresenta, homem desconhecido com estranha voz aguda; procura trabalho e é contratado pelo carcereiro Rocco. A partir desse momento, o interior dos muros da sombria penitenciária é tomado por uma estranha inquietação: de repente, Marzelline não quer saber de Jaquino e só tem olhos para o recém-chegado. No entanto, ele não parece corresponder ao seu amor; ao contrário, interessa-se mais pelo destino dos presos. Em razão de sua voz aguda e de sua estatura, o espectador suspeita de que, apesar dos trajes masculinos, Fidelio na realidade seja uma mulher disfarçada: mais especificamente, Leonore, que, com determinação desesperada, está à procura de Florestan, seu marido desaparecido, o qual ela supõe estar na prisão.

Fidelio está retornando da incumbência de levar cartas secretas e correntes novas para os presos. Rocco está muito satisfeito com o trabalho de seu novo assistente; além disso, ele também percebeu a atração de Marzelline por ele, para horror de Jaquino, que já se via como noivo da moça e havia até pensado em casamento. É claro que Fidelio (Leonore) reage com muita aversão a esses planos de casamento. Ao mesmo tempo, aproveita o bom clima para sugerir a Rocco que poderia ajudar a cuidar dos presos. Rocco não tem nenhuma objeção, afinal de contas, o trabalho é muito cansativo! Mas ele não pode levar Fidelio até o infeliz que, por ordem de Pizarro, definha secretamente na prisão solitária.

A guarda desfila e uma marcha anuncia a chegada do governador Pizarro. Logo ele aparece e recebe as esperadas correspondências secretas. Mas uma carta anônima o assusta: o ministro quer fazer uma visita surpresa na penitenciária onde Pizarro tortura seus inimigos políticos pessoais! E se ele encontrar Florestan, no fundo do túnel, acorrentado e quase morto de fome?! Pizarro toma uma terrível decisão: nesse caso, a única solução é "uma ação ousada", um assassinato rápido e discreto!

Imediatamente é enviado um trombeteiro à mais alta torre da fortaleza para anunciar que o ministro está a caminho. Em seguida, Pizarro tenta subornar o carcereiro Rocco: ele deve cometer o assassinato em seu lugar. Rocco se recusa, alegando que matar não é com ele! Então o governador é obrigado a executar pessoalmente a desprezível tarefa.

Nervosa, Leonore (Fidelio) observa os dois. Quando Rocco retorna depois de acompanhar o governador até o lado de fora, ela aproveita a oportunidade para fazê-lo concordar com uma concessão: deixar que os prisioneiros de penas mais leves saiam excepcionalmente para respirar ao ar livre. Mas ao ver os presos, ao mesmo tempo assustados e felizes, gozarem a visão da luz do sol, ela percebe que o seu marido não está entre eles. Enquanto isso, Rocco informa Fidelio sobre o plano de Pizarro, pedindo-lhe que o acompanhe para juntos cavarem a cova daquele infeliz.

A saída dos presos à luz do dia é bruscamente interrompida, pois Pizarro volta de surpresa e, raivoso, ordena que retornem às celas.

Embaixo da terra, bem no fundo, em um túnel úmido com uma cisterna em ruínas, acorrentado e quase morto de fome, Florestan aguarda o seu fim. Entre vigílias e sonhos febris, o tempo passa vagarosamente e sem esperança; em um breve lampejo de suas forças vitais ele tem a visão de um anjo salvador: sua mulher, Leonore. Esgotado, cai novamente e aguarda o seu destino incerto.

Rocco e Leonore descem para dar início à terrível tarefa. Com pás e picaretas, abrem a antiga cisterna em que Florestan deverá ser enterrado. Nesse momento, o prisioneiro acorda mais uma vez e finalmente Leonore encontra o marido desaparecido. Mas ela não pode se expor ainda, por mais difícil que seja! Em todo caso, consegue comover Rocco e convencê-lo a ir até lá para dar água e um pedacinho de pão seco a Florestan. Então Rocco dá o sinal combinado com um apito: está na hora!

Pizarro surge da escuridão com um punhal. Em um momento de extremo perigo, Florestan reconhece o seu pior inimigo, que agora também será o seu assassino. No último instante, Leonore se põe entre eles, soltando um grito e apontando uma pistola: "Mate primeiro a esposa dele!".

Florestan   Leonore (Fidelio)   Don Pizarro

Após certa confusão generalizada, o governador é o primeiro a se recuperar: "Devo tremer diante de uma mulher?". Mas quando ele, vingativo, novamente se prepara para atacar com sua arma mortal, soa, a distância, o sinal salvador do trombeteiro da torre, anunciando a chegada do ministro! Felicíssimos, Leonore e Florestan se abraçam enquanto Pizarro foge apressadamente, xingando.

Assim, tudo acaba bem. Como salvador de última hora, o ministro Don Fernando, por ordem do rei, liberta os prisioneiros políticos. Abalado, descobre entre eles o seu amigo Florestan, o qual acreditava estar morto e que agora pode ser libertado das correntes por sua mulher. Por ordem do ministro, Pizarro é levado pela guarda real.

NOTAS

Beethoven escreveu apenas a ópera Fidelio, *que, por sua vontade, deveria se chamar* Leonore, *mas na época havia outra peça com o mesmo nome. Supostamente, o enredo se baseia numa história verídica, que J. N. Bouilly, autor do texto francês, diz ter testemunhado na época da Revolução Francesa.*

Antes de se tornar sucesso mundial, a ópera teve de percorrer um árduo caminho. A estreia ocorreu em Viena, em novembro de 1805, então ocupada pelos franceses, e foi recebida com certa frieza pelo público, na maioria estrangeiro, e pela crítica local. Beethoven então a modificou, reduzindo os atos de três para dois, compactando o enredo e tornando-o mais emocionante. Mas a versão de 1806 também só sobreviveu a cinco apresentações, porque o próprio compositor impediu que continuasse sendo apresentada por achar que tinha recebido pouco dinheiro pelo trabalho! Só em 1814 Fidelio *finalmente nasceu para o mundo em sua versão revisada e definitiva.*

No decorrer dos anos, Beethoven compôs quatro aberturas diferentes para ela, das quais duas ainda são tocadas regularmente: a última, a "Abertura Fidelio", é apresentada no início da ópera, enquanto a famosa e longa "Terceira abertura – Leonore", costuma ser apresentada durante a troca de cenário, antes do último quadro, depois do resgate de Florestan. Essa abertura também é executada independentemente da ópera, em sala de concerto. Ela descreve os acontecimentos dramáticos da ópera, e em seu apogeu toca aquela fanfarra de trompetes:

Só então irrompe a alegria libertadora.

Apesar do tema sério, a ópera é um **Singspiel***, com muitos diálogos longos entre os números musicais. Nas apresentações atuais, costuma-se cortar muito os textos falados, especialmente quando há cantores estrangeiros, em razão da dificuldade da língua.*

Existe uma particularidade na cena da cela: enquanto Rocco e Leonore estão cavando na cisterna e ao mesmo tempo conversando, a orquestra está tocando, como que, em paralelo, explicando musicalmente o diálogo. Isso é chamado de melodrama.

Também há longos recitativos, como antes das duas grandes árias, a de Leonore (1º ato) e a de Florestan (2º ato). A cena da cela da prisão começa com um grito desesperado de Florestan:

Esse momento é antecedido por uma longa e expressiva abertura, em que a orquestra relata a desesperadora situação do prisioneiro na cela.

---

23 "Deus, como está escuro aqui!"

As personagens Rocco, Marzelline e Jaquino, por sua vez, pertencem a um mundo mais alegre desse **Singspiel**. Suas árias e seus duetos do 1º ato soam melódicos e simples. Ainda nessa parte, eles cantam com Leonore, num quarteto complexo, que representa um ápice musical da ópera:

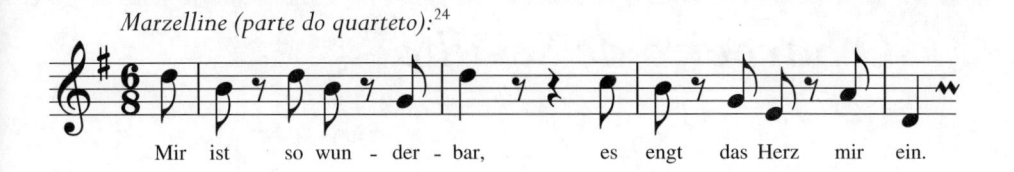

Marzelline (parte do quarteto):[24]

Mir ist so wun - der - bar, es engt das Herz mir ein.

Uma das cenas mais famosas e comoventes de toda a história é o "coro dos prisioneiros" no 1º ato. O final é composto de canções de júbilo que parecem nunca acabar:

Coro:[25]

Wer ein hol - des Weib er - run - gen, stimm in un - sern Ju - bel ein!

---

24 "Estou me sentindo tão bem, o meu coração não se contém."
25 "Quem já conquistou uma doce mulher cante conosco o nosso júbilo!"

Gioacchino Rossini
(1792-1868)

O barbeiro de Sevilha

Il barbiere di Siviglia

Ópera bufa em dois atos
- Libreto: Cesare Sterbini (com base em texto de Caron de Beaumarchais)
- Composição: abertura e 19 números musicais e também recitativos secos (com acompanhamento de cravo)
- Estreia: 20 de fevereiro de 1816, em Roma, sob a regência do compositor
- Duração: cerca de 2 horas e 30 minutos

Personagens

Conde Almaviva	tenor
Bartolo, médico, tutor de Rosina	baixo
Rosina, pupila de Bartolo	*mezzo-soprano*
	(soprano)
Fígaro, um barbeiro	barítono
Basílio, professor de música de Rosina	baixo
Fiorillo, criado de Almaviva	tenor
Ambrogio, criado de Bartolo	baixo
Berta (Marcellina), velha governanta de Bartolo	contralto
Um notário	papel mudo
Um oficial	baixo
Músicos, soldados	coro

SINOPSE

O conde Almaviva é jovem, alegre, bem-disposto e está loucamente apaixonado. Deixou o palácio dos pais perto de Sevilha e mudou-se para a cidade, a fim de passar dia e noite rondando a casa de sua amada. Ele sabe que, todas as manhãs, a bela Rosina deixa seus aposentos e aparece no balcão. Por isso, logo cedo, acompanhado por alguns músicos, ele vai até a viela para lhe cantar uma serenata. Também descobriu que na realidade ela não é filha do doutor Bartolo, apenas sua pupila, mas com ela o próprio Bartolo quer se casar muito em breve para se apoderar de seu valioso dote. Parece que Rosina trouxe muito dinheiro àquela casa! Por isso, o velho doutor ciumento supervisiona cada um de seus passos para que ninguém possa se antecipar a ele.

De qualquer forma, o conde Almaviva ainda não se identificou para sua venerada e, por enquanto, apresenta-se disfarçado de moço pobre, chamado Lindoro. Pretende com isso ter certeza de que Rosina corresponde sinceramente ao seu amor e de que não quer se casar com ele por causa de seu título de nobreza.

1 Nessa manhã, a costumeira serenata é malsucedida. A porta da sacada permanece fechada, e o conde manda os músicos para casa, depois de lhes pagar considerável quantia. Nesse momento, Fígaro, famoso e ocupadíssimo barbeiro de Sevilha, aproxima-se cantarolando uma ária jocosa. É dele exatamente que o conde precisa! Por um bom salário, imediatamente contrata Fígaro para lhe prestar serviços na questão amorosa, pois o doutor Bartolo é freguês do barbeiro.

Finalmente, Rosina surge na sacada e procura o seu cortejador saudosamente com os olhos. Mas Bartolo está sempre atento e não a deixa em paz, de modo que ela consegue apenas atirar um bilhete do balcão: gostaria de saber quem é o desconhecido, e se suas intenções são realmente sérias. Além disso, espera, com a ajuda daquele admirador, escapar da verdadeira prisão em que é mantida por Bartolo.

Bartolo precisa ir até a cidade para acelerar os preparativos de seu casamento. Tranca a porta da casa com cuidado e desce a viela apressadamente. O conde aproveita a ocasião e, acompanhado de violão, canta uma canção de amor na qual diz ser pobre e se chamar Lindoro. Feliz, Rosina o escuta atrás da cortina. Rapidamente, escreve uma cartinha para ele. Fígaro acaba de entrar no quarto dela. Depois de observar pela janela o barbeiro a conversar com seu pretendente, Rosina resolve confiar nele. Nesse momento, Bartolo retorna com Basílio, e Fígaro tem de se esconder depressa. Então ele ouve tudo o que o bravateiro professor de música conta ao doutor: que o conde Almaviva estaria na cidade atrás de Rosina, mas que ele, Basílio, por meio de calúnias, cuidaria para que esse amante indesejado logo desaparecesse de Sevilha. Agora mais do que nunca Bartolo quer se casar; ele e Basílio se retiram para discutir todos os detalhes.

Sem demora, Fígaro conta todas as desagradáveis novidades a Rosina. O melhor seria que ela escrevesse logo uma carta a Lindoro, que a ama profundamente. A jovem então mostra a carta que já está pronta: Fígaro deverá ser o mensageiro do amor.

Bartolo já está voltando para o quarto: ele não deixa sua protegida sozinha por muito tempo! Desconfiado, percebe até que falta uma folha de papel na escrivaninha e que há tinta no dedo de Rosina.

Enquanto isso, a conselho de Fígaro, o conde se disfarça de soldado e, fingindo-se de bêbado, pede que Bartolo lhe ofereça abrigo. Dificilmente um soldado bêbado seria um rival. O velho doutor parece cair na armadilha e o deixa entrar, mas não pretende hospedá-lo, pois, como médico, está livre da desagradável obrigação de alojar soldados. Mesmo assim, depois de entrar, o conde continua representando seu papel alegremente. Só Rosina pode saber quem ele é. Discretamente, ele lhe entrega um bilhete ao mesmo tempo que continua enganando Bartolo, gesticulando muito com o sabre em punho e fazendo uma enorme confusão. O barulho do alvoroço alcança a viela e a guarda invade a casa, mas não consegue prender o "soldado bagunceiro" porque ele se esconde rapidamente atrás de Bartolo e se identifica como o conde Almaviva. Assim todos se dispersam sem resolver coisa alguma.

As óperas

Rosina — Conde Almaviva, disfarçado de professor de música — Bartolo — Fígaro

2 O conde Almaviva tenta alcançar seu objetivo amoroso com um novo plano. Para isso, disfarça-se de "Alonso", professor de música, e diz que deve substituir Basílio na casa do doutor Bartolo. Este, como sempre, continua bastante desconfiado: o rosto lhe parece estranhamente familiar! Mas o falso Alonso consegue ganhar sua confiança com um truque: mostra a carta de Rosina, que Fígaro lhe entregara, dizendo que o conde Almaviva a dera a outra amante. Com essa prova, será fácil convencer Rosina de que as intenções do conde não são honestas! Será que ele, Alonso, poderia entregar a carta pessoalmente à jovem?

No mesmo instante Bartolo busca a sua protegida; hoje será Alonso quem lhe dará a aula de canto! Ao contrário do tutor, ela reconhece Lindoro imediatamente. Então, em bela harmonia, os dois apresentam uma maravilhosa aula de música ao velho, que não suspeita de nada, cantando um longo dueto amoroso que o ignorante doutor realmente acredita estar escrito na partitura!

Fígaro aparece para barbear o doutor. Mas Bartolo, não querendo deixar sua protegida sozinha nem por um minuto, pretende ser barbeado ali mesmo. Ordena que o barbeiro vá com o seu molho de chaves até o guarda-roupa para pegar uma toalha. Fígaro aproveita a ocasião para roubar a chave da casa. Então acontece um imprevisto: o verdadeiro professor de música, Basílio, surge à porta para dar aula. Só mesmo um suborno pode resolver a situação, e uma bolsa de dinheiro o faz calar-se. Imediatamente, Fígaro também logo atesta que o professor está com "febre amarela" e que, portanto, deve ir logo para a cama! Assim, Basílio acaba sendo praticamente expulso de lá. Enquanto isso, Rosina e Lindoro marcam um encontro para a meia-noite, mas, infelizmente, o doutor, com os seus ouvidos sempre aguçados, ouve tudo e de repente se dá conta do disfarce. Furioso, expulsa Fígaro e o falso professor e apressa os preparativos para o seu próprio casamento com Rosina. Agora não pode perder mais tempo: ela deve ser sua mulher ainda hoje! Ele planeja domar a pupila com um truque cruel: aquela cartinha que o misterioso Alonso lhe deu certamente vai interessar Rosina! A moça de fato acredita na mentira e, com raiva da suposta infidelidade de Lindoro, até concorda em se casar naquele mesmo dia com o velho Bartolo, revelando-lhe ainda o plano do encontro noturno.

Uma forte tempestade toma conta da noite.

O conde e Fígaro sobem por uma escada até o quarto de Rosina e com muito esforço lhe explicam toda a situação; finalmente Almaviva revela sua identidade. Basílio e o notário também estão presentes; Fígaro e o professor de música são os padrinhos do casamento, um voluntariamente e o outro subornado com um anel. Rosina e Almaviva passam a formar um casal.

Bartolo, que ainda nem imagina o que aconteceu em sua casa, calmamente recolhe a escada e agora acredita ter capturado "o pássaro solto". Triunfante, entra acompanhado de um oficial e de um guarda e se depara com os fatos consumados. O conde também se identifica a Bartolo e, para acalmá-lo, doa-lhe todo o dote de Rosina; afinal, ele tem dinheiro suficiente. De repente, o semblante de Bartolo se ilumina: finalmente ele ganhou o que sempre quis. Todos fazem as pazes, abraçam-se e beijam-se. Final feliz!

NOTAS

Nessa turbulenta comédia de confusões e disfarces, descobrimos a história anterior às Bodas de Fígaro, *de Mozart, com todos os detalhes, embora essa ópera tenha sido criada mais tarde. A maioria das personagens também aparece aqui: Basílio, malandro fanfarrão; o criativo Fígaro, sempre disposto a aventuras; e Berta, ou Marcellina, a governanta de Bartolo, num pequeno papel secundário. Nas duas óperas, as personagens são as mesmas, embora as vozes sejam um tanto diferentes.*

A rapidez com que se desenrola a complicada ação também remete muito às Bodas de Fígaro. *Ambas as óperas se desenvolvem com recitativos divertidos e em árias em que as personagens expressam seus sentimentos e pensamentos. A famosa ária com que Fígaro aparece em cena, na qual relata sua vida diversificada de ocupadíssimo barbeiro, dizendo "Sou o factótum da cidade", é cantada em andamento precipitadíssimo:*

Fígaro:[26]

Lar— go al fa - cto - tum de - lla ci ttà Lar - go

As cantoras declaram temer o papel de Rosina, pois este exige grande "acrobacia das cordas vocais". É preciso dominar coloraturas e ornamentos que se emendam, como, por exemplo, em sua primeira "cavatina" (ária breve de estrutura simples) do 1º ato:

Rosina:[27]

Io so — no —, do - ci - le son — ris — pe - to — sa.

26 "Abram alas para o factótum da cidade, abram!"
27 "Eu sou dócil, sou respeitosa."

A *"tempestade" também é famosa*: trata-se do intermezzo orquestral que introduz a última cena do 2º ato e descreve uma tempestade noturna apenas com os instrumentos musicais.

Como em muitos casos anteriores, aqui também foram motivos externos que levaram Rossini a se apressar com a composição de O barbeiro de Sevilha. Passaram-se apenas dois meses entre a assinatura do contrato e a estreia da obra, e a composição em si foi feita em 26 dias! Assim, não é de admirar que não houvesse tempo para compor uma nova abertura. Rossini simplesmente adaptou a abertura de uma de suas óperas anteriores. Mesmo assim, o temperamento e o humor dessa peça combinam muito bem com o Barbeiro. Com essa obra, Rossini garantiu o restabelecimento da fama mundial da ópera bufa italiana.

Aparentemente, a turbulenta vida de artista acabou se tornando cansativa demais para o compositor. Ele não escreveu mais nenhuma ópera depois de 1829, quando completou 38 anos. Também era famoso por sua paixão pela culinária, à qual se dedicou intensamente durante os 39 anos que restaram de sua vida.

> Além das óperas alegres como *La scala di seta* [A escada de seda] (1812), *L'Italiana in Algeri* [A italiana na Argélia] (1813) ou *La Cenerentola* [Cinderela] (1817), Rossini compôs óperas sérias, trágicas, como *Otelo* (1816) ou *Guilherme Tell* (1829), este baseado no drama homônimo de Schiller.

Carl Maria von Weber
(1786-1826)

O francoatirador

Der Freischütz

Ópera romântica em três atos
- Libreto: Johann Friedrich Kind
- Composição: abertura e 16 números musicais com diálogos falados
- Estreia: 18 de junho de 1821, em Berlim, sob a regência do compositor
- Duração: cerca de 2 horas e 30 minutos

Personagens

Ottokar, um príncipe da Boêmia	barítono
Kuno, o guarda-florestal do duque	baixo
Agathe, sua filha	soprano
Ännchen, uma jovem parente de Agathe	soprano
Kaspar, primeiro caçador de Kuno	baixo
Max, segundo caçador de Kuno	tenor
Bremit, um eremita	baixo
Kilian, um camponês	barítono
Quatro damas de honra	sopranos
Samiel, o caçador negro	papel falado
Caçadores, camponeses, criados, damas de honra	coro

SINOPSE

A história se passa em meados do século XVII, uma época em que grande parte da Alemanha ainda estava coberta por uma floresta impenetrável e escura. Nela viviam inúmeros animais selvagens, como lobos e ursos, que hoje só conhecemos no jardim zoológico. Naquele tempo, pouco após a Guerra dos Trinta Anos, as pessoas evitavam a floresta, exceto os caçadores profissionais, que nela entravam para trabalhar, ou quem pretendia se esconder, como os fugitivos da lei. Os demais cidadãos a temiam: ela era considerada um lugar onde os maus espíritos tramavam suas travessuras, principalmente à noite.

A casa florestal de Kuno, que ele herdara de seu pai, ficava no meio da sombria floresta da Boêmia. Já que ele não tinha filho homem, um dia a casa deveria pertencer à sua filha, Agathe, que queria se casar com Max, o segundo caçador. O bondoso príncipe Ottokar já dera permissão para que Max, o futuro genro, algum dia assumisse a casa florestal. Mesmo assim, há tempos imemoriais existia um costume estranho: cada novo guarda-florestal precisava, primeiramente, disparar um tiro de mestre, ou seja, passar pela "prova de tiro", para demonstrar habilidade ao príncipe.

1 O dia da prova de tiro está próximo. Mas há dias que Max tem muito azar quando sai para caçar. Não consegue acertar nenhum tiro e não se deu bem nem mesmo na competição do albergue da floresta: foi vencido pelo camponês Kilian! Max está desesperado e, como se não bastasse, os caçadores estão debochando dele.

O guarda-florestal Kuno defende o seu caçador e aproveita para lembrá-lo da prova de tiro. Então os caçadores, curiosos, pedem a Kuno que lhes conte como essa prova começou. Ele conta: "Um de meus antepassados, que também se chamava Kuno, era da guarda do príncipe. Durante uma caçada, eles se depararam com um veado que trazia um homem preso nas costas – antigamente, assim eram castigados os caçadores ilegais. Ao ver aquilo, o príncipe sentiu pena e lançou um desafio, prometendo dar uma casa na floresta àquele que matasse o veado sem ferir o malfeitor. O corajoso guarda não perdeu tempo: apontou a arma, atirou e acertou o animal, deixando o caçador ileso. O príncipe cumpriu a promessa. Mas os que invejavam Kuno alegaram que havia alguma coisa suspeita naquele tiro de mestre. Por esse motivo, ao doar a casa, o príncipe acrescentou: 'Cada sucessor do albergue florestal deverá passar por uma prova de tiro'".

Max mergulha em pressentimentos sombrios, mas Kuno e seus caçadores tentam consolá-lo e animá-lo. Finalmente, partem para a caça. Kilian e os outros camponeses dançam uma alegre valsa e se distanciam lentamente. Max fica sozinho no albergue.

    Max   Kaspar   Kilian   Príncipe Ottokar

Anoitece. Max continua entregue aos seus pensamentos sombrios: pensa em Agathe e nos felizes dias de caça do passado. É como se forças obscuras tivessem se voltado contra ele. Nesse momento surge a assustadora figura de Samiel, o caçador negro. Mas, quando Max grita desesperado "Não existe um deus vivo aqui?", Samiel se assusta e desaparece em silêncio.

Então Kaspar, o primeiro caçador de Kuno, aproxima-se de Max e, mal-intencionado, convence-o a tomar vinho para fazer um brinde. Samiel, que entrementes se manteve escondido na escuridão da floresta, ouve a conversa dos dois. Kaspar se faz de bom amigo e promete ajudar Max a acertar o alvo no dia seguinte. Como prova de amizade, empresta o seu rifle ao incrédulo Max, que logo no primeiro tiro acerta uma águia sob a luz fraca do lusco-fusco, quase sem fazer pontaria.

Surpreso e desesperado, Max aceita forjar com Kaspar balas fundidas com mágica para sempre acertar o alvo! Ambos marcam um encontro para a meia-noite na Garganta do Lobo, lugar de má fama, nas profundezas da floresta. Assim que fica só, Kaspar comemora: "A rede do inferno te envolveu".

Naquela mesma noite, Agathe e Ännchen passam o tempo juntas no albergue florestal. Ännchen acaba de pendurar o retrato do bisavô Kuno (de quem já se falou antes), que caiu misteriosamente da parede. Mas Agathe está com pensamentos sombrios: poucas horas antes esteve com Bremit, um eremita, que insistentemente a preveniu de um grande perigo desconhecido. Ännchen, que é sempre alegre, tenta animá-la com uma canção de amor e vai embora.

Agathe vai até a janela escura da sacada e faz a oração da noite. De repente, ouve os passos rápidos de seu noivo. Trazendo espetado no chapéu o penacho da águia que caçou com o rifle de Kaspar, Max parece perturbado e apressado. Os dois concluem assustados que o retrato de Kuno caiu bem no momento em que Max acertou o pássaro com a última bala de Kaspar! Max está inquieto e não consegue ficar no albergue. Dá uma desculpa e parte novamente. Para o horror de Agathe, ele pretende ir para a Garganta do Lobo! Em vão ela tenta impedi-lo e, temendo pelo amado, previne-o insistentemente do perigo que ele corre.

Agathe   Ännchen

Kaspar já está ocupado com os preparativos para forjar as balas e aguarda impaciente, sob a luz branca da lua cheia, na erma e temida Garganta do Lobo. Espíritos invisíveis anunciam a desgraça: "Ainda antes do anoitecer, a doce noiva estará morta!". Nesse momento, o sino da distante igreja soa meia-noite, e Samiel, o caçador negro, aparece atendendo ao chamado de Kaspar. Esperando salvar sua própria vida, Kaspar pede a Samiel que leve Max em seu lugar. Ele implora que Samiel lhe dê novas balas enfeitiçadas e promete: "A sétima será sua!" – é essa a bala que deverá acertar Agathe. Samiel parece concordar: "Assim será. Nos portões do inferno! Amanhã – ele ou você!".

Finalmente Max surge sobre o abismo, mas não tem coragem de descer às profundezas. É prevenido pelo espectro de sua mãe morta. Mas Samiel, o caçador negro, o atrai com outra visão: a de que Agathe vai se atirar em uma catarata. Agora nada mais detém Max: ele tem de descer ao fundo da garganta e salvá-la.

Aliviado, Kaspar prepara a mistura mágica. Em seguida, recita a fórmula do feitiço e ambos se põem a moldar as balas. Imediatamente uma terrível tempestade se arma ao seu redor e, depois de cada bala, até a sétima, soa um estrondo infernal entre relâmpagos, tempestade e feitiço. Uma caçada selvagem percorre a noite, e todo o desfiladeiro parece desmoronar, como se sacudido por um terremoto. O espectro de Samiel quer pegar Max, que, com terror e medo, faz o sinal da cruz. No mesmo momento, o sino da igreja bate uma hora e, instantaneamente, o espectro some. Silêncio!

3 Na manhã seguinte, após a grande tempestade na Garganta do Lobo, os dois caçadores se levantam da cama bem cedinho. Dividiram fraternamente as novas balas enfeitiçadas, ficando três para Kaspar e quatro para Max, que já deu três tiros magistrais diante do príncipe satisfeito. Kaspar, por sua vez, desperdiça sua última bala atirando levianamente numa raposa, de maneira que a Max agora resta apenas a sétima bala para a prova de tiro, cujo alvo só Samiel pode definir.

Assustada por sombrias premonições, Agathe se prepara na casa florestal para o seu casamento. Reza, buscando conforto para que o bondoso Deus ajude a ela e a Max! Conta a Ännchen o terrível pesadelo que a atormentou durante a noite tempestuosa: sonhou que era uma pomba branca e que Max atirava nela! Sem saber o que fazer, Ännchen tenta encorajá-la com uma balada sinistra e cômica.

Em seguida entram as damas de honra, cantando a canção para a grinalda da noiva, conforme um costume antigo. Ännchen abre a caixa com a grinalda e recua chocada, porque no lugar dela há uma coroa de defunto! Agathe se recupera após o primeiro susto e utiliza como grinalda as rosas brancas que o eremita lhe trouxe no dia anterior.

Tudo está preparado para a festa da prova de tiro. Um grande grupo de caçadores cria com suas canções uma atmosfera alegre e festiva. Preocupados, o príncipe Ottokar e Kuno observam Max, de quem gostam muito. Por que ele está tão inquieto e nervoso hoje? Depois de seus três primeiros tiros certeiros, voltou a errar. A bala enfeitiçada que ainda sobra também o assusta, mas agora não é possível voltar atrás!

O príncipe Ottokar, que sente compaixão por Max, quer facilitar o máximo possível o peso da prova de tiro. Entende bem o nervosismo de um noivo no dia do casamento. Assim, resolve incumbir Max de uma tarefa fácil: "Está vendo a pomba branca ali no galho da árvore? Atire nela!". De repente acontece o pior: no instante em que Max atira, Agathe surge em meio às árvores. A pomba levanta voo, sem ter sido atingida, mas Agathe e Kaspar, que estavam escondidos entre as folhagens da árvore, caem ao chão.

Entre os convidados ocorre um grande alvoroço: "Olhem, ele acertou a própria noiva!". Mas, para alívio geral, Agathe está viva, porque foi protegida pelas rosas da grinalda, abençoadas pelo eremita. No entanto, Kaspar foi ferido mortalmente! Invisível para os outros, Samiel aparece para buscar a sua vítima. O malfeitor morre amaldiçoado.

Desesperado, Max revela o seu pecado ao príncipe. Indignado, Ottokar quer enviá-lo imediatamente para o exílio: "Você nunca receberá essa mão pura em casamento". No entanto, todos os presentes pedem que Max seja perdoado.

Surge o eremita sábio, a quem Agathe havia procurado em busca de conselho e consolo. O príncipe respeita e aceita a sugestão do eremita: a partir de hoje, a infeliz prova de tiro será abolida, e Max poderá alimentar a esperança de conquistar a mão de Agathe. Uma solene oração conjunta encerra esse desafortunado dia de forma harmoniosa: "Permita que elevemos os nossos olhares ao céu!".

NOTAS

O francoatirador é a primeira ópera romântica. Costuma-se dizer que nessa ópera o papel principal é o da floresta alemã, onde há feitiçaria e caçadores. De fato, essa afirmação é pertinente e pode ser percebida logo na abertura: os sons das trompas de caça nos remetem à floresta. Em seguida, a música fica mais sombria e ouve-se o motivo rítmico surdo que caracteriza Samiel e que sempre se repete na ópera quando o caçador negro aparece:

Tímpanos

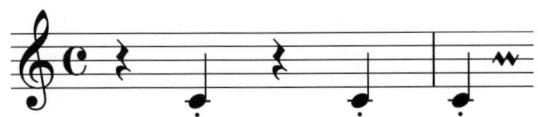

A diversificada e intensa parte principal da abertura possibilita o acompanhamento dos acontecimentos dramáticos até o seu final. Nela também já se antecipam alguns temas marcantes da ópera.

Já na estreia em Berlim, sob a regência do compositor, a ópera alcançou o grande sucesso que a acompanha até os dias de hoje. Algumas melodias eram cantadas e assobiadas pelo povo na rua, como se fossem composições populares. A canção mais famosa é a da grinalda da noiva:

Damas de honra:[28]

Wir win - den dir den Jung - fern kranz mit veil - chen - blau - er Sei - de

Ou o alegre e retumbante coro dos caçadores:

Coro dos caçadores:[29]

Was gleicht wohl auf Er - den dem Jä - ger-ver - gnü - gen?

Mas a intensa oração de Agathe, "Calma, calma, devota sabedoria", no 2º ato, e a cena do solo de Max, em que ele expressa todo o seu desespero, também se tornaram populares:

---

28 "Nós confeccionamos a sua grinalda com seda violeta."
29 "O que na terra pode se comparar à diversão de um caçador?"

As óperas

Max:[30]

Durch die Wäl-der, durch die Au-en zog ich leich-ten Sinns da - hin!

O francoatirador *é um Singspiel com diversos diálogos (que nas atuais apresentações costumam ser bastante cortados). A novidade, na época de sua criação, era principalmente o som da orquestra, em que alguns instrumentos foram inseridos de forma incomum. Exemplos disso são os clarinetes com os seus timbres misteriosos e profundos para descrever os acontecimentos fantasmagóricos. Toda a cena da "Garganta do Lobo" extrai vida da fascinante força de expressão e do timbre da grande orquestra, cujos meios multifacetados acompanham com imponência essa cena mágica. No palco também surgem os mais sofisticados sons e efeitos de luz: isso exige toda a técnica de palco, como elevadores cênicos e outros truques.*

> Hoje em dia, *O francoatirador* é a única ópera de Weber ainda apresentada com frequência. Entre suas óperas, merecem menção *Euryanthe* (1823) e *Oberon* (1826), ambas com músicas muito bonitas, mas cujos libretos deixam a desejar.

---

[30] "Pelas florestas, pelos campos perambulei despreocupado!"

Albert Lortzing
(1801-1851)

Zar und Zimmermann

Czar e carpinteiro

Ópera cômica em três atos
- Libreto: do compositor
- Composição: abertura e 16 números musicais com diálogos falados
- Estreia: 22 de dezembro de 1837, em Leipzig
- Duração: cerca de 2 horas 45 minutos

Personagens

Pedro I, czar da Rússia, como aprendiz de carpinteiro sob o pseudônimo de Peter Michaelov	barítono
Peter Ivanov, jovem russo, aprendiz de carpinteiro	tenor
Van Bett, prefeito de Saardam	baixo
Marie, sua sobrinha	soprano
Almirante Lefort, embaixador russo	baixo
Lorde Syndham, embaixador inglês	baixo
Marquês de Chateauneuf, embaixador francês	tenor
Viúva Browe, mestre de carpintaria	contralto
Um oficial	papel falado
Um criado da prefeitura	papel falado
Os noivos	papéis mudos
Carpinteiros, convidados do casamento, habitantes de Saardam, soldados holandeses, autoridades municipais, marinheiros	coro, balé

SINOPSE

Algumas decisões políticas são tomadas de maneira bastante imprevista. Não é de hoje que isso acontece; também podemos contar muitas histórias estranhas de outros tempos. Um truque bem comum utilizado por certos soberanos era, por exemplo, o "anonimato": nesse caso, alguém do alto escalão se disfarçava de homem simples e assumia outro nome. Foi assim que Pedro, o Grande, da Rússia (1672-1725), por exemplo, pôde sair incógnito e despreocupado em busca de seus interesses e negócios políticos até no exterior.

Com o nome de Peter Michaelov, o czar Pedro I trabalha há um ano num estaleiro da pequena cidade holandesa de Saardam, aprendendo a arte da construção de navios com excelentes especialistas em carpintaria. Sente-se bem à vontade entre os bons e simples trabalhadores. Além do czar, entre os carpinteiros há outro jovem russo, também com identidade falsa: Peter Ivanov, o soldado desertor. Confiando totalmente em Michaelov, Ivanov lhe revela toda a história de sua deserção do exército russo, sem imaginar que está diante de seu soberano. Além disso, ele se apaixonou por Marie, a graciosa sobrinha do prefeito Van Bett, e anda enciumado porque desde o dia anterior Marie se queixa de estar sendo perseguida por um jovem francês, que até tentou beijá-la! Peter ficou muito irritado e Marie lhe fez um pequeno sermão sobre o ciúme, embora na realidade estivesse secretamente feliz com sua preocupação. Mas há uma coisa muito mais importante: o tio dela decidiu visitar o estaleiro, algo que não faz há três anos.

Então o czar recebe a visita secreta de Lefort, embaixador da Rússia, que lhe traz informações desagradáveis de sua pátria. Houve rebeliões. O povo começa a reclamar da longa ausência de seu soberano e os inimigos avançam. Parece que está na hora de o czar voltar para casa! Irritado, ele decide retornar. Se os seus súditos ao menos entendessem que ele assumiu todo aquele trabalho no exterior por causa deles!

O prefeito Van Bett aparece no estaleiro para a visita anunciada. Apresenta-se como um homem grande e presunçoso, com ar imponente; utiliza diversas palavras estrangeiras só para se exibir. Dá permissão à viúva Browe, que dirige o estaleiro do falecido marido, para que lhe mostre as instalações. Ele trouxe uma carta e manda Peter Michaelov lê-la em voz alta. Será que o prefeito realmente não sabe ler? Por meio do documento, o czar logo fica sabendo o verdadeiro motivo da presença do vaidoso e burro Van Bett: o alto escalão da política descobriu que há uma figura importante entre os trabalhadores do estaleiro, e Van Bett deve conduzir as investigações!

Imediatamente, ordena que todos os trabalhadores sejam chamados. "Quem de vocês se chama Peter?". Naturalmente muitos têm esse nome tão comum. Mas logo as suspeitas recaem sobre os dois estrangeiros disfarçados, ambos chamados Peter. No entanto, Van Bett erra ao voltar-se para Ivanov. Sua suspeita é reforçada pelo fato de aquele Peter estar de olho na sua sobrinha Marie.

Ao se despedir, o prefeito se convida, de modo rude e arrogante, para o jantar que a viúva Browe dará para festejar o casamento de seu filho mais velho.

Nos últimos tempos, outros estrangeiros chegaram a Saardam. Um deles, um lorde inglês, também está à procura de um jovem chamado Peter e até oferece uma recompensa de 200 libras para quem o encontrar! Confia sua missão ao prefeito, que, pretensioso não demorou a lhe prometer ajuda. Van Bett, achando que só pode se tratar de Peter Ivanov, logo o aborda. No entanto, o pobre russo, sempre com medo de que sua deserção seja descoberta, não entende as palavras do prefeito. Por que será que o prefeito até lhe oferece a mão de sua sobrinha Marie em casamento se ele revelar a sua verdadeira identidade?

O embaixador francês, marquês de Chateauneuf, que está atrás de Marie, também acredita que Peter Ivanov é o czar. Só quando se vê diante do verdadeiro czar é que se dá conta de seu engano. Os dois combinam um encontro, planejando aproveitar a confusão da festa de casamento para negociar despreocupadamente, sem serem descobertos.

A festa está em pleno andamento; todos bebem, cantam, dançam e se alegram com a vida. Mas o embaixador russo pressiona o czar, dizendo-lhe que deve partir imediatamente. Porém, o czar não quer perder a chance de negociar com o embaixador da França. Em razão das rebeliões domésticas, ele pode tirar bom proveito da ajuda do rei francês. Entrementes, Chateauneuf, disfarçado de oficial holandês, mistura-se aos convidados. Incógnito, ele pode discutir o contrato de estado com o czar, enquanto os outros se divertem à sua volta sem desconfiar de nada. Para manter seu disfarce, o francês continua se esforçando para conquistar Marie, opondo-se a Peter Ivanov.

O lorde inglês também está presente, disfarçado de capitão holandês. Encontra-se com o prefeito, que lhe apresenta Peter Ivanov como a pessoa procurada. Assim, duas duplas bem distintas negociam lado a lado na mesma mesa: o verdadeiro czar com o francês, o suposto czar com o inglês. Enquanto isso, a festa continua alegremente. Ivanov faz promessas ao lorde, temendo que ele seja um procurador do coronel russo da tropa da qual desertara. Assim, sem imaginar que está equivocado, o embaixador inglês pensa ter alcançado seu objetivo, ao passo que o embaixador francês de fato consegue o que queria.

Quando Marie está apresentando a canção da noiva, ocorre um grande tumulto, porque os soldados holandeses, cumprindo ordem do governo, invadem o porto de Saardam. Devem prender todo e qualquer estrangeiro que não puder se identificar, pois nos últimos tempos muitos trabalhadores qualificados dos estaleiros foram desviados por agentes de outros lugares, especialmente de Saardam. Enfim, é preciso pôr fim a isso. Dessa forma, revela-se que naquele casamento tão comum estão presentes três embaixadores de grandes potências: Inglaterra, França e Rússia! Em meio à confusão geral, o prefeito fica perplexo, porque dois dos embaixadores, o da Inglaterra e o da França, apresentam-lhe dois czares "verdadeiros". Ele então quer mandar prender todos os que estão na cerimônia. Felizmente, o embaixador russo assume a fiança pela liberdade de ambos os Peters.

3 No dia seguinte, encontramos o prefeito Van Bett na prefeitura. Mas ele não está ocupado com assuntos administrativos, e sim com o ensaio de um coral recém-formado! O velho tolo acredita ter de preparar uma recepção digna ao seu nobre convidado, o suposto czar Pedro, o Grande. Por isso, está estudando uma cantata com o grupo, cujo texto foi escrito por ele. O ensaio é caótico. Quando Peter Michaelov, o verdadeiro czar, aparece, Van Bett chega a ameaçá-lo com um interrogatório.

Já Marie está muito preocupada com as obscuras insinuações que todos fazem a respeito da origem de seu Peter. E o esperto Michaelov aumenta ainda mais a sua preocupação, dizendo que talvez Ivanov seja mesmo o czar e que provavelmente ela poderá se casar com ele. Ele, Michaelov, garantirá isso! Mas impõe uma condição: em público, ela terá de tratar o seu Peter como imperador.

Compreensivelmente, Ivanov está bastante confuso com o fato de todos, sobretudo o antipático prefeito e até Marie, de repente o tratarem com tanta gentileza, chamando-o de imperador. Quando ele se encontra com Michaelov, a confusão também não se esclarece. Mas o czar Pedro, durante sua conversa com Peter Ivanov, descobre uma possibilidade de salvação para os dois e quer aproveitá-la. É que o embaixador inglês, que desde a noite anterior acredita que Ivanov seja o czar, secretamente lhe deu um passaporte e mandou aprontar um navio para a partida!

Mas chega a hora da grande apresentação do prefeito com o seu coral, quando Ivanov é apresentado à sociedade e festejado como o czar. De repente, em meio ao evento cômico-festivo, ouvem-se tiros de canhão e barulho vindos do porto. Rapidamente se espalha o boato de que Peter Michaelov acabou de deixar o porto num navio, à frente de um grande grupo! As cortinas do salão se abrem, revelando a visão do porto, e em cima do navio surge o czar russo em ricos trajes.

Peter Ivanov torna-se superintendente do imperador e é convidado a viajar com Marie, sua esposa, para a Rússia!

Peter Ivanov   Van Bett   Czar Pedro I (Peter Michaelov)

NOTAS

Albert Lortzing era um genuíno homem do teatro, que em razão de sua experiência profissional, conhecia muito bem o palco. Foi ator, cantor e maestro. Não só compôs inúmeras óperas de sucesso, como também escreveu o próprio libreto. Como modelo para o seu Czar e carpinteiro, *utilizou um tema baseado num acontecimento real, muito popular na época e já aproveitado em diversas outras peças de teatro e óperas. Mas Lortzing fez algumas mudanças, especialmente no 3º ato, em que empregou suas próprias ideias, entre as quais vale mencionar o delicioso ensaio da cantata do prefeito.*

A existência da ópera lírica alemã se deve a Lortzing, cujos enredos divertidos e de fácil compreensão sempre transcorrem entre gente simples, "como você e eu". A ópera lírica é a contrapartida alemã da ópera bufa italiana. Nela não existem recitativos, mas apenas diálogos falados, como nos dramas líricos alemães de Mozart. As canções cativantes e populares para o coro e também para as vozes solo são típicas das óperas líricas de Lortzing. Em Czar e carpinteiro *há algumas das mais famosas, como a canção rítmica dos carpinteiros logo no início:*

Coro:[31]

Auf, Ge-sel-len, greift zur Axt und regt die nerv'gen Ar-me...

Depois, no 2º ato, há a suave e expressiva "Canção de Flandres", que o marquês de Chateauneuf toca com a sua flauta. Essa peça se baseia em uma canção folclórica de Flandres:

---

31 "Vamos, aprendizes, peguem o machado e mexam os braços musculosos..."

Marquês:[32]

Le - be wohl, mein fland - risch Mäd - chen ...

A canção da noiva, logo em seguida, origina-se de uma melodia popular russa.
O balé também tem notável apresentação com a famosa dança dos tamancos:

Dança dos tamancos

Naturalmente, as cenas do prefeito tolo e exibido têm efeito especialmente forte. Ao lado das canções populares, o humor musical de tais cenas contribuiu para a fama dessa ópera. Aliás, o título completo dela era **Czar e carpinteiro** ou Os dois Pedros.

---

32 "Adeus, minha donzela de Flandres..."

Albert Lortzing
(1801-1851)

Der Wildschütz

O caçador furtivo

Ópera cômica em três atos
- Libreto: do compositor
- Composição: abertura e 16 números musicais com texto falado
- Estreia: 31 de dezembro de 1842, em Leipzig
- Duração: 3 horas

Personagens

Conde Von Eberbach	barítono
A condessa, sua esposa	contralto
Barão Kronthal, irmão da condessa	tenor
Baronesa Freimann, jovem viúva, irmã do conde	soprano
Nanette, sua criada	*mezzo-soprano*
Baculus, professor na fazenda do conde	baixo
Gretchen, sua noiva	soprano
Pankratius, mordomo do conde	baixo
Criados e caçadores, moradores do lugarejo, jovens da escola	coro, balé

SINOPSE

Os disfarces sempre foram muito apreciados no teatro, principalmente quando o espectador sabe mais do que as personagens do palco imaginam. Em *O caçador furtivo*, esse divertido jogo, duplo e triplo, é levado ao extremo!

Baculus é contratado como professor na casa do conde Von Eberbach e possui uma bagagem de longos anos de experiência. Para comemorar o noivado com a bela Gretchen, muito mais jovem que o futuro marido, ele oferece uma animada festa aos amigos. Mas a festa é interrompida abruptamente com a chegada de uma carta do conde Eberbach, pela qual Baculus é demitido sem aviso prévio por caçar ilegalmente! Porém, a verdadeira culpada é Gretchen. Foi ela quem incitou Baculus a caçar nas florestas do conde para poderem servir algo gostoso na festa. E ele foi flagrado atirando num veado.

Gretchen quer logo resolver a situação com o conde, mas Baculus a impede porque sente ciúme, não sem razão. Dois estudantes se apresentam para ajudar. Um deles, travestido de moça, se oferece para ir ao palácio no lugar de Gretchen. Na verdade, os dois "rapazes" são a baronesa Freimann, irmã do conde, e a sua criada Nanette, mas ninguém se apercebe disso. A baronesa, por sua vez, tem motivos particulares para entrar secretamente no palácio, pois enviuvou muito jovem e quer avaliar um candidato a marido sem ser notada por ele. Trata-se do barão Kronthal, o irmão da condessa Eberbach, que preferiu manter-se incógnito na figura de um mestre cavalariço para assim poder dar uma olhada com calma nas belezas da nobreza do país. Só o conde conhece o disfarce do barão, e a condessa não vê o seu irmão desde o tempo em que ela ainda usava fraldas. O conde também não vê a irmã, a baronesa, desde os seus dias de criança. Há, portanto, boas premissas para um complexo jogo de disfarces!

A confusão logo se instala, pois ao voltarem cansados da caçada, o conde e o seu cavalariço fazem uma parada no restaurante do lugarejo e ali encontram Gretchen e a baronesa Freimann, que se transformou em graciosa camponesa. Uns simpatizam com os outros instantaneamente. Kronthal se encanta com a moça simples, e o conde convida as duas para o seu aniversário.

À noite, Baculus consegue uma aliada no palácio, a condessa, que deve pedir ao conde que o perdoe. Ela está encantada com o professor porque ele, sabendo que ela era uma grande entusiasta da Antiguidade grega, habilmente a cativou com seus conhecimentos sobre a Grécia. Mas logo chega o conde, que não conhece perdão para caçadores ilegais! Surgem o barão e a baronesa em seus disfarces, e a baronesa se apresenta como noiva do professor. Sem pensar, Baculus pede ajuda ao "estudante", de modo que a sua "noiva" faz uma cena. Mas a condessa faz questão de um beijo para selar a paz, o que desperta o ciúme do conde e de seu cavalariço.

Está na hora de partir para casa, mas nesse momento arma-se um temporal. Existe espaço suficiente no palácio para todos pernoitarem, mas quem deverá dormir com quem? Finalmente concordam em acomodar o professor com a sua (falsa) noiva no salão; o conde e o (falso) cavalariço vigiarão a moral dos dois, divertindo-se com uma partida de bilhar. Assim, cada um se ocupa à sua maneira: Baculus estuda em voz alta o coral para a festa de aniversário, e a sua "noiva", a baronesa, faz tricô.

A condessa manda chamar o marido. Na ausência do conde, o barão declara impetuosamente o seu amor à baronesa. Mas não vai muito longe, porque o conde logo volta e manda o barão ir ver a condessa. Assim que o barão sai, o conde tenta beijar a baronesa, mas Kronthal também volta rápido, a tempo de impedi-lo. O clima fica cada vez mais tenso, ainda mais em razão das intensas, porém inúteis, tentativas do professor de fazer com que ele fique cansado com o ensaio do canto do coral. Todos começam a brigar e acabam quebrando uma lâmpada acidentalmente. Aproveitando-se da escuridão, os homens tentam agarrar a baronesa, que consegue escapar escondendo-se debaixo da mesa de jogos. O barulho chama a atenção da condessa e do mordomo, que, ao acender a luz, revela a seguinte cena: o conde e a condessa de braços dados, e o barão abraçando o professor carinhosamente. Prontamente a condessa leva a "moça camponesa" ao seu quarto para protegê-la dos homens inoportunos. Enquanto isso, o barão oferece 5 mil táleres para que Baculus lhe venda a sua graciosa "noiva". Naturalmente, o professor aceita empolgado, pensando em garantir dessa maneira o seu futuro com Gretchen!

3 No dia seguinte, tudo se esclarece: Baculus apresenta ao barão a sua verdadeira noiva, Gretchen, e dá a ele a chocante notícia de que a "moça camponesa" na realidade é um homem, um estudante. O choque do barão só passa quando a baronesa revela sua identidade por trás do disfarce de estudante. Pouco a pouco, todos compreendem qual é o jogo. Cada qual só queria o melhor e seguia a voz do coração! O barão e a baronesa finalmente se encontraram, o conde e a condessa continuam juntos e Baculus pode se casar com a sua Gretchen. No momento em que o conde generosamente quer perdoar o professor, o mordomo Pankratius surge com a notícia surpreendente de que na realidade Baculus não é um caçador ilegal, porque na escuridão da noite ele acertou não um veado, e sim seu próprio burrico!

Conde   Condessa   Gretchen   Baculus

NOTAS

Quando jovem, Lortzing trabalhou como ator em Detmold. Dessa época ele ainda conhecia a comédia O veado ou Os culpados inocentes de August Friedrich Ferdinand von Kotzebue (1761-1819), um dos mais conhecidos dramaturgos da época na Alemanha. Kotzebue escrevia peças populares para entretenimento, não para educar o público, e por essa razão fazia muito sucesso. As intenções de Lortzing com suas óperas eram semelhantes, e ele mesmo costumava escrever libreto e música. Nesse aspecto, foi um precursor de Wagner. Suas óperas, no entanto, não demonstravam o mínimo prenúncio dos futuros grandes dramas musicais. Estavam mais para óperas líricas divididas em números específicos com diálogos falados; portanto, sucessoras de O rapto do serralho e A flauta mágica, de Mozart, ou mesmo de Fidelio, de Beethoven.

Ainda que a intenção de Lortzing fosse entreter o público, sua obra mais importante mostra de forma clara que ele não queria produzir somente atração superficial. Diverte-se, por exemplo, com a moda da época, como o incompreensível encanto por tudo o que era grego ou antigo. Essa manifestação da moda é completamente ridicularizada no papel da condessa. Com a figura do professor Baculus, Lortzing parodia outro modismo da primeira metade do século XIX: os estudiosos ingênuos, que hoje os alemães chamam de Biedermeier.

A ária de Baculus "5 mil táleres", no final do 2º ato, faz parte do auge da ópera:

Baculus:[33]

[partitura musical com letra:] Fünf-tau-send Ta - ler! Doch wenn Gret-chen, trä - nen-voll, mich um Got-tes Wil-len bit - tet,

---

33 "Cinco mil táleres! Mas se Gretchen, cheia de lágrimas, me pedir, por Deus do céu."

Em O caçador furtivo há muito mais cenas de conjunto do que de árias, numa relação de treze para três! Para escrever esses conjuntos, Lortzing certamente aprendeu muito com a maestria de Mozart. Não só por aí se pode notar certo parentesco com As bodas de Fígaro, mas também em algumas similaridades do enredo.

Como de costume nos dramas líricos, a abertura é um pot-pourri, *que com certas melodias já sugere o curso dos acontecimentos; prepara a primeira cena festiva da ópera, com os camponeses cantando:*

Camponeses:[34]

So mun - ter und fröh - lich wie heu - te

Lortzing foi um compositor muito produtivo. Infelizmente, hoje é pouco lembrado pelos teatros, mas sua ópera romântica *Undine* (1845) e também a ópera *Der Waffenschmied* [O Armeiro] (1846) não deveriam ser esquecidas.

---

34 "Tão animados e alegres como hoje."

Richard Wagner
(1813-1883)

O navio-fantasma ou *O holandês voador*

Der fliegende Holländer

Ópera romântica em três atos
- Libreto: do compositor
- Composição: abertura e três atos contínuos
- Estreia: 2 de janeiro de 1843, em Dresden
- Duração: cerca de 2 horas e 30 minutos

Personagens

Daland, um navegante norueguês	baixo
Senta, sua filha	soprano
Erik, um caçador	tenor
Mary, a ama de Senta	contralto
O timoneiro de Daland	tenor
O holandês	barítono
Marinheiros noruegueses, tripulação do holandês, moças	coro

SINOPSE

1 O mar na costa da Noruega está extremamente revolto. Com as forças que lhe restavam, o capitão Daland conseguiu salvar o seu navio, abrigando-o numa baía rochosa. Estavam tão perto de casa, mas o temporal lhes pregou uma peça! Ansiosos por chegarem, os marinheiros já tinham avistado o porto e até as casas quando, de repente, o vento mudou e os fez recuarem sete milhas.

Daland ordena que seus homens, mortos de cansaço, descansem e entrega a guarda a seu timoneiro. Aqui, na baía Sandwike, eles não correm mais perigo.

A tempestade se acalma aos poucos. O timoneiro também está terrivelmente cansado; ele tenta ficar acordado cantando uma música de marinheiro: "Ah, querido vento sul, sopre!", mas acaba adormecendo. Então as ondas se erguem de forma misteriosa, o céu escurece, e um navio negro surge da escuridão. Com velas cor de sangue, ele ruma em direção ao navio de Daland e joga a âncora com um estrondo. Segue-se um silêncio mortal!

Sem aviso, a figura sombria do capitão do sinistro navio desembarca. Desesperado, revela sua triste sorte num longo monólogo. Conta que a cada sete anos procura, sem sucesso, um descanso num pedaço de terra; que nunca encontrou uma sepultura, nunca encontrou a morte, embora anseie tremendamente por ela. Até os piratas fazem o sinal da cruz quando o encontram. A sua última esperança é o dia do Juízo Final, quando todos os mortos ressuscitarão. Só então a sua odisseia chegará ao fim.

Nesse momento surge Daland, já restabelecido, e repreende o timoneiro dorminhoco, que ainda nem se dera conta da presença do navio estranho. Rapidamente faz a costumeira saudação de marinheiro, mas ninguém responde do navio fantasmagórico. Então Daland vê o capitão, que se apresenta como "Holandês". Eles se cumprimentam e trocam algumas palavras. O holandês vai logo ao assunto e pede a Daland que o hospede apenas por uma noite, mostrando-lhe tesouros incomensuráveis com os quais pretende lhe pagar. Daland está perplexo, mas, movido pela avidez, convida o estranho. Mais uma vez o estranho o pressiona: "Você tem uma filha?", e Daland, surpreendido e deslumbrado pelas riquezas e joias, promete-lhe a filha em casamento ("... o que todo pai deseja – um genro rico. Ele é meu!"), embora ela esteja noiva do caçador Erik. Imediatamente, como por ordem dos espíritos, o vento muda. Sopra o tão esperado vento sul, e os dois navios zarpam um atrás do outro para alcançar o porto natal de Daland naquele mesmo dia.

O holandês   Daland   Timoneiro

Na casa de Daland, as mulheres passam o tempo fiando e cantando no grande salão dos marinheiros, aguardando o retorno deles. Ao mesmo tempo, observam Senta, filha de Daland, que se mantém um pouco distante e novamente está com um humor estranho. Ela encara um grande quadro na parede, no qual está retratado um enigmático navegador. Mary, sua ama, também não consegue desviar a atenção da jovem e, irritada, nega-se a repetir a balada do Holandês Voador, embora Senta o tenha pedido inúmeras vezes.

Curiosas, as moças param de fiar e acomodam-se em torno de Senta, que, entregue a seus pensamentos, canta a amedrontadora balada do navegador sem paz, condenado por uma maldição a uma viagem sem fim, da qual só poderá ser salvo quando encontrar uma mulher que lhe jure fidelidade. Justamente quando Senta está se oferecendo ao holandês como salvadora, entra o seu noivo, Erik. Ele conta que avistou o navio de Daland, e imediatamente Mary e as moças são tomadas por alegre agitação. Mas Erik detém Senta e a pressiona, pedindo que ela cumpra logo a promessa formal de casamento, sem obter sucesso. Ela se esquiva e, em vez de atendê-lo, leva-o até a pintura. Então Erik a alerta e conta-lhe um sonho: como que tomado por uma visão, narra o primeiro encontro de Senta com o holandês, mas ela interrompe o relato várias vezes. Sem esperanças, ele desiste e a abandona em seu terrível sonho real: o pai de Senta e o holandês surgem à porta!

Senta   Mary   Erik

Daland apresenta o estranho navegador à filha como seu futuro marido, mas em seguida percebe que nenhum dos dois lhe dá atenção. Um só tem olhos para o outro. Ele se afasta silenciosamente e os entrega ao seu destino.

Para o holandês, Senta parece um anjo salvador "de épocas remotas". Senta, que o reconheceu de imediato, jura-lhe lealdade até a morte!

3 Com música e dança, os marinheiros e as moças festejam o feliz reencontro na noite clara. Diante da casa de Daland, no porto, os navios do norueguês e do holandês estão lado a lado. Um é claro e alegre; o outro, misteriosamente sombrio e silencioso como a morte. O clima fica cada vez mais animado. Tentam, em vão, atrair a tripulação do holandês para fora do navio. Repentinamente, no ápice da festa, o céu e o mar escurecem. Ouvem-se um canto fantasmagórico do ventre do navio-fantasma e uma terrível risada, seguida de silêncio.

Nesse momento, Senta surge correndo, seguida pelo desesperado Erik. Implorando, ele lhe lembra que ela havia jurado amor e lealdade, mas de nada adianta! O holandês se aproxima sem ser visto. Chocado, ouviu as últimas palavras de Erik, e agora, com um assobio estridente, ordena à tripulação que zarpe. Antes, porém, o holandês se dirige pela segunda vez a Senta: "Duvido de ti, duvido de Deus... Toma conhecimento do destino do qual estou te alertando...!". Quem for desleal a ele será alvo de uma maldição eterna. Já houve inúmeras vítimas. Até então Senta não havia lhe jurado fidelidade...

A tripulação preparou o navio com uma rapidez assombrosa. Veloz como um raio, o holandês sobe a bordo, e o navio zarpa imediatamente. Todos os que estão em volta tentam segurar Senta, mas ela se solta e, com um grito, atira-se ao mar atrás do holandês: "... fiel até a morte!". Perplexos e paralisados, todos presenciam a magia do acontecimento. O navio e a tripulação afundam no mar, enquanto Senta e o holandês sobem ao céu abraçados.

NOTAS

Existem duas versões dessa ópera, ambas apresentadas até hoje. A primeira não tem intervalos, e seus três atos são ligados por intermezzo. *A segunda é composta de três atos independentes, entre os quais existem intervalos. Nas atuais montagens, muitas vezes se prescinde da parte da transmutação final.*

Richard Wagner teve a ideia de compor O holandês voador *em 1839, durante uma longa viagem por mar, em que seu navio foi surpreendido por uma tempestade diante da costa norueguesa. Nessa viagem – que o levava de Riga à França, passando por Londres – também se originou a ideia do coro dos marinheiros: "Timoneiro, mantenha a guarda...". Ele já conhecia a fábula do holandês amaldiçoado, de Heinrich Heine (1797-1856), o grande poeta alemão, seu contemporâneo, que foi publicada em "Memórias do Sr. Schnabelewopski". Um conto famoso de Wilhelm Hauff trata de um acontecimento fantasmagórico muito parecido com o* da ópera. Trata-se de "História do navio-fantasma", em que a tripulação errante pelo mar só poderá ser salva quando voltar a pisar em terra firme.

O mar está no centro dos acontecimentos dessa "ópera romântica". A orquestra reproduz o som das ondas e da tempestade de forma muito intensa, principalmente durante a longa abertura. Na primeira cena, durante a chegada dos dois navios em Sandwike, ou depois, no último quadro da ópera, quando as vozes são levadas aos extremos, há alternância de forti e piani, além do uso dos tremoli dos instrumentos de corda (tremolo, ou trêmulo é o rápido movimento de ir e vir do arco em torno de uma só nota).

Ao longo da ópera, em momentos importantes do argumento, deparamo-nos com melodias contrastantes e muito fáceis de lembrar: são os motivos ligados aos protagonistas e à ideia principal da ópera, que devem chamar a atenção do ouvinte. Dos chamados leitmotive[35], os dois mais importantes pertencem:

- a Senta – ou, mais especificamente, à sua visão da salvação:

- e ao próprio holandês:

---

35 *Leitmotiv* (que se pronuncia "laitmotif"), ou motivo condutor, é um tema melódico relacionado a uma personagem ou a um acontecimento e retomado sempre que se queira de alguma forma trazê-los à memória ou à cena.

As óperas

O coro dos marinheiros também soa repetidamente como um tipo de leitmotiv:

Marinheiros:[36]

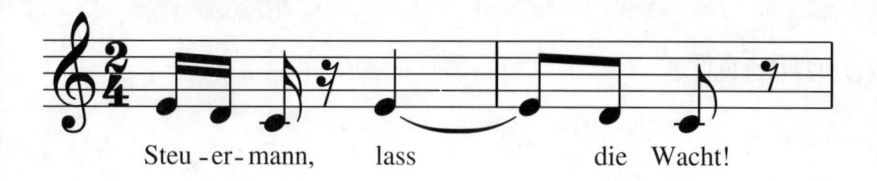

Steu - er - mann,   lass   die Wacht!

Ouvimos todos esses leitmotive *pela primeira vez na abertura; depois, principalmente nos grandes momentos da ópera: na ária de apresentação do holandês, no 1º ato – "O prazo venceu"–; na balada de Senta, no 2º ato (que é o verdadeiro centro da obra e foi composta até mesmo antes); e no final trágico-dramático, que, aliás, equivale ao final da abertura.*

---

36 "Timoneiro, deixe a guarda!"

Richard Wagner
(1813-1883)

Tannhäuser

Tannhäuser e o torneio de trovadores de Wartburg

Grande ópera romântica em três atos
- Libreto: do compositor
- Composição: abertura e três atos contínuos
- Estreia: 1ª versão: 19 de outubro de 1845, em Dresden
  2ª versão: 13 de março de 1861, em Paris
- Duração: cerca de 2 horas e 45 minutos

Personagens

Hermann, landgrave da Turíngia	barítono
Tannhäuser	tenor
Wolfram von Eschenbach	barítono
Walther von der Vogelweide	tenor
Biterolf	baixo
Heinrich, o escrivão	tenor
Reinmar von Zweter	baixo
Elisabeth, sobrinha do landgrave	soprano
Vênus	soprano
Um jovem pastor	soprano
Quatro rapazes aristocratas	soprano e contralto
Cavaleiros da Turíngia, condes, nobres, peregrinos jovens e velhos, sereias	coro
Náiades, ninfas, casais, bacantes	balé

SINOPSE

O argumento da ópera se desenrola na fantasiosa esfera situada entre a história e a lenda. Alguns personagens existiram de fato, como os trovadores citados pelo nome: Walther von der Vogelweide e Wolfram von Eschenbach, e provavelmente também Tannhäuser. No entanto, os acontecimentos trágicos relatados têm pouco em comum com a realidade da época.

1 O trovador Tannhäuser está louco de amor: foi enfeitiçado por ninguém menos que a deusa Vênus, ao lado da qual se entrega a todos os prazeres do amor. Podemos vê-lo, sob uma iluminação irreal, nos braços da deusa, deitado num divã, numa gruta de seu império, o monte Vênus. Está acordando após uma longa noite de amor. À sua volta movimentam-se, cantando e dançando, todos os tipos de figuras de contos de fadas, ninfas e Náiades (ninfas dos rios e das fontes).

Tannhäuser acorda como que de um longo sonho e, de repente, sente-se farto das constantes alegrias do amor. Cresce nele a saudade do mundo dos homens, com todas as suas preocupações e alegrias; cresce a cada dia o desejo de retornar. Com dificuldade, consegue se livrar dos abraços e seduções da deusa, que simplesmente não pode entender os desejos dele. Tannhäuser tenta acalmá-la com seu canto ardente e apaixonado, mas sente muita saudade da liberdade. Mesmo com todas as seduções, Vênus já não consegue retê-lo e acaba por amaldiçoá-lo. Apesar disso, deixa uma porta aberta e lhe diz que, se algum dia ele se cansar dos seres humanos, ela terá prazer em recebê-lo de volta!

Tannhäuser   Vênus

Agora encontramos Tannhäuser de volta ao mundo dos homens. Está no vale de Wartburg, rodeado de floridas árvores primaveris, deleitando-se com as canções e melodias das flautas dos pastores. De repente, seu ouvido reconhece canções religiosas, e vários peregrinos passam por ele. Profundamente tocado, Tannhäuser faz uma oração à beira da estrada.

Nesse momento, sons de trompas de caça anunciam a chegada do landgrave e de seu séquito. Surpresos, deparam-se com Tannhäuser, que no passado partiu depois de uma briga e foi considerado desaparecido. Hesitante, Tannhäuser se aproxima dos antigos amigos, que o cumprimentam um pouco tímidos, mas ainda assim de maneira muito simpática. Tannhäuser hesita quando o conde o convida para uma visita ao seu burgo. O amigo Wolfram sabe como convencê-lo a voltar e lhe fala de Elisabeth, sobrinha do landgrave, do terno amor que ela sentia por ele e da tristeza que a assolou após o seu desaparecimento enigmático. Comovido, Tannhäuser acompanha os homens.

Vemos o interior da famosa Wartburg. Desde o desaparecimento de Tannhäuser, Elisabeth nunca mais frequentou o salão dos cantores do burgo. Mas hoje ela o aguarda ansiosamente e convida-nos a participar de sua alegria com uma canção de júbilo. Tannhäuser invade o salão resfolegante e se joga aos seus pés. Wolfram, que vem atrás dele, também nutria esperanças em relação a Elisabeth e retira-se em silêncio, decepcionado, deixando os dois viverem a felicidade do reencontro. O conde, que desconfia dos sentimentos apaixonados de sua sobrinha por Tannhäuser, também aparece. Anuncia que haverá um grande concurso musical para festejar o surpreendente retorno de Tannhäuser.

Logo o grande salão dos cantores começa a se encher com convidados festivos vindos de todos os cantos, ansiosos com o grande acontecimento. O conde saúda-os, anunciando o tema em que o concurso deverá se basear: deverão cantar sobre o amor e sua natureza. Elisabeth entregará o prêmio de vencedor ao melhor de todos, que poderá escolher o prêmio, por mais alto e ousado que seja... A sequência dos cantores será determinada por um sorteio. Wolfram deve começar, e canta uma canção mais reservada, meditativa, acompanhado de harpa. Os próximos são Walther e Biterolf.

Mas o concurso, a princípio tão pacífico, rapidamente fica fora de controle, porque Tannhäuser, depois da canção de cada cantor, fala de um jeito descontrolado. Tudo o que os colegas expõem sobre o amor lhe soa muito seco e distante da realidade. Ele, em compensação, descreve a experiência do amor apaixonado e sensual em cores cada vez mais ardentes.

Repentinamente, o clima no salão fica tenso; os concorrentes quase se tornam violentos. Mais uma vez, o tranquilo Wolfram tenta acalmá-los com uma canção, mas provoca o efeito oposto. Enquanto isso, Tannhäuser entra em êxtase, entoando uma canção de louvor a Vênus, e convida todos para uma visita ao monte da deusa, provocando um escândalo na venerável Wartburg! Cria-se uma enorme confusão. Furiosos, os cantores empunham a espada contra Tannhäuser, querendo matá-lo. Elisabeth, desesperada, põe-se entre eles, implorando compaixão, e acaba salvando a vida de Tannhäuser. Tremendo de raiva, o conde declara a punição: "Nós o expulsamos de nosso meio…". Assim, a única salvação para Tannhäuser é o caminho de penitência ao papa, em Roma. Arrependido, segue um grupo de peregrinos.

Wolfram von Eschenbach   Elisabeth   Tannhäuser

3 Há muito tempo Elisabeth renunciou ao amor de Tannhäuser e agora só se preocupa em salvar a alma dele. Saudosa, espera inutilmente que ele volte de Roma. Wolfram, que ainda a ama em segredo, precisa reconhecer que ela está perdida para ele e para o mundo. Então ele se despede dela cantando a melancólica "Canção para a estrela da noite".

Tannhäuser surge cambaleante na escuridão da noite. Logo se percebe que a sua peregrinação foi em vão. Misericordioso, Wolfram quer acolher o amigo, mas Tannhäuser o repele. Hesitante e abatido, relata a Wolfram a sua audiência com o papa, que o desprezou com severidade, alegando que seria mais fácil brotarem folhas em um galho seco do que Tannhäuser ser salvo! Sem qualquer esperança, só lhe resta retornar para os braços de Vênus. Como um louco, invoca a magia da deusa do amor.

Quando a imagem infernal parece estar quase se materializando, Wolfram consegue bani-la com uma única palavra: "Elisabeth!". A imagem de Vênus desaparece e no mesmo instante uma sombria procissão fúnebre com o corpo de Elisabeth aproxima-se do burgo. Tannhäuser cai morto ao lado da maca. Do outro lado, surge um grupo de peregrinos devotos. Eles trazem um bastão episcopal, feito de um galho seco repleto de folhas verdes, sinal de penitência e de salvação.

NOTAS

Em Tannhäuser, *Wagner abriu mão, de forma ainda mais categórica do que em* O navio-fantasma, *da divisão convencional da ópera em "números" distintos e bem definidos. Em vez disso, compôs cenas completas num grande contexto musical. Só em alguns pontos é possível identificar árias, ensejadas por certos acontecimentos, como a competição em que cada trovador se apresenta com uma canção. A famosa "Canção para a estrela da noite", de Wolfram, também pode ser considerada uma ária:*

Wolfram:[37]

O! du mein hol - der A - bend - stern

Tanto os contrastes da ação como os contrastes musicais são muito fortes nessa ópera. Por um lado, temos o mundo do monte Vênus, descrito com variadas cores e delícias, no qual Wagner colocou toda a maestria de sua arte instrumental. Por outro, temos as cenas solenes e religiosas dos grupos de peregrinos, determinados por seus corais e orações. Também encontramos esses opostos explícitos na descrição das personagens Tannhäuser, que vacila entre a paixão e o profundo arrependimento, e o tímido Wolfram, com suas canções líricas. Outra dupla musical oposta é a sensual Vênus e a introspectiva Elisabeth, que ao final se transforma em religiosa.

A abertura magistral já antecipa esses opostos de forma clara e exemplar. No início, os instrumentos de sopro entoam a melodia lenta que depois será cantada pelo coro dos peregrinos:

Na sequência são apresentadas as melodias mais importantes da ópera, entre elas a apaixonada e ardente música do monte Vênus e o hino de Tannhäuser à deusa e ao amor.

Wagner fez duas versões de **Tannhäuser**, que se diferenciam em alguns pontos do argumento e da música. Na segunda versão, a chamada "versão Paris", a abertura conduz diretamente à primeira cena do monte Vênus, na qual foram feitas algumas mudanças e acréscimos. E, ao final da ópera, durante a visão de Tannhäuser do monte Vênus, a deusa retorna ao palco.

Para escrever o libreto, Wagner baseou-se em algumas composições românticas da época que tratavam de trovadores, mas não se manteve fiel aos acontecimentos históricos.

---

37 "Oh! Minha graciosa estrela da noite."

Richard Wagner
(1813-1883)

Lohengrin

Ópera romântica em três atos
- Libreto: do compositor
- Composição: abertura e três atos contínuos; antes do 3º ato também há uma longa abertura
- Estreia: 28 de agosto de 1850, em Weimar, sob a regência de Franz Liszt, famoso pianista e compositor (1811-1886)
- Duração: cerca de 4 horas

Personagens

Rei Henrique I, o passarinheiro [Heinrich der Vogler], rei germânico	baixo
Lohengrin	tenor
Elsa de Brabante	soprano
Frederico de Telramund [Friedrich von Telramund], conde de Brabante	barítono
Ortrud, sua mulher	*mezzo-soprano*
O arauto do rei	barítono
Quatro nobres de Brabante	tenor e baixo
Quatro rapazes nobres	soprano e contralto
Duque Gottfried, irmão de Elsa	papel mudo
Nobres e condes da Turíngia e da Saxônia, nobres e condes de Brabante, mulheres e rapazes da nobreza, homens, mulheres, serviçais	coro

SINOPSE

A fantástica história de Lohengrin, o cavaleiro do cisne, passa-se há mil anos em Brabante, país que há tempos já não existe. Na época, abrangia parte da Holanda e da Bélgica e fazia parte do Império germânico de Henrique I, conhecido como "O passarinheiro", que reinava na primeira metade do século X.

1 Os hunos estão novamente ameaçando a fronteira do leste do império. O rei Henrique visita as suas províncias para obter apoio na luta contra o inimigo comum. Recebe os governantes e os nobres de Brabante na Antuérpia, às margens do rio Escalda. Mas há discórdia entre eles, porque o conde Frederico de Telramund tem sérias queixas contra Elsa de Brabante. Após a morte do pai desta, ele assumiu em pessoa a guarda dela e de seu irmão mais novo, Gottfried. O problema é que Gottfried não retornou de um passeio com a irmã e está desaparecido. Agora Telramund acusa Elsa de ter assassinado premeditadamente o irmão, movida pela intenção criminosa de, junto de um amante desconhecido, assegurar para si a coroa de Brabante, porém Telramund acha que é ele o herdeiro depois de Gottfried; além disso, sua mulher, Ortrud, também é descendente de digno sangue principesco.

Rei Henrique   Ortrud   Conde Telramund

A acusação é séria, sobretudo porque Telramund não pode provar suas afirmações. O rei não encontra outra solução a não ser seguir a tradição do ordálio ou juízo de Deus, que deverá decidir a verdade. Interrogada, Elsa também não esclarece nada e fala de coisas estranhas, de um cavaleiro de aço que lhe apareceu em sonho. Ele a representará na luta contra o difamador! Como recompensa, ela lhe oferece suas terras, a sua coroa e a sua mão em casamento. Solenemente, o arauto do rei anuncia o início do ordálio e procura-se pelo Império alguém que lute em defesa de Elsa, mas ninguém se apresenta. Só quando Elsa começa a fazer uma oração fervorosa, invocando o cavaleiro de seus sonhos, é que se dá um milagre diante de todos. Uma canoa puxada por um cisne aproxima-se pelo rio, e um cavaleiro trajando brilhante armadura prateada desembarca.

Na margem do rio, as pessoas estão maravilhadas. O cavaleiro se ajoelha diante do rei e declara estar disposto a lutar pela inocência de Elsa, com uma condição: ela jamais poderá perguntar seu nome nem questionar a sua origem!

Imediatamente a luta divina se inicia. O direito estará do lado daquele que vencer. São as regras. Telramund é derrotado pelo cavaleiro desconhecido. Sua morte está determinada, mas o desconhecido lhe poupa a vida para que ele possa se arrepender com sinceridade de sua calúnia! Telramund é exilado de Brabante como cidadão desonrado. O cavaleiro, por sua vez, é acompanhado por Elsa em caravana triunfal até a cidade.

Numa noite escura, Frederico de Telramund e sua mulher, Ortrud, estão nos degraus da catedral, no interior do burgo. Só algumas janelas dos quartos dos cavaleiros e das mulheres do prédio em frente ainda estão iluminadas, e, de quando em quando, ouve-se música festiva. Os acontecimentos especiais do dia anterior e os preparativos do casamento que se aproxima deixam as pessoas agitadas.

Frederico repreende duramente sua mulher, culpando-a de incitá-lo a fazer aquelas acusações errôneas que os levaram à vergonha e ao exílio. No passado ela também o impediu de cortejar Elsa e fez de tudo para se casar com ele. Ortrud, pagã tomada pelo ódio aos cristãos, vinha de uma família nobre da Frísia, que outrora dominava Brabante. É esse domínio que ela quer reconquistar; todas as suas ações estão voltadas para esse fim. Ela exerce poder mágico e persistente sobre Frederico, mais uma vez incitando-o e convencendo-o de que o desconhecido é um impostor. O poder dele deve desaparecer assim que alguém o obrigar a revelar o seu nome!

Nesse momento, Elsa aparece no terraço para respirar o ar fresco da noite. Frederico se esconde, mas Ortrud se aproxima da princesa e, com falsidade, tenta despertar a sua compaixão. Ingenuamente, Elsa convida sua pior inimiga a entrar em casa. Frederico de Telramund aguarda na escuridão com pensamentos sinistros: "Então é assim que a desgraça invade essa casa!".

Nas primeiras horas da manhã do dia do casamento, o rei Henrique e seus príncipes seguem para a catedral, para prestigiar o cavaleiro desconhecido e a sua noiva. Elsa é conduzida até o portal da igreja em suntuoso cortejo quando, inesperadamente, Ortrud impede sua passagem e, furiosa, diz ter precedência. Com palavras provocadoras, desperta a desconfiança de Elsa sobre a misteriosa origem do cavaleiro desconhecido. O cortejo matrimonial é interrompido; a inquietação toma conta de todos. Então o rei e o cavaleiro protegem Elsa. Corajosamente, Telramund também enfrenta o rei, acusando o cavaleiro de magia. Diante do povo, o rei pergunta o nome do cavaleiro. Mas o protetor se dirige a Elsa com dignidade, alegando estar comprometido com um voto sagrado por causa dela. Ele revelará a informação desejada só se ela fizer questão, podendo até deixar de responder ao rei.

Depois de refletir, Elsa mantém a palavra: "O meu amor está acima de qualquer dúvida!". Não quererá saber seu nome. Ao som de órgãos e sinos, o cortejo festivo segue para a catedral.

3 Depois das festividades do casamento, Elsa e o seu marido cavaleiresco enfim estão a sós. Carinhosamente, ele abraça a esposa na câmara nupcial, mas há muito tempo o veneno das palavras maliciosas de Ortrud começou a agir no peito de Elsa. Ela o pressiona cada vez mais até fazer a pergunta fatídica: "Diz-me teu nome, de onde vens, qual tua origem!".

Enquanto o cavaleiro ainda tenta, em vão, interrompê-la, Telramund, seguido de alguns conspiradores, invade o aposento, mas é ferido mortalmente por um poderoso golpe da espada do adversário.

Elsa

A pergunta proibida foi feita, agora não há mais volta. Novamente os nobres de Brabante se reúnem com o rei. O corpo de Telramund é carregado por entre a multidão, que recua chocada. Elsa, apoiada por suas damas, também se aproxima abalada. Por último, aparece o cavaleiro em sua armadura prateada, como na chegada, e põe-se com seriedade diante do rei, a quem relata o atentado covarde de Telramund. Em seguida, revela a todos o seu grande segredo: ele é Lohengrin, o filho de Parsifal; é um cavaleiro a serviço do Santo Graal no distante burgo de Monsalvat. Foi enviado para socorrer a inocente Elsa, mas o poder santo dos cavaleiros do Graal só perdura enquanto o segredo de sua origem é guardado. Agora ele deverá voltar ao reino do Graal. A canoa com o cisne já se aproxima no rio.

Com muito pesar, Lohengrin despede-se de Elsa. Quando ele lhe entrega a trompa, a espada e o anel, ela cai no chão, desesperada. Ela deverá entregar tudo ao irmão, Gottfried, que se acreditava estar morto, mas que retornará dentro de um ano.

Lohengrin

Ortrud interrompe a dolorosa despedida com jubiloso triunfo. Reconhece Gottfried pela correntinha que o cisne tem no pescoço: a ave é o herdeiro de Brabante enfeitiçado por ela! Tempos atrás, ela mesma pôs a corrente em seu pescoço. Dirige-se a Elsa com desprezo: "Obrigada por ter expulsado o cavaleiro... Ele também acabaria salvando o seu irmão!". Assim, a pagã Ortrud reconhece a vingança de seus deuses. Então Lohengrin volta-se uma última vez e ajoelha-se para orar. Diante da multidão estupefata ocorre um novo milagre. Uma pomba branca do Graal sobrevoa a canoa e liberta o cisne de sua corrente. No lugar deste surge um belo jovem trajando uma manta prateada. É Gottfried, o duque de Brabante!

Ortrud solta um grito e desfalece. Gottfried segura Elsa delicadamente nos braços quando ela também perde a consciência. A pomba, tomando o lugar do cisne, desaparece com a canoa de Lohengrin.

NOTAS

Wagner considerava Lohengrin *uma ópera, apesar de a obra já conter sinais de seu futuro drama musical[38]. A música descreve a fábula dramática por meio de alguns temas bem ilustrativos (*leitmotiv*), que reaparecem em momentos importantes da ação e também sofrem variações, como em* O navio-fantasma *e* Tannhäuser. *Nesse caso, os mundos opostos do bem e do mal, da luz e da noite, do sagrado e da magia estão claramente delineados.*

De um lado está a figura iluminada do cavaleiro do Graal, Lohengrin, cuja origem misteriosa é expressa com um tema próprio. A abertura também é marcada por essa delicadeza, com as cordas dividindo-se em diversas vozes:

A implacável proibição de perguntar – "Nunca deverás me perguntar!" – no decorrer da ação soa repetidamente como alerta:

Lohengrin:[39]

Nie sollst du mich be - fra - gen!

---

[38] Em alemão, *Musikdrama*. Distingue-se das formas anteriores de ópera por estabelecer um elo íntimo entre vozes e orquestra: a voz estaria em plano semelhante ao dos outros instrumentos e, teoricamente, a música seria uma forma de expressão do drama, perdendo assim a antiga preeminência que tinha sobre este.

[39] "Nunca deverás me perguntar!"

Do outro lado, estão as figuras noturnas: a pagã Ortrud e seu submisso marido, Telramund, cujo diálogo sinistro ao amanhecer, diante do domo (2º ato), é uma das cenas mais emocionantes do teatro de ópera. Tal como em outros momentos, Wagner insere o recurso do tremolo *das cordas.*

Em outro momento, o esplendor mundano do rei e de seus nobres é expresso pelo brilho dos metais, com a claridade de um Dó maior. O arauto do rei, que anuncia todos os acontecimentos importantes e também o julgamento divino, é recebido com uma fanfarra tocada por quatro trompetistas no palco:

Trompetes

As quatro personagens centrais (Lohengrin, Elsa, Telramund e Ortrud) devem ser cantores profissionais muito bem preparados. Além deles, o coro também desempenha papel central: os nobres e o povo de Brabante acompanham os acontecimentos com interesse intenso. Lohengrin *é uma daquelas grandes óperas cujo resultado cênico depende da habilidade desse conjunto de cantores, que chega a oito vozes. O coro da noiva, no início do 3º ato, tornou-se muito popular e ainda hoje é cantado em festas de casamento no mundo inteiro (ao lado da marcha nupcial de* Sonho de uma noite de verão*, de Mendelssohn-Bartholdy).*

Coro:[40]

Treu-lich ge-führt zie-het da-hin, wo euch der Se-gen der
Lie - be be - wahr!

---

40 "Fielmente guiados, segui para onde a bênção do amor vos proteja!"

O libreto de Wagner baseia-se em diversos poemas da Idade Média que contêm detalhes da saga de Lohengrin, o cavaleiro do cisne. Nesse drama wagneriano, as diversas partes da matriz medieval foram combinadas de tal modo que criaram algo totalmente novo.

Na última obra de Wagner, Parsifal, *a celebração votiva em cena e o fantástico mundo do Graal encontram-se mais uma vez no centro da ação. Na poesia medieval, o Graal era uma pedra sagrada ou uma taça com poderes fantásticos, guardada no misterioso burgo de Monsalvat e protegida por um grande número de cavaleiros. Na fé cristã, o Graal era a taça em que Cristo bebeu na comunhão com os seus discípulos e em que mais tarde se recolheu o seu sangue na cruz.*

Richard Wagner
(1813-1883)

Os mestres-cantores de Nuremberg
Die Meistersinger von Nürnberg

Ópera em três atos
- Libreto: do compositor
- Composição: abertura e três atos contínuos com quatro quadros; os dois quadros do 3º ato são ligados por um *intermezzo*
- Estreia: 21 de junho de 1868, em Munique
- Duração: cerca de 4 horas e 30 minutos

Personagens

Os mestres-cantores:

Hans Sachs, sapateiro	baixo/barítono
Veit Pogner, ourives	baixo
Kunz Vogelgesang, peleteiro	tenor
Konrad Nachtigall, latoeiro	baixo
Sixtus Beckmesser, escrivão	baixo
Fritz Kothner, padeiro	barítono
Balthasar Zorn, picheleiro	tenor
Ulrich Eisslinger, merceeiro	tenor
Augustin Moser, alfaiate	tenor
Hermann Ortel, saboeiro	baixo
Hans Schwarz, camiseiro	baixo
Hans Foltz, trabalhador em cobre	baixo

Walther von Stolzing, um jovem cavaleiro	tenor
David, aprendiz de Hans Sachs	tenor
Eva, filha de Pogner	soprano
Magdalene, ama de Eva	*mezzo-soprano*
Um guarda noturno	baixo
Cidadãos e mulheres de todas as fraternidades, artífices, aprendizes, meninas, povo	coro, balé

SINOPSE

Em meados do século XVI, a cidade de Nuremberg era um aglomerado de casas rodeado e protegido por uma muralha, de tamanho semelhante ao de uma aldeia dos dias de hoje. No centro havia magníficas igrejas e o imponente burgo, onde floresciam as corporações dos artesãos. Como em outras cidades, proliferavam as famosas escolas dos mestres-cantores, em que se ensinava a arte de cantar segundo rígidas regras tradicionais. Em Nuremberg, eles costumavam se encontrar para cantar na Igreja de Catarina. Só se tornava mestre-cantor quem criasse uma nova forma para a letra e para a melodia e se apresentasse bem aos juízes, e ao "Marcador".

1 Véspera do dia de São João. A cidade de Nuremberg se prepara para a grande festa popular. Nesse dia, a comunidade se reúne na Igreja de Catarina para o culto da tarde. Estão justamente ensaiando o coro de encerramento. Eva Pogner está sentada na última fileira de bancos com a ama Magdalene. Hoje ela está bastante desatenta, pois seu olhar só se volta para aquele elegante jovem encostado à pilastra. Trata-se de Walther von Stolzing, um cavaleiro da Francônia, que mora há pouco tempo em Nuremberg e está apaixonado por Eva.

O culto terminou, e a comunidade se apressa para sair. Astutamente, Eva inventa uma desculpa para distrair a ama e poder trocar algumas palavras com o nobre cavaleiro, que possui uma única preocupação: saber se ela já está noiva. A resposta é rápida e o deixa muito perturbado: Eva deve se casar no dia seguinte, no dia de São João! No entanto, ainda não conhece seu noivo porque, conforme o desejo de seu pai, ela deve se casar com o vencedor do concurso de canto dos mestres-cantores.

Em outras palavras, não há tempo a perder, já que Eva também se apaixonou pelo cavaleiro, apesar de tê-lo visto pela primeira vez apenas no dia anterior, durante uma breve visita de negócios na casa de seu pai.

Agora, imediatamente após o culto, será realizada uma reunião dos mestres-cantores, em que haverá uma prova de canto para conferir o grau de mestre. Stolzing está decidido a participar do concurso do dia seguinte para competir pela mão de Eva. Mas, para poder cantar no concurso, é necessário ser mestre! E as condições de admissão são complexas e rígidas. Por sorte, acaba de chegar David, aprendiz de Hans Sachs e amado de Magdalene; ele é quem deve explicar a Stolzing como é o canto dos mestres. David e os outros aprendizes cuidam dos bancos para os mestres, da cadeira de canto e do assento do "marcador".

Durante o trabalho, David explica as regras da tablatura ao cavaleiro. Stolzing presta muita atenção e, às vezes, se surpreende. Não demora muito para que sua cabeça comece a doer, com tantas instruções e regras e com a confusão de "formas", cujos nomes são engraçados e expressivos, como som do papel de carta, do canudo, do arco-íris, do rouxinol, ou som isolado do glutão, de bezerros ou do pintassilgo... Como seria possível se lembrar de todas essas coisas?

Enquanto isso, os aprendizes fazem balbúrdia atrás de David. Agora ele precisa organizar tudo, porque os ilustres mestres de Nuremberg já estão chegando, entre eles o elegante ourives Pogner e o sapateiro poeta Hans Sachs, cuja fama ultrapassa os muros da cidade. A sessão é aberta segundo manda a tradição. O presidente Kothner pede silêncio e passa a apresentar todos os nomes. Pogner, então, assume a palavra e divulga oficialmente sua ousada decisão de que o vencedor do concurso receberá a mão de Eva, sua única filha, em casamento. "Ele deverá ser um mestre!". Sachs se mostra hesitante: "Será que em questão tão importante não seria bom também consultar o povo?". Os mestres recusam essa proposta e querem seguir o rigor da lei. Como pode alguém sugerir tamanha impossibilidade?

Antes da reunião, Stolzing procurou Pogner para comunicar-lhe que também vai se candidatar para o concurso do dia seguinte. Então o ourives apresenta o jovem, a quem é muito simpático, como candidato. Todos os presentes ficam bastante surpresos. Desconfiados, os mestres observam o intruso e ficam perplexos quando este alega que aprendeu a arte de cantar nos campos, com os pássaros. Nada de bom poderá sair dali!

Irritado, o escrivão Sixtus Beckmesser, que é o "marcador", vai até sua cadeira. Hoje tem uma tarefa desagradável pela frente, porque também ele quer vencer o concurso para se casar com Eva. E agora aparece aquele estranho rival atravessando o seu caminho? Stolzing não se deixa intimidar. Diante dos mestres perplexos, canta despreocupadamente uma canção de amor, solta e improvisada, apaixonada e sentimental, mas em nada obediente às regras tradicionais. E ainda por cima chega a pular da cadeira do cantor! Os mestres estão chocados com a insolência e desobediência às regras e têm certeza de que o nobre não foi bem, de que fracassara! Beckmesser exibe a todos o quadro com as transgressões das regras; na realidade, são tantas que nem cabem todas no quadro!

A sessão se dissolve em meio à confusão geral. Indignados e incapazes de reconhecer a novidade, os mestres voltam para casa. Só Sachs, que acompanhou atentamente a canção de Walther von Stolzing, ficou pensativo. Por trás de toda a negligência e da inobservância das regras, ele percebeu o grande talento do cantor.

2 O clima colabora com o povo de Nuremberg. É uma deliciosa noite de verão e o dia seguinte promete ser perfeito para uma festa radiante. Magdalene pressionou um pouco seu amado David e assim ficou sabendo do azar de Stolzing. Agora Eva, que está preocupada com o desfecho do concurso, quer tirar mais informações de seu amigo Sachs. Ela o encontra trabalhando na suave brisa da noite, em frente à sua sapataria, que fica diante da casa dos Pogner. Hoje ele não está conseguindo sentir prazer no trabalho, porque seus pensamentos ainda estão na apresentação de Stolzing e na sua canção tão inquietantemente inovadora. E o lilás está tão perfumado! De fato, não é uma noite para se trabalhar! Eva bajula Sachs, pois sabe de sua afeição secreta por ela, mas ele afirma, obstinado, que não há a menor chance para o nobre. Ele cantou mal e basta! Furiosa, Eva o deixa e ele se retira para a sua oficina.

Hans Sachs

Já está tarde. A escuridão toma conta de tudo; só pela fresta da porta de uma loja ainda se vê um raio de luz. Pogner chama sua filha, mas nesse momento ela está observando o cavaleiro subir a ruela e corre alegre ao seu encontro. Ambos se sentem indignados com a ignorância dos velhos mestres. Nesse caso, a fuga parece ser a única saída! Rapidamente, Eva desaparece no interior da casa e retorna vestida com os trajes de Magdalene. Entretanto, quando os dois estão prestes a descer a ruela, Sachs abre a porta, como que por acaso, e a luz de sua lâmpada ilumina a calçada. Ele ouviu todo o plano dos dois e agora quer barrar-lhes o caminho. Uma fuga tão impensada não lhe parece ser a solução certa!

Outro cortejador perambula na escuridão da noite. O escrivão Beckmesser sobe a ruela em direção à casa de Pogner e, animado, põe-se a afinar seu alaúde. Para ensaiar, pretende fazer à senhorita Pogner uma serenata com a qual deseja ganhar sua mão no dia seguinte. Eva e Walther von Stolzing se escondem num banco escuro embaixo de uma tília e assistem.

Sachs também percebeu a chegada de Beckmesser e, determinado, voltou a armar a bancada de trabalho em frente à oficina. Despreocupadamente, começa a cantar, em alto e bom som, uma canção que ele acompanha, martelando tiras. Beckmesser não consegue emitir um único som e, furioso, reclama do perturbador. Cínico, Sachs faz uma proposta: "Continue cantando, eu sempre quis aprender a arte do marcador!". E, com o martelo, vai marcando todos os erros, conforme as regras. Nervoso, o escrivão canta sua canção, que é repleta de esquisitices e horríveis tortuosidades. Sua canção segue as regras, mas não reflete nenhuma compreensão de arte! Sachs o acompanha martelando com toda a força. A voz de Beckmesser fica cada vez mais forte, principalmente porque ele acredita estar vendo Eva lá em cima, na janela. Na realidade, trata-se de Magdalene, que, vestida com os trajes de Eva, não perderia aquela diversão por nada.

Uma após a outra, as luzes das casas da redondeza começam a se acender, e as janelas, a se abrir. A serenata de Beckmesser perturbou o merecido sono dos bons cidadãos. David também olha para fora, reconhece Magdalene na janela e acredita que a serenata é endereçada a ela. Imediatamente, desce pela janela e atira-se sobre o trovador indesejado. Tem início uma grande briga, na qual todos, mestres e aprendizes, tomam parte. Quando a luta chega ao auge, Stolzing e Eva tentam atravessar a multidão, mas Sachs, o único que ainda percebe o que está ocorrendo, os impede e arrasta Stolzing para dentro de sua oficina; enquanto isso, Eva consegue retornar à casa paterna. No mesmo momento ouve-se a trombeta do guarda, e a confusão acaba instantaneamente. Todos desaparecem em suas casas. O guarda se aproxima, esfrega os olhos, canta sua canção e se distancia. A lua surge e ilumina a ruela deserta.

3 Na manhã seguinte, dia de São João, David quase não tem coragem de se apresentar ao mestre. Tanto mais surpreso fica quando o encontra calmo e simpático. Até pretende levar seu aprendiz à praça da festa! Enquanto está apresentando seu recital festivo, David de repente se dá conta de que aquele é o dia do santo que tem o mesmo nome de seu mestre, Hans Sachs!

Sachs ainda está pensando na noite anterior, quando o nobre Stolzing sai descansado de seu dormitório. Para a surpresa do nobre, Sachs o anima a tentar a arte de cantar mais uma vez, apesar do ensaio medíocre da noite! Sem se abalar, o mestre lhe ensina as regras mais importantes e o encoraja: "Lembre-se do belo sonho desta manhã e deixe que Hans Sachs cuide do resto!". Assim, Stolzing lhe conta o seu sonho; sem se dar conta, descreve-o com versos elaborados e para eles compõe uma linda e harmoniosa melodia.

Sachs anota tudo cuidadosamente, ajudando sempre com pequenas sugestões. Depois já é hora de se aprontar, pois a festa está para começar.

Diante da janela da oficina vazia, surge o rosto desfigurado de Beckmesser. Como na noite anterior levou a pior, ele entra mancando e ainda acredita estar sendo perseguido e escarnecido. Por acaso, encontra o papel com o texto da canção de Stolzing escrito por Sachs e supõe ser uma canção do próprio Sachs, que teria a intenção de conquistar a mão de Eva. Sente-se traído. Guarda o papel ao ouvir um barulho na porta: Sachs entra. Beckmesser lhe faz admoestações pelos acontecimentos da noite anterior e pergunta se o mentiroso Sachs está pensando em cortejar Eva. Sachs entende o que está havendo assim que nota a falta do papel. Então, simula generosidade e presenteia Beckmesser com o poema roubado, dizendo que, se quiser, o escrivão pode cantá-lo em público, pois ele jamais revelará que é seu! Mas avisa que não será fácil. É claro que o "marcador" o aceita com prazer: é dono de uma canção do famoso Sachs. Agora acredita que nada mais poderá dar errado. Sai entusiasmado para estudar a canção.

Walther von Stolzing · Eva · Hans Sachs · Sixtus Beckmesser

Eva levantou-se cedo. Seu rosto pálido e triste não combina com o maravilhoso traje festivo. Tímida e buscando ajuda, aproxima-se hesitante de Sachs. Ele nota seu comportamento embaraçado e pergunta: "Então, onde é que o sapato está apertando?". Nesse momento, entra Walther von Stolzing em sua brilhante vestimenta de cavaleiro. Sachs faz de conta que não percebe nada, reclama um pouco do trabalho e continua ocupado com um sapato. Stolzing canta para Eva a terceira estrofe da história de seu sonho. Ela, comovida, confessa ao mestre que a princípio queria se casar com ele, mas o destino a conduziu inesperadamente para os braços do cavaleiro. Sachs é o primeiro a se recompor: "Minha filha, conheço a triste história de Tristão e Isolda!". Ele não quer destruir o amor dos dois.

David e Magdalene aparecem durante a celebração de batismo de uma nova canção de mestre. Segundo as regras dos mestres-cantores, os batismos de canções não podem ser presenciados por aprendizes. Então Sachs promove David a artífice com uma tradicional bofetada. A canção é batizada de "Abençoada interpretação do sonho da manhã". Em seguida, todos vão à festa.

Os cidadãos concentram-se num gramado diante dos portões da cidade e presenciam a esplendorosa procissão de todas as corporações e associações de artesãos. Pouco a pouco, o amplo espaço é tomado por uma colorida multidão. Os ilustres mestres-cantores chegam por último e ocupam os seus lugares de honra. Quando Hans Sachs avança para dizer algumas palavras, o povo o surpreende com uma homenagem pouco comum: todos juntos, em poderoso coro, cantam uma canção de sua autoria: "Acorde, o dia já está raiando". Comovido, Sachs agradece de coração. Em seguida, ele anuncia aos cidadãos a decisão de mestre Pogner.

Kothner convoca os participantes do concurso de canto. O único a se apresentar é o escrivão, visivelmente nervoso e ainda bastante machucado pela briga. Ele começa a cantar uma canção que soa estranha, pois não consegue harmonizar texto e melodia. O povo fica perplexo e em total silêncio. Desesperado, Beckmesser tenta decifrar qualquer coisa coerente no manuscrito de Sachs, mas tudo o que consegue é entoar uma canção confusa e incompreensível. A inquietação toma conta de todos. Ninguém entende a forma estranha e o texto esquisito.

Finalmente, a multidão irrompe numa gargalhada estrondosa. Furioso, Beckmesser investe contra Sachs, fazendo-lhe acusações: ele o enganou com uma canção ruim! Indignados, os mestres se dirigem a Sachs e pedem que ele esclareça a situação. Sachs explica que a canção de fato é bonita, desde que bem cantada, e chama Walther von Stolzing como testemunha, dizendo: "A canção é linda, mas não é minha!".

Assim, o cavaleiro tem a oportunidade de apresentar sua canção. Em meio aos mestres e rodeado pelo povo curioso, ele apresenta o seu método inovador de cantar. Kothner, a quem Sachs deu o papel com o texto para conferir, logo deixa o papel cair, emocionado com a canção apaixonada e vibrante. Stolzing já não precisa seguir o modelo rígido; em vez disso, deixa-se levar pelo sentimento e continua improvisando. Sua apresentação é premiada com aplausos estrondosos, e os mestres também não conseguem esconder que ficaram impressionados. Stolzing recebe o prêmio de vencedor por unanimidade. Eles até estão dispostos a aceitar o cavaleiro como colega em sua corporação! Mas o nobre se faz de rogado. Acha que foi tratado muito mal no dia anterior, na igreja. "Mestre, não! Não! Serei feliz sem ser mestre!".

Chocados e confusos, todos olham para Sachs, o sábio mestre, que já sabe como agir nessa situação complicada. Dirige-se seriamente a Stolzing e o alerta, lembrando-o do sentido e do valor da arte e da maestria.

Assim a festa termina com um final feliz. Como demonstração da admiração geral, Eva tira a coroa de louros da cabeça de Walther e a coloca em Sachs.

NOTAS

Os mestres-cantores é a única obra alegre entre as óperas e os chamados dramas musicais de Wagner. Ele fez amplos estudos de viabilidade para o seu libreto, familiarizando-se com as regras e tradições dos mestres-cantores e adotando alguns detalhes de modelos históricos para as suas composições. Todos os nomes dos mestres estão de acordo com personalidades dos mestres-cantores da época. A terminologia bastante curiosa de regras para os modelos das canções de mestre, enumerados por David no 1º ato, também é verdadeira. O mesmo vale para as regras de tablatura que os mestres devem seguir.

A linguagem poética também segue conscienciosamente a linguagem de um dos mais importantes mestres-cantores da época, Hans Sachs (1494-1576). É o caso, por exemplo, do Knittelvers, verso de quatro sílabas tônicas em dísticos (indicadas a seguir por acentos agudos):

Nún, Junker, kómmt! Habt fróhen Mút!
Dávid, Geséll! Schließ den Láden gút!⁴¹

No entanto, só o coro de Hans Sachs, "O rouxinol de Wittenberg", de 1525, com o qual o povo o homenageia no gramado da festa, é transcrito literalmente.

Wagner também queria utilizar sua poesia para expressar uma preocupação dos artistas: demonstrar que, no final, o saudável julgamento do povo triunfa sobre os mestres burgueses apegados a regulamentos. Por isso, o jovem cavaleiro Stolzing, talentoso e cheio de fantasias, apoiado pelo único mestre visionário, Hans Sachs, derrota o raivoso Beckmesser, representante da obstinação de uma arte que se enrijeceu em virtude de suas próprias leis. Aliás, a princípio Wagner queria que em sua obra Beckmesser se chamasse Hans Lick, caricatura negativa do crítico Eduard Hanslick, de Viena, que estava complicando a vida dele. Tanto é assim que as expressões alemãs, "beckmessern" (complicar a vida de alguém) e "beckmesserei" (ficar bancando Beckmesser/ ficar complicando a vida), corriqueiras até hoje, têm origem em Os mestres-cantores de Wagner!

Em grande parte, o argumento é invenção de Wagner. Os três atos são contínuos, mas o 3º, extremamente longo, é dividido em dois quadros ("Oficina do sapateiro" e "Gramado de festa") interligados por um intermezzo, durante o qual todo o cenário tem de ser remontado.

A partitura altamente complexa de Os mestres-cantores contém uma sofisticada trama de leitmotive. Graças a esses temas, os personagens e suas diferentes ações e emoções se tornam vivazes e fáceis de lembrar. É impossível enumerar aqui todos esses temas, pois o índice da partitura para piano relaciona cerca de 45 deles! Certamente, o mais importante e mais notável é o "tema dos mestres-cantores", que também introduz a complexa abertura:

---

41 "Então, nobre, vem! Alegre e com coragem! / David, aprendiz! Tranca a loja!"

No final dessa abertura, esse tema se mescla com o "do amor". Mais tarde, no gramado da festa, a 3ª estrofe da canção premiada de Stolzing soa da mesma forma:

[partitura musical]

Dessa maneira, antecipa-se musicalmente o final feliz da ópera, em que, com a sua canção inovadora, Stolzing conquista não só a honra de mestre, como também a mão de sua amada Eva em casamento.

Como contrapartida há a figura de Beckmesser, solteirão envelhecido que adoraria se casar com a rica filha do ourives. A sua serenata no 2º ato soa engraçada e desajeitada, como uma paródia:

Beckmesser:[42]

[partitura musical]

Den Tag__ seh ich__ er - schei - nen, der mir wohl ge - fall'n tut.

A grande cena da pancadaria que Beckmesser desencadeia com a sua canção também é um acontecimento musical muito complexo, paralelo ao enorme tumulto que ocorre no palco.

Outros ápices da ópera são os dois monólogos de Hans Sachs, no 2º e no 3º quadros: "Ah, que aroma maravilhoso tem o lilás" e "Loucura! Loucura! Loucura por todo lugar!". Além disso, vale mencionar o expressivo quinteto do batizado da forma inovadora do canto de mestre (3º quadro) e a instrução tão clara e ilustrativa que David dá ao cavaleiro Stolzing (1º quadro), segundo a qual a cada "melodia" é atribuído um "tom" próprio. Assim, por exemplo, temos o "tom da rosa":

---

42 "O dia que vejo surgir me cairá muito bem."

David:[43]

der Ro - - sen - ton

E a melodia do pintassilgo:[44]

die Stieg - litz - weis

Os mestres-cantores *pertence às óperas de coros grandiosas e exigentes, em que a orquestra é obrigada a cumprir uma das mais difíceis e também mais interessantes tarefas.*

> Entre as obras mais importantes de Wagner, conjunto que começa com O navio-fantasma, é importante citar Tristão e Isolda (1859; Wagner a descreve simplesmente como "ação") e o seu ciclo de quatro óperas épicas interligadas, O anel dos Nibelungos: O ouro do Reno (Das Rheingold), de 1854; As Valquírias (Die Walküre), de 1856; Siegfried, de 1871; e Crepúsculo dos deuses (Götterdämmerung), de 1874. Esse ciclo conta uma história emocionante de deuses e homens, em que há pactos feitos e desfeitos, amor e traição, esperanças e catástrofes. Wagner escreveu Parsifal (um festival de consagração cênica) no final da vida, em 1882. Essa obra estava destinada a ser apresentada exclusivamente no Teatro do Festival de Bayreuth.

---

43 "O tom da rosa."
44 "A melodia do pintassilgo."

Giuseppe Verdi
(1813-1901)

Rigoletto

Ópera em três atos
- Libreto: Francesco Maria Piave (com base em uma peça de Victor Hugo intitulada *Le roi s'amuse* [O rei se diverte])
- Composição: abertura e 20 números musicais, interligados sem intervalos e divididos em cenas
- Estreia: 11 de março de 1851, em Veneza
- Duração: 2 horas e 30 minutos

Personagens

Duque de Mântua	tenor
Rigoletto, bobo da corte	barítono
Gilda, filha de Rigoletto	soprano
Conde Monterone	baixo
Conde Ceprano	barítono
Condessa Ceprano	soprano
Marullo, cavaleiro na corte do duque	barítono
Borsa, um cortesão	tenor
Sparafucile, um bandido	baixo
Maddalena, sua irmã	*mezzo-soprano*
Giovanna, dama de companhia de Gilda	contralto
Um oficial de justiça	baixo
Um pajem da duquesa de Mântua	*mezzo-soprano*
Nobres, pajens, criados	coro (balé)

SINOPSE

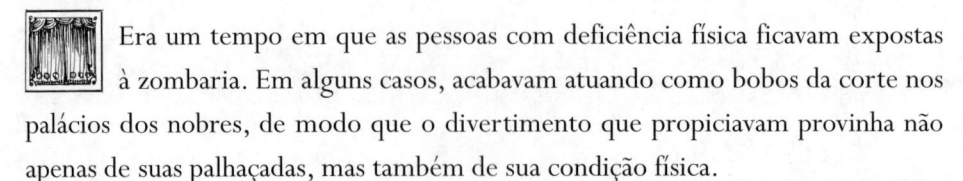

Era um tempo em que as pessoas com deficiência física ficavam expostas à zombaria. Em alguns casos, acabavam atuando como bobos da corte nos palácios dos nobres, de modo que o divertimento que propiciavam provinha não apenas de suas palhaçadas, mas também de sua condição física.

O duque de Mântua também tem um desses bobos da corte, chamado Rigoletto. O nobre é um indivíduo extremamente impiedoso e hedonista, que persegue sem descanso as mulheres bonitas da região. Vale-se de astúcia e não teme chantagens quando se trata de conquistar qualquer ser feminino que lhe agrade. Está sempre organizando grandes festas, com muita música, comida e bebida.

1 O duque, novamente entretido com seus vários casos amorosos, está de olho numa bela desconhecida que viu na igreja. Seus espiões já descobriram a morada dela e, para sua surpresa, dizem-lhe que todas as noites ela parece receber a visita de um homem misterioso.

Mas essa nova paixão não impede que o duque também corteje inoportunamente outras damas elegantes, não se importando se são casadas ou não. Desta vez, sua vítima é a condessa Ceprano, com quem está flertando abertamente diante dos olhos indignados do marido. Os demais nobres da roda distraem-se como podem; nesta noite, divertem-se à custa do corcunda Rigoletto, que parece ter uma amante numa casa escondida ali perto e a visita todas as noites. Rigoletto, por sua vez, dá sugestões impróprias ao duque de como eliminar o desagradável conde Ceprano para poder se aproximar com mais facilidade da mulher dele. Até mesmo o frívolo duque acha que está na hora de alertar o seu bobo: "A ira que desafias pode cair sobre ti!". E é isso mesmo o que acontece, pois Ceprano ouviu tudo e se apressa em reunir alguns nobres da corte para juntos se vingarem do malicioso palhaço. Decidem sequestrar a amada de Rigoletto e trazê-la para a corte do duque.

Naturalmente, o duque tem inúmeros inimigos devido ao seu estilo de vida. Um deles é o conde Monterone, que ele certa vez mandou prender para poder cortejar sua filha à vontade. Monterone aparece e tenta falar com o duque, mas Rigoletto se interpõe e o ridiculariza. Monterone, muito irritado com a petulância de Rigoletto, enfrenta corajosamente o duque e o amaldiçoa. Sua maldição também recai sobre o bobo da corte por rir de um pai. Rigoletto fica apavorado!

Durante a noite, Rigoletto vai secretamente até a casa onde mora a bela desconhecida. Os espiões do duque já descobriram tudo, mas o que eles não sabem é que a moça é Gilda, filha de Rigoletto, e que ele quer justamente protegê-la de mulherengos como o duque. Diante da casa, uma figura sombria o aguarda. É Sparafucile, que oferece os seus préstimos de assassino de aluguel a Rigoletto. Por dinheiro, ele poderia eliminar qualquer "rival". Rigoletto ouve-o dizer que há um rival, mas não sabe do que ele está falando.

Rigoletto está inquieto. Sua filha é sua única alegria. Ciumento, tenta poupá-la do mundo cruel. Na realidade, ele a mantém na casa com uma governanta, como numa prisão. Não sabe que o duque, seu maior temor, já a descobriu há muito tempo e não descansará enquanto não a conquistar. O nobre já subornou a governanta de Gilda e assim conseguiu entrar na casa, escondido de Rigoletto. Este, por sua vez, não suspeita de nada durante sua visita noturna e acaba trancando a casa cuidadosamente antes de ir embora.

O duque então sai de seu esconderijo e se apresenta à jovem, que, surpresa e muito feliz, lhe declara seu amor. É o homem por quem se apaixonou secretamente na igreja! Mas, prevenido, o duque se apresenta com o nome de Gualtier Maldé e diz ser estudante e pobre!

De repente, ouvem-se passos e vozes diante da casa, e o duque desaparece rapidamente. O conde Ceprano e seus conspiradores estão reunidos do lado de fora. Pensavam em pôr em prática o plano de rapto, mas o bobo da corte, muito intrigado com a maldição do velho Monterone, resolveu retornar. Ao se aproximar da casa, Rigoletto se depara com o grupo. Estão todos mascarados, protegidos pela escuridão! Os conspiradores, com presença de espírito, explicam que o duque os incumbiu de sequestrar a condessa Ceprano, que mora no palácio em frente (o conde Ceprano, entre eles, se mantém escondido). Conseguem convencer Rigoletto, e este, aliviado e prestativo como sempre, oferece ajuda. Ele concorda em pôr uma máscara como os outros e, sem suspeitar de nada, segura a escada para que os cortesãos sequestrem sua própria filha. Intrigado com a demora, Rigoletto tira a máscara e, chocado, só percebe o engano quando os sequestradores já estão longe com a sua vítima. Na escuridão, não percebera que a máscara que lhe deram na verdade lhe vendava os olhos e obstruía os ouvidos. Então, ele avista a fita de Gilda jogada no meio da rua. Será que a maldição do velho Monterone está se cumprindo?

2. Na manhã seguinte, o duque está muito nervoso. Já está sabendo do rapto de Gilda, mas não sabe de quem é a autoria. Quando os seus cortesãos chegam e contam-lhe a aventura noturna – "Raptamos a amante de Rigoletto!" –, ele logo entende que alcançou seu objetivo de forma completamente inesperada e sem precisar fazer nada! Enquanto se dirige ao interior do palácio ao encontro de Gilda, seu bobo da corte chega desesperado procurando pela filha. Chorando, revela aos cortesãos que aquela suposta amante na verdade é sua filha, mas ninguém está disposto a levá-lo até Gilda. Algum tempo depois, Gilda aparece e abraça o pai, confessando-lhe seu amor por aquele "estudante" que conhecera na igreja. O mundo de Rigoletto desmorona: sua filha está desonrada. Agora só existe uma saída: abandonar o palácio e reconstruir a vida em outro lugar, distante dali com sua filha. Mas, antes disso, deseja vingar-se do duque!

3. Rigoletto marcou um encontro numa taverna afastada com o sombrio Sparafucile, que pouco tempo antes havia lhe oferecido seus serviços de assassino. Agora quer que ele prove o que sabe fazer! A bela Maddalena, irmã de Sparafucile, também está presente. Nessas ocasiões, ela lhe serve de chamariz, e até já combinou de se encontrar com o duque ali. Dessa maneira, Rigoletto acredita poder mostrar à filha, que ainda ama o duque, quem ele realmente é. Como será que ela vai reagir ao ver que está sendo traída pelo duque?

Então, por uma fresta do muro em ruínas da taverna, Gilda é obrigada a assistir, chocada, aos galanteios do duque a Maddalena. Humilhada, submete-se ao desejo do pai de voltar para casa e deixar a cidade ainda naquela noite, disfarçada de homem.

Além disso, Rigoletto está firmemente decidido a mandar matar o duque. A noite fica cada vez mais escura e sombria. Anuncia-se uma tempestade em que predominam chuva e vento. Maddalena, que está enamorada do duque, quer que ele vá embora, mas com aquele tempo é impossível! Dissimulado, Sparafucile oferece ao duque um quarto no sótão, onde poderá dormir tranquilamente.

Embora tenha se disfarçado de homem, conforme o combinado, Gilda não foge. Não consegue esquecer aquele homem infiel. Inquieta e cheia de maus pressentimentos, retorna à taverna no meio da tempestade. Pela fresta, testemunha uma terrível conversa entre Sparafucile e a irmã. Maddalena também se apaixonou pelo duque e agora quer impedir que seu irmão o mate. Sugere que, em seu lugar, mate Rigoletto, recebendo o prometido pagamento pelo assassinato, já que o velho certamente estaria com o dinheiro no bolso! Mas os assassinos também podem ter palavra, e Sparafucile recusa a sugestão, dizendo não ser ladrão e nunca ter traído um cliente. Só não matará o duque se algum estranho aparecer antes da meia-noite para se hospedar, o que é pouco provável, ainda mais em meio ao temporal. Nesse caso, segundo ele, o estranho poderia servir de vítima substituta. De qualquer modo, precisam de um defunto, não importa quem. Em seu desespero, Gilda toma coragem e bate à porta. Maddalena a deixa entrar. O seu irmão, que se escondeu atrás da porta, fere mortalmente Gilda, que permanece irreconhecível em seus trajes masculinos.

Duque   Maddalena   Sparafucile   Gilda   Rigoletto

À meia-noite Rigoletto retorna. Como combinado, Sparafucile mostra a vítima enfiada num saco. Seria parte de suas incumbências jogá-la no rio, mas Rigoletto quer fazê-lo pessoalmente. O saco é deixado a seus pés, Sparafucile recebe o pagamento combinado e desaparece no interior da taverna. Triunfante, Rigoletto põe o pé sobre o suposto cadáver do duque. Quando está para jogá-lo no rio, ouve a alegre voz do suposto defunto! O duque acabou de acordar e, cantarolando animado e despreocupado, põe-se a caminho do palácio. Pouco a pouco, a sua voz se perde na escuridão da noite.

Como que paralisado por um raio, Rigoletto abre o saco e descobre que está diante de sua filha mortalmente ferida. Ele bate à porta da taverna, mas ninguém atende. Com as últimas forças, ela lhe confessa que se sacrificou por amor, para salvar a vida do duque, o pior inimigo dele! Em seguida, morre nos braços do pai. A maldição de Monterone se transformou em terrível realidade!

NOTAS

Rigoletto *é a 16ª ópera de Verdi. Enquanto compunha a música, sentia-se especialmente atraído pelo brilhante caráter do bobo corcunda em sua trágica duplicidade. Por um lado, pai carinhoso; por outro, bobo da corte. Originalmente, a ópera deveria se chamar* La maledizione *(A maldição), já que a música repete o motivo da maldição do velho Monterone. Mas, ainda antes de estrear, Verdi descobriu que poderia haver empecilhos à trama, pois naquela época todas as novas peças de teatro eram submetidas à censura. Isso significava que muitas vezes as autoridades exigiam mudanças e intervenções, havendo casos em que a encenação da obra era proibida. A peça original transcorria na corte do rei da França*[45]*, e a censura não aceitava que um nobre renomado fosse amaldiçoado por um subordinado. Portanto, a história tinha de ser transferida para alguma pequena corte sem muita importância, de modo que Mântua foi escolhida. E foi nessa versão definitiva que* Rigoletto *teve estreia triunfal.*

---

45 A peça de Victor Hugo teve problemas com a censura na França. Hugo punha em cena o rei Francisco I e se valia da trama para tecer veemente crítica social. As monarquias europeias não podiam tolerar esse tipo de coisa.

Juntamente com as obras **La traviata** e **Il trovatore**, *criadas nos dois anos seguintes, essa ópera contribuiu de maneira permanente para a fama de Verdi e ainda hoje tem ótima aceitação.*

Em alguns aspectos específicos, Rigoletto *difere bastante do que se costumava fazer na época. Era novidade uma figura tão ambígua como Rigoletto tornar-se personagem central de uma ópera. Dessa vez, o típico herói jovem e sedutor, representado pelo tenor italiano, o duque, não é personagem principal. O eficiente pano de fundo que se afigura dá muito mais destaque a Rigoletto.*

A música é marcada por insuperável diversidade expressiva. Por um lado, temos a alegre música de dança na corte do duque, rítmica e impetuosa, com uma orquestra adicional atrás do palco e coros de grande efeito. Notável é a despreocupada ária do duque, La donna è mobile, *que se tornou quase tão conhecida quanto qualquer canção popular:*

Duque:[46]

La do-nna è mo-bi-le   Qual piu-ma al-ven-to!

Também famosa é a extensa ária de Gilda, no 1º ato. Com suas complicadas coloraturas, é um dos desafios mais difíceis que um soprano dessa especialidade deve enfrentar:

Gilda:[47]

Ca-ro no-me che il mio   cor   fes-ti pri-mo pal-pi-tar

---

46 "A mulher flutua como pluma ao vento."
47 "Caro nome, o primeiro que fez meu coração palpitar."

Temos ainda as inúmeras cenas que compõem uma atmosfera sombria, como no misterioso encontro entre o assassino Sparafucile e Rigoletto ou no momento da maldição de Monterone, o qual gerou tantas consequências e cujo tema musical central persegue Rigoletto por toda a ópera. A breve abertura (prelúdio) não contém nada além desse tema da maldição:

Rigoletto:[48]

Quel ve - cchio ma - le - di _____ va - mi!

O ápice da trama da ópera é o último ato, com seu incrível clima de tempestade noturna. Toda a cena da taverna é acompanhada por uma tempestade que é produzida não apenas por efeitos de luz e som, mas também pela orquestra. Além disso, Verdi teve a ideia genial de pôr um coro atrás do palco para produzir o uivo da tempestade por meio da emissão de voz com a boca fechada, com sons que sobem e descem.

---

48 "Aquele velho me amaldiçoou!"

Giuseppe Verdi
(1813-1901)

La Traviata

Ópera em três atos
- Libreto: Francesco Maria Piave (com base em Alexandre Dumas)
- Composição: uma abertura, um prelúdio no 3º ato e 19 números musicais
- Estreia: 6 de março de 1853, em Veneza
- Duração: um pouco mais de 2 horas

Personagens

Violetta Valéry	soprano
Flora Bervoix	*mezzo-soprano*
Annina, criada de Violetta	*mezzo-soprano*
Alfredo Germont	tenor
Giorgio Germont, pai de Alfredo	barítono
Gaston, visconde de Létorières	barítono
Barão Douphal	barítono
Marquês d'Obigny	baixo
Dr. Grenvil	baixo
Giuseppe, criado de Violetta	tenor
Um mordomo de Flora	barítono
Um comissário	baixo
Amigos e amigas de Violetta, toureiro, picadores, ciganos, criados de Violetta e de Flora, mascarados	coro

SINOPSE

A figura central da história, que se passa em Paris no século XIX, é uma rica cortesã, uma bela mulher que tem muitos amigos e amantes ricos, à custa dos quais vive muito bem. Chama-se Violetta Valéry e adora dar festas exuberantes com a presença de seus galanteadores, em seu elegante salão.

1 Certo dia, Violetta é apresentada num baile a Alfredo Germont, convidado de seu amigo Gaston. Imediatamente, Alfredo se apaixona pela anfitriã e, quando ela o incentiva a fazer um brinde, ele faz um efusivo louvor ao amor.

Violetta sente-se mal de repente e se retira para os seus aposentos. Alfredo fica muito preocupado e cuida dela de forma comovente. Com palavras carinhosas, dá a entender que a ama e que também no futuro gostaria de cuidar dela. Por mais superficial e fútil que seja, Violetta percebe, agradecida, o profundo e verdadeiro amor de Alfredo. De início, como é seu costume, trata-o com desdém. Mas na despedida, como sinal de afeição, ela lhe dá uma camélia. Quando as pétalas da flor murcharem, Alfredo deverá trazê-las de volta. Alfredo se despede e Violetta fica sozinha com novos e desconhecidos sentimentos. Influenciada e encantada por eles, decide abandonar sua vida de prazeres e de festas devassas.

2 Violetta acaba por concretizar sua decisão e, com o amado Alfredo, instala-se numa pequena propriedade fora de Paris. No entanto, logo os dois ficam sem dinheiro, e Alfredo é informado por Annina, criada de Violetta, que esta quer vender suas joias secretamente para conseguir dinheiro, o que o faz partir depressa para Paris, a fim de tentar conseguir o dinheiro necessário.

Durante a ausência de Alfredo, Violetta recebe a visita inesperada de um senhor que, ao contrário do que ela a princípio acreditava, não está interessado em comprar suas joias. Ele se apresenta como Giorgio Germont, pai de Alfredo, e, usando palavras comoventes, revela a razão de sua visita: implorar a Violetta que desista de Alfredo, pois a ligação amorosa deles ameaça a felicidade da família Germont. Ele alega que a irmã de Alfredo tem um noivo que quer dissolver o noivado se Alfredo não se separar daquela dama de passado duvidoso.

Violetta   Alfredo

    Violetta, que tem bom coração, acaba cedendo aos insistentes pedidos de Giorgio Germont e diz estar disposta a desistir de Alfredo só para salvar a felicidade da irmã dele, embora nem a conheça. Em seguida, com o coração pesaroso, escreve uma carta ao amado, comunicando sua decisão de se separar, mas sem revelar os verdadeiros motivos.

    Alfredo retorna à casa e mais uma vez lhe declara seu grande amor, mas ela se retira rapidamente.

    Logo Alfredo recebe a notícia da partida secreta e precipitada de Violetta e alguém lhe entrega uma carta. Nesse momento, Giorgio Germont entra na sala, e Alfredo cai desesperado em seus braços. As palavras de consolo do pai não resolvem nada. O filho infeliz abandona a casa.

    Naquela noite, há um baile na casa de Flora, amiga de Violetta e Alfredo, e os dois foram convidados. Alfredo vai direto para lá à procura de Violetta e a encontra em meio à confusão da grande festa, em companhia de seu antigo admirador, o barão Douphal. Alfredo agride Violetta com insultos. Por sorte, a briga é interrompida porque o jantar é servido. Pouco depois, os dois ficam a sós. Agora Violetta dá a entender a Alfredo que, na realidade, ama o barão. Alfredo se descontrola e, diante dos convidados horrorizados, arremessa o dinheiro que acabou de ganhar no jogo aos pés de Violetta, alegando ser em pagamento por seus serviços amorosos. Nesse momento, surge Giorgio Germont e intercede a favor de Violetta. Ela, por sua vez, extremamente abalada, é consolada por todos os presentes, enquanto Alfredo já sente remorso por seu comportamento brutal e descontrolado.

3 A saúde de Violetta, que já não era boa, não aguenta tamanha tensão. Agora ela está de cama, e suas forças diminuem a cada dia. O médico não tem mais esperança de recuperação. Giorgio Germont cuida dela como se fosse sua própria filha. Finalmente, ele informa ao filho o estado de saúde de Violetta.

Após o infeliz baile na casa de Flora, Alfredo duelou com o barão Douphal e, por isso, foi obrigado a deixar o país. Agora ele tem pressa em chegar junto ao leito de Violetta para pedir-lhe perdão. Ali, mais uma vez trocam juras de amor eterno, mas Violetta não tem mais forças para se levantar e ir à igreja para se casarem. Emocionado, Giorgio Germont abençoa o casal. Violetta, logo após presentear o amado com um medalhão contendo seu próprio retrato, morre nos braços dele.

Violetta   Alfredo   Giorgio Germont

NOTAS

La traviata *baseia-se no romance* A dama das camélias, *de Alexandre Dumas (1824-1895), que fez muito sucesso na França em meados do século XIX.*

Ao lado de **Trovador** *e de* **Rigoletto**, **La Traviata** *pertence ao grupo das primeiras três grandes obras de Verdi que até hoje não perderam a popularidade e estão constantemente nos programas dos teatros de ópera de todo o mundo. Nessas óperas, Verdi ainda segue com rigor o modelo tradicional da ópera italiana de números, dividida em uma sequência de árias e conjuntos de vozes ou coros. Diferentemente das futuras obras do compositor, aqui as vozes ainda dominam; a orquestra as acompanha rítmica e harmoniosamente, e em poucas ocasiões participa com a mesma intensidade de um evento musical.*

O forte efeito da música decorre sobretudo da expressividade das ideias melódicas de Verdi, o que pode ser percebido com clareza na abertura do 1º ato e no prelúdio do 3º ato, que têm entre si estreito parentesco musical por introduzirem o destino trágico de Violetta com timbres suaves e melodias de grande intensidade. A primeira frase melódica da abertura é especialmente marcante:

O papel de Violetta é um dos mais exigentes e ao mesmo tempo mais gratificantes para a voz de soprano, porque a cantora tem de reproduzir as coloraturas virtuosísticas com precisão e também ser capaz de extrema suavidade na expressão lírica. A cena da ária em que a personagem tenta entender o crescente sentimento de amor por Alfredo no 1º ato é digna de apreciação:

- *há muitas coloraturas no* allegro *brilhante e impetuoso:*

Violetta[49]

Sem - pre li - be - ra de - ggi - o fo - lle - giar

• *no andantino, o espírito é mais melancólico e reflexivo:*[50]

A   quel a - mor   quel a - mor   ch'è   pal - pi - to

Um pouco antes, também na festa de Violetta, o enamorado Alfredo se apresenta com uma canção de efeito dançante, hoje popular entre os beberrões, na qual o coro responde com um refrão:[51]

Li - bia ___ mo, li - bia - mo nei lie ___ ti ca ___ li - ci che la __ be - lle - zza - in ___ fio ___ ra

Além disso, o coro também tem um papel importante no 2º quadro do 2º ato.
O canto das ciganas é famoso:[52]

Noi sia - mo zin - ga - re - lle ve - nu - te da lon - tan

---

49 "Sempre livre devo brincar..."
50 "Àquele amor que é palpitação..."
51 "Brindemos nos alegres cálices/ Que a beleza adorna..."
52 "Nós somos ciganas/ Vindas de longe..."

Giuseppe Verdi
(1813-1901)

Don Carlo

Ópera em três atos
- Libreto: Joseph Méry e Camille Du Locle (com base em Schiller)
- Composição: prelúdios em cada ato e 18 cenas musicais
- Estreia: 11 de março de 1867, em Paris (primeira apresentação da 2ª versão em 10 de janeiro de 1884, em Milão)
- Duração: cerca de 3 horas e 30 minutos

Personagens

Filippo II (Felipe II), rei da Espanha	baixo
Elisabetta (Isabel) de Valois, sua esposa	soprano
Don Carlo (Dom Carlos), infante da Espanha	tenor
Princesa Eboli	*mezzo-soprano*
Condessa de Aremberg	papel mudo
Marquês de Posa, um cavaleiro maltês	barítono
Conde de Lerma	tenor
Tebaldo, pajem da rainha	soprano
Mensageiro real	tenor
O Grande Inquisidor	baixo
Um monge	barítono
Voz do céu	soprano
Diplomatas de Flandres e de outras províncias, cortesãos espanhóis, povo, pajens, guardas, monges, executores, soldados, autoridades municipais	coro

Na sequência descrevemos a 2ª versão da ópera, de 1884.

SINOPSE

Eram comuns os casamentos entre grandes casas reais da Europa para promover alianças políticas. Um exemplo famoso foi o casamento do rei espanhol Felipe II com Isabel de Valois, da França, por volta do ano 1560. Com essa aliança oficial, a paz entre os dois países deveria ser reforçada. Pouca importância tinha o fato de Isabel ser muito mais nova que Felipe e de, na realidade, ter sido anteriormente prometida em casamento ao filho dele, Carlos.

1 É compreensível que Carlos não consiga aceitar os acontecimentos que o pegaram de surpresa, porque ama Isabel. Está ajoelhado ao lado de um velho monge no sepulcro de sua família, diante do sarcófago de seu avô Carlos V, mergulhado em pensamentos. De repente, pensa ouvir a voz do além de seu antepassado; ela o consola.

Logo Carlos volta de seus pensamentos melancólicos para o presente. Ele recebe a visita do marquês de Posa, seu amigo de juventude, que relata que o povo de Flandres está sofrendo sob a opressão da Inquisição espanhola e anseia por liberdade. Mas Carlos só consegue pensar em Isabel e confia ao marquês o seu amor secreto. O marquês recomenda-lhe mudar de ares e ocupar-se de outros assuntos, sugerindo que parta para Flandres a fim de ajudar o povo a recuperar a tão almejada liberdade.

Por essa razão, Posa, então, arranja um encontro secreto com Isabel, para que ela convença o marido Felipe a enviar Carlos nessa importante missão. Mas, quando Carlos se encontra com sua ex-noiva, é novamente subjugado pelo amor que sente por ela. Isabel também gosta muito do príncipe, mas se sente obrigada a ser fiel ao marido. Depois que Carlos, decepcionado e infeliz, deixa o aposento, chega o rei e encontra sua mulher sozinha, sem a companhia de suas damas. Ela é repreendida severamente por isso. Quando todos estão para se retirar, Felipe retém o marquês, que aproveita a boa oportunidade para interceder por Flandres e, num diálogo denso, acaba por angariar a confiança do rei. Este, com uma franqueza nada habitual, revela suas preocupações: a jovem esposa não o ama, e o filho está cada vez mais distante, justamente em razão desse casamento. Ao se despedirem, o rei adverte o marquês de que deve tomar cuidado com o Grande Inquisidor.

2 Carlos renova as esperanças ao receber um convite para um encontro noturno no parque. Acredita que seja de Isabel. À meia-noite, espera-a ansiosamente, mas quem aparece é a princesa Eboli, que o ama em segredo. Ela chega coberta por um véu, e Carlos percebe o engano tarde demais. Assim, a princesa descobre quem ele realmente esperava encontrar. Tomada pelo ciúme, deseja se vingar do príncipe. No exato momento, Posa aparece e evita que o furioso príncipe a agrida. Decepcionada, a princesa se vai, sempre jurando vingança. Então, o marquês pede ao amigo que lhe confie as cartas secretas de Flandres, pois poderiam comprometer seriamente a relação do príncipe com seu pai. Carlos não entende aonde o amigo quer chegar, mas mesmo assim, hesitante, entrega-lhe as cartas.

A toda-poderosa Inquisição queima os infiéis em praça pública tanto para intimidar o povo como para realizar uma festa. Enquanto as vítimas infelizes são levadas à fogueira, Carlos, temerariamente, introduz diante do rei Felipe os representantes de Flandres, que de joelhos suplicam paz para sua terra. Felipe reage com frieza e recusa, dizendo que Flandres foi rebelde. Nesse momento, seu filho se aproxima e pede ao pai que o envie a Flandres como governante daquele povo oprimido. Felipe fica indignado com a revolta do príncipe e ordena que ele seja desarmado. Mas ninguém se dispõe a fazê-lo: todos estão petrificados. Furioso, Felipe puxa sua própria espada, mas, a fim de evitar o pior, Posa desarma Carlos, que se surpreende com a aparente traição do amigo. Como recompensa, o rei dá ao marquês o título de duque.

3 Apesar da idade e do cansaço, o rei Felipe não consegue dormir. Pensa em seus problemas; seu relacionamento com Isabel, que não o ama, não lhe sai da cabeça. No fundo, anseia por descansar na sepultura. Já quase alvorece, e em seu gabinete entra um ancião cego. Trata-se do homem mais poderoso do país, o Grande Inquisidor, temido por todos. O rei Felipe suplica por um conselho, mas o sacerdote determina implacavelmente que o príncipe Dom Carlos deve ser morto e que o marquês de Posa deve ser entregue à Inquisição por suas ideias revolucionárias. O sacerdote força o rei a declarar seu consentimento.

Isabel aparece e está indignada porque alguém lhe roubou um cofre. Ali está ele, de posse do rei. Essa foi a vingança da princesa Eboli: entregar o porta-joias da rainha ao rei, que dentro dele encontra o retrato do príncipe, ainda da época do noivado. Felipe, enciumado, esquece a dignidade e agride Isabel com os piores insultos. Ela desmaia. O rei então pede ajuda. O marquês de Posa entra e o repreende por sua falta de controle. A princesa Eboli, que também aparece, arrepende-se profundamente de sua atitude e pede perdão de joelhos à sua senhora. Como castigo, ela é banida para um convento.

O marquês de Posa visita o desesperado príncipe em sua cela de prisão e quer encorajá-lo, lembrando-o de sua verdadeira missão: a libertação de Flandres. De repente, ouve-se um tiro. Posa cai mortalmente ferido nos braços do amigo. A poderosa Inquisição encontrou uma nova vítima e agora também fica claro o motivo pelo qual Posa pediu com tanta urgência a Carlos que lhe entregasse as cartas de Flandres. Ele se sacrificou pelo amigo, desviando para si as provas que a Inquisição tinha contra Carlos. Na conturbação que se segue ao fato, Carlos foge.

Dom Carlos   Marquês de Posa   Rei Felipe   Grande Inquisidor

As óperas

Carlos ficou sabendo por Posa que Isabel ainda quer vê-lo mais uma vez, antes que ele parta para Flandres. Vai ao seu encontro junto ao sepulcro de Carlos V, mas eles são surpreendidos pelo rei e pelo Grande Inquisidor, justamente quando estão se despedindo. Novamente intencionam prender o príncipe, mas nesse momento a voz fantasmagórica de Carlos V volta a ecoar. O velho monge misterioso aparece e leva Carlos para o interior dos túneis escuros do mosteiro.

Dom Carlos   Monge   Rei Felipe II   Isabel

NOTAS

Verdi musicou diversos dramas de Friedrich Schiller (1759-1805). Primeiramente, com base em A donzela de Orleans, *compôs* Giovanna d'Arco [Joana d'Arc] *(1845); depois, para* Os bandoleiros, *compôs* I Masnadieri [Os bandoleiros] *(1847);* Luisa Miller *(1849) foi baseada em* Intriga e amor; *finalmente,* Don Carlo *(1884, 2ª versão). Essa ópera tem, como prioridade de conteúdo, pontos visivelmente opostos à peça de Schiller. O mais importante para Schiller era a luta dos flamengos oprimidos contra os espanhóis dominadores; portanto, a ideia de liberdade. Verdi transformou isso numa típica "grande ópera", que trata de* amor e paixão, ciúme e assassinato, enquanto a luta dos flamengos pela liberdade e a violência da Inquisição formam apenas um pano de fundo, ainda que eficaz.

A adaptação do longo drama de Schiller para a ópera foi muito trabalhosa para Verdi. Isso fica claro pelas diferentes versões de Don Carlo. O libreto da estreia em Paris continha cinco atos e era em francês. Quinze anos depois, Verdi retrabalhou a ópera, retirando um ato e deixando que fosse encenada com uma tradução italiana no Scala de Milão (1884).

Na versão de Paris, com cinco atos, Carlos e Isabel são apresentados como noivos no 1º ato (na floresta de Fontainebleau), isto é, antes que o rei Felipe tirasse a noiva do filho por motivos políticos.

Certamente a figura central da ópera é o rei Felipe II, papel exemplar do baixo lírico italiano. Seu grande monólogo no 3º ato (4º ato na 1ª versão) representa um dos pontos altos da criação operística de Verdi. Trata-se de uma cena dividida ricamente com trechos com recitativos e árias, e com uma expressiva abertura da orquestra:

Rei:[53]

[partitura musical: "Dor-mi-rò sol nel man-to mio re-gal quan-do la mia gior-na-ta è giun-ta a se-ra"]

Logo em seguida, ocorre o impressionante e assustador encontro do rei com o Grande Inquisidor, ilustrado com os timbres escuros da grande orquestra.

O elemento espanhol só está representado em poucos momentos, mais claramente na canção de Eboli, acompanhada por bandolim:

---

53 "Dormirei só no meu manto real/ Quando meu dia chegar ao ocaso..."

Princesa Eboli:[54]

[sheet music: Nel giar-din del bel-lo Sa-ra-cin os-tel-lo]

Os dois amigos, Carlos e Posa, cantam um grande dueto no 1º ato (2º na primeira versão). A empatia entre os dois se expressa claramente na melodia com terças e sextas paralelas:[55]

[sheet music: Di___ o che nell' al-ma in-fon___ de-re a-mor]

Como uma típica grande ópera francesa, Don Carlo contém diversas cenas de multidão. Exemplo disso é o grande final no 2º ato (3º ato na primeira versão). Aqui há um sombrio auto de fé, durante o qual alguns infiéis são queimados vivos diante do portal da igreja, perante todo o povo, todos os notáveis do mundo e do além. Um poderoso coro abre a cena:

Coro:[56]

[sheet music: Spun-ta___ to e-cco il dì___ d'e sul-tan___ za O___ ___no___ re o_no-re al più gran-de de' re de' re]

Em relação às óperas anteriores de Verdi, aqui a orquestra continuou ganhando independência e expressividade, o que pode ser percebido não só em algumas passagens da abertura, mas também na harmonia diferente e rica que acompanha o canto.

---

54 "No jardim da bela morada sarracena..."
55 "Deus, que na alma infundiu amor..."
56 "Despontou enfim o dia de exultação/ Honra ao maior dos reis."

Giuseppe Verdi
(1813-1901)

Aída

Ópera em quatro atos
- Libreto: Antônio Ghislanzoni
- Composição: abertura e 18 números musicais
- Estreia mundial: 24 de dezembro de 1871, no Cairo
- Duração: cerca de 3 horas

Personagens

Faraó	baixo
Amnéris, sua filha	*mezzo-soprano*
Aída, escrava etíope	soprano
Radamés, general egípcio	tenor
Ramfis, sumo sacerdote	baixo
Amonasro, rei da Etiópia e pai de Aída	barítono
Um mensageiro	tenor
Uma sacerdotisa	soprano
Sacerdotisas, sacerdotes, ministros, soldados, burocratas, escravos, prisioneiros etíopes, povo	coro, balé, figurantes

SINOPSE

Há milênios, no tempo dos gloriosos faraós, dois países vizinhos, Egito e Etiópia, viviam em guerra.

1 A cidade de Tebas e as margens do rio Nilo, no sul do Egito, estão constantemente ameaçadas pelo inimigo etíope. O jovem general Radamés está de prontidão no palácio real de Mênfis, alimentando grandes esperanças de finalmente poder comandar os egípcios em batalha. O sumo sacerdote Ramfis acaba de sair à procura do faraó para lhe comunicar a decisão da deusa Ísis. Mas Radamés não almeja apenas vencer uma batalha; talvez a vitória pudesse ajudá-lo também a realizar um desejo pessoal, pois ele ama Aída, que vive como escrava na capital egípcia porque ninguém conhece sua verdadeira posição de filha do rei da Etiópia. Radamés acredita que, se voltar vencedor, não lhe poderão negar a realização de seu desejo de libertar Aída!

Inesperadamente surge Amnéris, a bela filha do faraó, que está apaixonada por Radamés e nutre sentimentos de ciúme e desconfiança. No início são apenas suposições que a perturbam, mas, quando Aída entra na sala, suas suspeitas começam a se confirmar: olhares denunciadores e a breve palidez dos dois amantes a levam à pista certa.

Os três testemunham a nomeação de Radamés a general. O rei entra com o seu séquito e ouve a notícia da invasão dos etíopes, sob o comando do rei Amonasro, pai de Aída. Esta, ainda que preocupada com seu povo e com seu pai, deixa-se contagiar pelo grito de guerra: "Retorna vencedor!".

Confusa, ela fica para trás e, repentinamente, se dá conta do impasse em que se encontra: de um lado, o pai; de outro, o amado. A quem ela deve desejar sorte?

Enquanto isso, Ramfis ora com os seus sacerdotes, pedindo a vitória. Abençoam as armas e entregam a espada sagrada a Radamés.

2 O fogo do ciúme arde em Amnéris. Em seus aposentos, ela se deixa servir por escravas e pequenos mouros, mas, quando vê que Aída se aproxima, logo manda o seu séquito sair e se vale de diabólica astúcia para comprovar a sua suspeita. Com simpatia simulada, finge lamentar a desgraça da pobre etíope, cujo povo, apesar de ter sido abandonado pela sorte, não o foi por completo, porque "O comandante egípcio caiu mortalmente ferido em combate...". Aída não consegue conter as lágrimas e Amnéris continua sua provocação para ter certeza absoluta: "Eu te enganei. Radamés está vivo!". O grito de alegria de Aída revela toda a verdade pressentida e põe frente a frente duas rivais muito diferentes: a nobre e a escrava, que amam o mesmo homem!

Aída   Amnéris

Toda a cidade de Tebas se prepara para a marcha da vitória. Em meio ao triunfante povo egípcio, o rei e seus governantes recebem o glorioso general Radamés, o salvador da pátria, que é coroado por Amnéris. Em seguida, a tropa vitoriosa desfila com os despojos e os prisioneiros etíopes. Entre eles está Amonasro, que se vê obrigado a reencontrar a sua pobre filha em situação tão humilhante, mas consegue esconder sua verdadeira identidade de rei dos etíopes. Essa é a única maneira de salvar a própria vida e ainda ter esperança de se vingar. Radamés, eufórico com a emoção da vitória, pede que os prisioneiros etíopes sejam libertados. Os únicos reféns que permanecem em Tebas são Amonasro e Aída. Amnéris, por sua vez, vivencia seu maior triunfo: como recompensa, o faraó dá ao comandante a mão de sua filha em casamento e o nomeia herdeiro do trono. Enquanto Amnéris festeja com o povo, embriagada de felicidade, Radamés e Aída percebem a situação desesperadora: "O trono do Egito não vale o coração de Aída!".

3 As margens do Nilo estão mergulhadas na escuridão da noite; as águas marulham e as estrelas brilham. Na noite que antecede seu casamento, Amnéris vai ao templo para fazer uma oração acompanhada por Ramfis. Ela suplica aos deuses que Radamés corresponda ao seu amor! Ao longe, ouvem-se as preces solenes do sacerdote, vindas do templo. Então, o silêncio volta a tomar conta da noite meridional...

Aída aproxima-se cuidadosamente – Radamés combinara um encontro com ela. "Radamés virá aqui! O que quererá dizer-me?", pergunta-se ela. Mas, em vez do amado, é seu pai Amonasro quem chega na escuridão. Ficou sabendo do encontro secreto dela com Radamés e, tendo percebido o amor dos dois, quer fazer da filha um instrumento para salvar sua pátria. Seu povo já se reorganizou, e agora, para vencer, é preciso saber os lugares em que estará o exército egípcio. Amonasro pressiona a filha: "Sei que esperas Radamés, ele te ama, ele comanda os egípcios... Entendes?!".

Aída fica profundamente chocada e rejeita a proposta do pai. Ele lhe descreve a devastação que o exército egípcio promoverá em sua pátria – ela poderia salvar o país! Aída cai aos pés do pai. Como poderia tornar-se traidora e ser renegada pelo pai? Não, ela quer mostrar-se digna de sua terra, ainda que para isso o sacrifício seja enorme! Ouvem-se passos na escuridão, e Amonasro se esconde depressa.

Radamés surge radiante e, com esperanças renovadas, pretende derrotar definitivamente os etíopes para depois exigir que lhe entreguem Aída como recompensa. Mas Aída consegue convencê-lo a fugir, e ambos sonham com uma vida em comum. Como quem não quer nada, Aída pergunta qual será o caminho que suas tropas tomarão no dia seguinte, "para que possamos evitá-las". Radamés responde que são os desfiladeiros de Nápata. Nesse instante, os acontecimentos começam a se atropelar. Feliz, Amonasro sai de seu esconderijo: agora ele conhece o maior segredo do inimigo. Ele e Aída querem levar Radamés consigo, mas são impedidos por guardas, que estão retornando com Amnéris e Ramfis da oração no templo.

Furioso, Amonasro tenta ferir a filha do rei do Egito com a espada, mas Radamés segura o seu braço e se entrega voluntariamente aos guardas. Pai e filha conseguem fugir em meio à confusão geral.

4 Radamés está na prisão. No palácio do faraó, Amnéris começa a perceber o terrível destino que ameaça o infeliz general. O seu amor por Radamés é verdadeiro. Como seria bom se ele também pudesse amá-la! Ela arrisca uma última tentativa desesperada de salvá-lo. Manda chamar Radamés e o pressiona: "Renuncia a Aída!". Mas ela encontra um homem destruído e resignado, desejando apenas que Aída consiga retornar à sua pátria, sem que fique sabendo de seu trágico destino. Ele mesmo está disposto a morrer.

Amnéris percebe que todos os esforços são inúteis. Os guardas levam Radamés de volta à cela. Logo em seguida, Ramfis e os sacerdotes passam pela filha do faraó para descerem ao tribunal de justiça. A intercessão de Amnéris não consegue detê-los. Lá embaixo, diante de três acusações e da injunção "Desculpa-te!", Radamés permanece calado. A cruel e dura sentença chega abafada até os ouvidos de Amnéris: "Serás sepultado vivo, sob a ara do deus!". Completamente fora de si, ela amaldiçoa os sacerdotes.

Radamés é encarcerado num dos túneis subterrâneos do templo de Vulcano. Dois sacerdotes fecham a última abertura com uma pedra, deixando-o só em sua sepultura. Desconsolado, está pensando em Aída quando ouve um ruído, um suspiro. Aída havia se infiltrado no calabouço sem ser notada para compartilhar o destino com seu amado. Sob o som distante dos solenes hinos aos deuses, ela desliza suavemente para os seus braços e morre. Acima deles, no templo, Amnéris, de luto, ora por seu amado perdido.

NOTAS

Aída foi uma obra encomendada a Verdi para a inauguração do canal de Suez. É conhecida pelos cenários magníficos e preciosos figurinos. Em óperas como essa, os cenógrafos e figurinistas preparam uma verdadeira festa visual para o público, como é o caso na grande

As óperas

Radamés   Aída   Amonasro   Ramphis

marcha triunfal no 2º ato. Não por acaso, Aída costuma ser apresentada na enorme arena de Verona. A desvantagem de tamanha pompa é que a comovente tragédia humana, o verdadeiro foco da peça, pode às vezes parecer um pouco desvalorizada.

No entanto, a introdução da orquestra, que Verdi chama não de abertura, e sim humildemente de prelúdio, começa de maneira delicada e profunda com a canção de amor de Aída.

Andante
Violino I

Como firme oposição logo entra o tema do mundo dos sacerdotes:

Violoncelos

As duas melodias se sobrepõem energicamente e elucidam o grande tema musical da ópera: o confronto de pessoas que sucumbem às condições cruéis do Estado e da religião.

Há ainda um terceiro tema que se repete em momentos importantes da peça. Ele descreve de forma muito clara o ciúme de Amnéris em intervalos menores, inquietos e nervosos:

Presto

Verdi mandou construir trompetes especiais, os "trompetes-Aída", para a marcha triunfal, que, tocada no palco, não é apreciada por alguns por ser considerada muito forte e estridente.

Trompetes

Apesar de a música de Aída ser colorida e exótica, Verdi não utilizou melodias egípcias de fato. O 3º ato, o "Ato do Nilo", é uma pequena obra-prima dramática independente. Nele se desdobra toda a tragédia até o seu terrível final. Quando se presta bastante atenção à música, é possível detectar o tranquilo movimento noturno das águas do Nilo, nítido especialmente no início, com as flautas e com violinos em pizzicato.

Giuseppe Verdi
(1813-1901)

Otello

Ópera em quatro atos
- Libreto: Arrigo Boito (com base em William Shakespeare)
- Composição: atos contínuos com prelúdios
- Estreia mundial: 5 de fevereiro de 1887, em Milão
- Duração: cerca de 3 horas

Personagens

Otello, mouro, comandante da frota veneziana	tenor
Iago, alferes	barítono
Cassio, capitão	tenor
Rodrigo, nobre veneziano	tenor
Lodovico, embaixador da República de Veneza	baixo
Montano, antecessor de Otello como governador de Chipre	baixo
Um arauto	baixo
Desdêmona, esposa de Otello	soprano
Emília, esposa de Iago	*mezzo-soprano*
Soldados, marinheiros, nobres, venezianos ilustres, cipriotas, povo	coro, balé

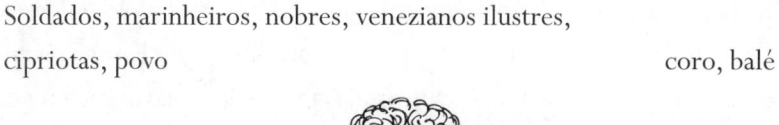

SINOPSE

Assim como o dia e a noite, ou a luz e a sombra, o amor e o ciúme também andam juntos. O ciúme pode ser fundamentado, mas também pode surgir sem motivo, por um acontecimento completamente sem importância. É o caso de Otello. Sendo mouro, é o único negro entre muitos brancos, um estranho, apesar de ser um homem de muito sucesso, um comandante. Talvez por isso seja mais desconfiado e mais suscetível de ser influenciado por boatos, ainda que infundados.

Otello é comandante da frota veneziana e acaba de vencer os turcos. Durante a viagem de volta a Chipre, onde ele é governador, seu navio é surpreendido por uma tempestade. Do porto, as pessoas observam, assustadas, seu general lutar desesperadamente contra a tormenta e enfim retornar ileso à pátria. São acesas fogueiras para festejar a chegada de Otello em terra firme. Em poucas palavras, ele relata orgulhosamente a vitória, mas logo sai para reencontrar sua mulher, Desdêmona, filha de uma ilustre família veneziana. O povo festeja a vitória de seu senhor cantando e bebendo diante do palácio.

Porém, dois invejosos não acham que Otello mereça o triunfo. Trata-se de Rodrigo, apaixonado por Desdêmona, e Iago, o alferes que o general não promovera a tenente, tendo nomeado Cassio em seu lugar. Tomado por ódio irreprimível, Iago elabora um plano para destruir Otello e Cassio.

A sua primeira vítima é Cassio. Malicioso, Iago convida-o para beber, e Cassio, pouco resistente ao vinho, logo fica bêbado. Embriagado e fora de si, começa a brigar com Rodrigo. A discussão logo se transforma em luta, e Cassio fere Montano, que se interpôs entre os dois. Iago já previra a desgraça e, tocando o alarme, cuida para que a confusão aumente ainda mais. Naturalmente, o barulho incomoda Otello, que está comemorando o retorno com Desdêmona, mas que precisa interferir. Tomado de raiva, Otello empunha a espada e depõe Cassio de seu posto. Em seguida, manda para casa todos os que estão na praça. Desdêmona se aproxima carinhosamente e ele se acalma. A tempestade já se dissipou há muito tempo, e uma bela noite estrelada e enluarada se abre sobre Chipre. Um clima perfeito para uma romântica noite de amor!

As óperas

2 Iago revela o seu caráter sombrio numa profissão de fé, em que declara confiança no poder do mal! Fatalmente Otello será a sua vítima – o alferes conhece bem demais o seu senhor e as fraquezas dele, e está decidido a aproveitar-se delas. Fingindo amizade, Iago se encontra com Cassio e sugere-lhe que procure o apoio de Desdêmona para que ela interceda a seu favor junto ao marido. Depois, maldosamente, trata de despertar o ciúme de Otello, levantando suspeitas sobre a proximidade entre Cassio e Desdêmona. Seu veneno logo surte efeito sobre o general.

Desdêmona se aproxima de Otello e, ingênua, pede-lhe que perdoe Cassio. Isso provoca um acesso de raiva no ciumento. Quando Desdêmona tenta enxugar a testa do marido, ele atira o lenço dela ao chão. Emília, mulher de Iago e confidente de Desdêmona, recolhe o pertence. Iago rouba o lenço de sua mulher para com ele atiçar ainda mais o ciúme do mouro.

Otello exige que Iago lhe apresente provas concretas da infidelidade da esposa. Iago mente, dizendo ter ouvido Cassio confessar em sonho seu amor por Desdêmona. Além disso, afirma que viu um lenço de seda nas mãos de Cassio, presente de Otello para Desdêmona! Isso convence Otello, que jura vingança. Iago aproveita para fazer o mesmo juramento.

Otello   Desdêmona
Iago   Cassio   Rodrigo

195

3 Sem suspeitar de nada, Desdêmona tenta mais uma vez se aproximar de Otello e pede que Cassio seja perdoado. O marido perde completamente o controle e, indignado, briga com ela e a expulsa.

Logo em seguida, Iago trama para que o comandante ouça uma conversa sua com Cassio, sem ser visto. Ele distorce as palavras de Cassio com tanta habilidade que Otello realmente passa a acreditar que o capitão rebaixado tem uma relação amorosa com Desdêmona. Na verdade, Cassio está falando de um caso amoroso seu, Bianca. Mas Otello vê Iago receber das mãos de Cassio o lenço de Desdêmona, deixado pelo próprio Iago na casa de Cassio, que está intrigado, não sabe de quem é. Otello, porém, fica definitivamente convencido da deslealdade de sua mulher.

Lodovico, representante do doge veneziano, organiza uma recepção festiva em Chipre, na qual inesperadamente nomeia Cassio como sucessor de Otello na ilha. Otello, por sua vez, deverá retornar a Veneza.

Ao saber da novidade, Otello fica furioso e arma uma terrível cena de ciúme na presença de todos os dignitários. Para o horror dos convidados, chega a empurrar Desdêmona, que cai ao chão. Em pouco tempo o salão se esvazia: todos se retiram diante de seus insultos. Ninguém mais reconhece o grande comandante!

A perturbação quase leva Otello à loucura – ele perde os sentidos e também cai ao chão. Iago aparece triunfante por ter conseguido que seu senhor perdesse o controle. Orgulhoso, observa Otello caído e diz: "Eis aí o Leão de Veneza!".

Iago ainda provoca Rodrigo com a intenção de que ele mate Cassio, o que obrigaria Otello e Desdêmona a permanecerem em Chipre.

4 Desdêmona está inquieta, confusa e atormentada por terríveis pressentimentos. Enquanto se prepara para dormir, canta uma antiga canção melancólica, que curiosamente lhe ocorre e combina tão bem com suas sensações naquela noite. Em seguida, reza uma ave-maria e, um pouco mais calma, deita-se.

No silêncio da noite, Otello entra nos aposentos de Desdêmona por uma porta secreta. Entristecido, contempla sua mulher em sono profundo e beija-a com ternura. Ela desperta surpresa e inquieta. Com frieza, ele avisa que vai matá-la.

Desesperada, ela jura inocência e suplica algum tempo para poder provar que ele está enganado. Ele nega. Em vão ela tenta se desvencilhar das poderosas mãos do marido e acaba sendo estrangulada em seu próprio leito.

Desdêmona   Otello   Emília

Nesse momento ouvem-se vozes agitadas: Emília entra apressada, contando que Cassio matou Rodrigo em defesa própria. Cassio está vivo! Com horror, ela descobre que a sua senhora está morrendo e grita por socorro. Cassio, Montano, Lodovico e Iago chegam correndo e ouvem as últimas palavras de Desdêmona, em defesa de Otello: "Otello é inocente"! Então Emília descobre o jogo diabólico de seu marido e revela aos homens chocados a fraude do lenço, na qual Otello caiu tão ingenuamente. Iago foge, perseguido pelos homens de Montano. Otello fica muito abatido e lhe tomam a espada. Mas ele ainda tem uma arma e, ao compreender toda a terrível verdade, se mata. Moribundo, beija a esposa morta pela última vez.

NOTAS

Depois de Aída *(1871),* Verdi passou quinze anos sem compor nenhuma ópera (Aída deveria ser sua última ópera). Na estreia de Otello, em 1887, o compositor já estava com 74 anos de idade. Otello é definitivamente a última ópera tradicional de números. Nela, os quatro atos são contínuos, e a orquestra tem o mesmo peso das vozes.

Arrigo Boito (1842-1918), que também era um famoso compositor de óperas, adaptou com maestria o drama Otello, *de Shakespeare, para um libreto. Era especialista em sintetizar o original poético sem que a essência do enredo fosse modificada. Certamente, também podia confiar que a força de expressão da música de Verdi dispensava o uso de muitas palavras, e que o público o entenderia. Assim, no original de Shakespeare, Otello tem um monólogo pouco antes do assassinato noturno da inocente Desdêmona, como que para justificar sua ação, enquanto na ópera de Verdi há apenas um fantástico prelúdio orquestral com um belo solo de contrabaixo, batidas abafadas do grande tambor e um pequeno e inquietante motivo de semicolcheias:*

Quando Otello beija Desdêmona novamente, a orquestra acompanha com uma melodia que poderia ser chamada de leitmotiv, *porque também aparece no primeiro ato e após o assassinato, sempre como referência ao beijo:*

Embora *Otello* seja uma ópera contínua, contém algumas cenas parecidas com árias fechadas ou divididas em estrofes. Aqui podemos citar, por exemplo, a vigorosa canção do vinho no 1º ato, quando Iago embebeda Cassio após a chegada de Otello. A música parece, gradativamente, estrofe por estrofe, sair dos trilhos e, no final, dá até mesmo a impressão de cambalear. O coro finaliza cada estrofe com um refrão.

No 2º ato, Desdêmona está com seu séquito no jardim do palácio. Diversas canções são entoadas em sua homenagem e também são cantadas por um coro de crianças acompanhado por gaitas de fole, bandolins e guitarras. No último ato, Desdêmona, atormentada por sombrios pressentimentos, canta a famosa "Canção do salgueiro". A cena é introduzida pelo solo lamentoso de um corne-inglês, seguido pelos versos das árias em que o acompanhamento da orquestra varia de estrofe para estrofe:[57]

Pian - ge____a can - tan - do nel er - ma lan - da pian - gea la mes____ta

Para a cena solo do vilão Iago, no 2º ato, chamada de "O grande Credo", não existe modelo na obra de Shakespeare – é uma invenção do libretista Boito. Aqui Iago nos revela as profundezas de sua alma e proclama um credo do mal. O seu monólogo divide-se em estrofes e é acompanhado pela orquestra com grande agitação e timbres sombrios. Um pequeno motivo, em constante transformação, atravessa todas as estrofes:

Aliás, essa ópera tão trágica se encerra em Mi maior. Quem pode ainda afirmar que as tonalidades maiores sempre significam alegria?

---

57 "Chorava cantando na landa erma, chorava a infeliz."

Giuseppe Verdi
(1813-1901)

Falstaff

Comédia lírica em três atos
- Libreto: Arrigo Boito
- Composição: sem abertura, três atos contínuos, cada um com duas cenas
- Estreia mundial: 9 de fevereiro de 1893, no teatro Scala, em Milão
- Duração: cerca de 2 horas e 30 minutos

Personagens

Sir John Falstaff	barítono
Ford	barítono
Dr. Caius	tenor
Fenton	tenor
Bardolfo e Pistola, criados de Falstaff	tenor, baixo
Sra. Alice Ford, esposa de Ford	soprano
Nannetta, filha de Ford e Alice	soprano
Sra. Meg Page	*mezzo-soprano*
Sra. Quickly	contralto/ *mezzo-soprano*
O dono da taverna e hospedaria A Jarreteira	papel mudo
Pajem de Falstaff	papel mudo
Um pequeno pajem de Ford	papel mudo
Cidadãos de Windsor, criados de Ford, mascarados (espíritos, fadas, bruxas etc.)	coro, figurinista eventualmente balé

SINOPSE

Nossa história se passa há cerca de seiscentos anos, na pequena cidade inglesa de Windsor. Sir John Falstaff é uma figura imponente e corpulenta, dotada de inconfundível vozeirão e elevada autoestima. Frequentador assíduo da hospedaria A Jarreteira, ele bebe grande quantidade de vinho e, como convém a um verdadeiro cavaleiro, emprega dois criados, Bardolfo e Pistola. Entretanto, ele não tem um tostão! A conta que o dono do estabelecimento lhe apresenta insistentemente fica cada vez mais alta, mas ele não tem como pagá-la.

Falstaff nunca teve muita dificuldade para solucionar seus problemas. Acredita ser espertíssimo e sempre faz planos mirabolantes para ganhar muito dinheiro. Também é preciso dizer que o nosso cavaleiro se considera um sedutor imbatível. Que dama poderia resistir à sua figura magnífica? Ele acaba de escrever duas cartas de amor de igual conteúdo, uma para Alice Ford e outra para Meg Page, duas senhoras casadas da alta sociedade, apostando que é possível conseguir dinheiro com algum tipo de aventura amorosa!

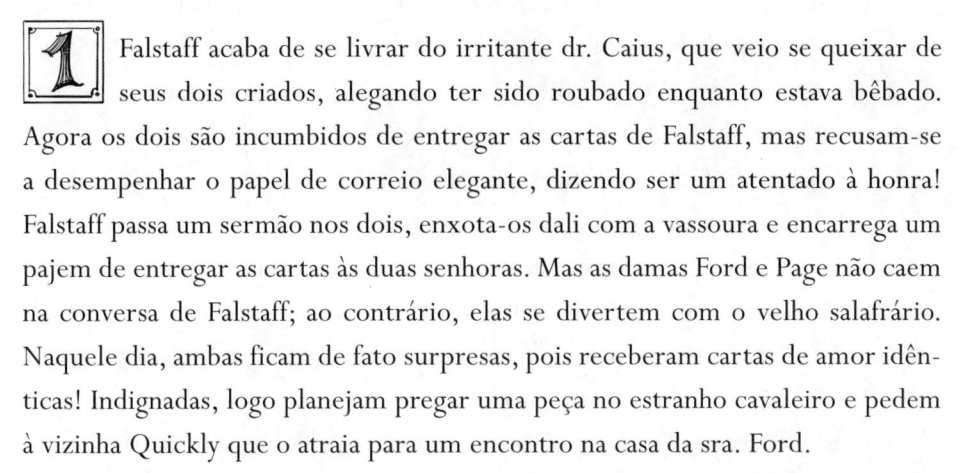

1 Falstaff acaba de se livrar do irritante dr. Caius, que veio se queixar de seus dois criados, alegando ter sido roubado enquanto estava bêbado. Agora os dois são incumbidos de entregar as cartas de Falstaff, mas recusam-se a desempenhar o papel de correio elegante, dizendo ser um atentado à honra! Falstaff passa um sermão nos dois, enxota-os dali com a vassoura e encarrega um pajem de entregar as cartas às duas senhoras. Mas as damas Ford e Page não caem na conversa de Falstaff; ao contrário, elas se divertem com o velho salafrário. Naquele dia, ambas ficam de fato surpresas, pois receberam cartas de amor idênticas! Indignadas, logo planejam pregar uma peça no estranho cavaleiro e pedem à vizinha Quickly que o atraia para um encontro na casa da sra. Ford.

Se as duas não param de mexericar, também os homens estão pensando no gordo inconveniente. Dr. Caius, Bardolfo e Pistola, os criados de Falstaff, abordam o sr. Ford ao mesmo tempo, queixando-se da maldade de Falstaff. Bardolfo e Pistola revelam ainda que o seu senhor está tentando seduzir Alice, o que desperta o ciúme de Ford. O marido, inquieto, resolve ir de imediato à hospedaria A Jarreteira usando nome falso para averiguar pessoalmente esse escândalo.

Enquanto todos estão nervosos, ocupados com a pessoa do cavaleiro, Nannetta, a bela filha de Ford, aproveita a ocasião para se encontrar com seu amado Fenton sem ser percebida nem incomodada. Os dois são um só coração e uma só alma, mas infelizmente o velho Ford não gosta do rapaz.

2 Saciado e satisfeito após farta refeição, Falstaff está descansando quando recebe a bem-vinda visita da sra. Quickly, incumbida de marcar o encontro dele com a sra. Ford. Assim que ela vai embora, surge um certo sr. Fontana, que também diz aguardá-lo. Na verdade, é o sr. Ford, que consegue se insinuar junto ao velho beberrão de forma muito eficiente, dando-lhe uma grande garrafa de vinho de Chipre. Traz também um volumoso saco de dinheiro, com o qual logo consegue que Falstaff solte a língua e revele que naquele mesmo dia se encontrará com a mulher de Ford, Alice! E era exatamente isso que o sr. Fontana queria descobrir. Ao deixar a taverna em companhia de Falstaff – que antes de sair se arruma cuidadosamente para o encontro –, o disfarçado Ford precisa se esforçar para não explodir de raiva.

Nesse ínterim, são feitos os últimos preparativos para receber o amante inconveniente na casa de Ford. A sra. Quickly ainda faz um breve relatório sobre a sua visita à Jarreteira, para a grande diversão das outras senhoras. Nannetta e Fenton também estão presentes. A moça está muito infeliz porque seu pai resolveu casá-la com o antipático dr. Caius, contra a sua vontade.

Falstaff chega ansioso e bajula Alice com ardentes promessas amorosas... Na verdade, as damas só querem assustar um pouco o galanteador engraçadinho e logo em seguida se livrar dele. Mas Ford, furioso, acaba com a brincadeira. Cego de ciúme, invade a casa e revista todos os cantos em busca de seu suposto rival. Falstaff ainda consegue se esconder rapidamente atrás de um biombo. Depois, tenta entrar num grande cesto de roupas que Ford acabou de verificar. Armários e baús estão sendo examinados quando, de repente, num breve momento de silêncio, ouve-se atrás do biombo o estalo de um ruidoso beijo. Só pode ser o malfeitor! Mas, em vez de Falstaff, encontram Fenton e Nannetta, que se abraçam e se beijam calmamente em seu esconderijo, longe da confusão.

Falstaff   Meg Page   Alice Ford   Sra. Quickly   Nannetta

Alice aproveita a oportunidade para ordenar a seus criados que joguem o pesado cesto de roupas pela janela, dentro do rio. O marido, que está descendo do andar superior, chega a tempo de ver o cavaleiro gordo a debater-se na água!

3 Falstaff está na taverna, recuperando-se do banho de rio involuntário e bebendo uma taça de vinho quente. Assim que se acalma, mais uma vez surge a sra. Quickly, o que obviamente o leva a um acesso de raiva. Mas ela é habilidosa o suficiente para despertar o interesse dele por novas aventuras. Alega que Alice está muito infeliz e agora quer se encontrar de novo com o seu amante em algum lugar seguro. Até mandou uma cartinha, que explica em detalhes as condições para um novo encontro à meia-noite no parque de Windsor. Na taverna, enquanto a sra. Quickly acerta com Falstaff todos os detalhes do disfarce de "caçador negro" exigido por Alice, as outras mulheres combinam que papéis representarão na travessura noturna. Por sua vez, oculto em seu disfarce, Ford planeja casar a filha Nannetta com o dr. Caius, que está fantasiado de monge. Por acaso, a sra. Quickly ouve o terrível plano ao voltar de sua conversa com Falstaff na taverna.

O dia passou depressa com os preparativos; não falta muito para a meia-noite. No meio do parque de Windsor há um enorme e velho carvalho, o ponto de encontro dos mascarados. Protegidos pela escuridão, pouco a pouco surgem todos os envolvidos. Conforme combinado, Nannetta se fantasiou de rainha das fadas e Fenton aparece enfiado num hábito de monge, idêntico ao do dr. Caius! A sra. Quickly tem os seus próprios planos para o casal apaixonado...

Pontualmente à meia-noite, com o primeiro toque do sino, Falstaff chega disfarçado de "caçador negro", portando na cabeça a galhada de um veado. Alice também comparece no horário marcado. O velho conquistador está certo de que conseguirá satisfazer seus desejos quando se ouve um murmúrio em torno do carvalho. Um verdadeiro turbilhão de elfos circula pela floresta, e estranhas figuras fantasmagóricas caem de todos os lados sobre Falstaff, encolhido ao pé da árvore, morrendo de medo. A folia absurda fica cada vez mais agitada, mas de repente Falstaff reconhece o seu criado Bardolfo, que está com bafo de aguardente e que havia perdido a máscara.

Falstaff

Ford se sente triunfante pela humilhação pública de Falstaff. Agora só falta casar a rainha das fadas diante de todos. Mas a esperta sra. Quickly já cuidou de tudo. Sem perceber, Ford casa o dr. Caius com Bardolfo, que se metera nos trajes de rainha das fadas, ao passo que Nannetta e Fenton já estavam juntos e não corriam perigo. Assim, várias pessoas são ridicularizadas de uma só vez: Falstaff, Ford e o dr. Caius! A contragosto, Ford tem de se curvar à nova situação e por fim acaba dando a bênção ao feliz casal de enamorados. Até o cavaleiro enganado acaba mostrando que sabe levar as coisas na brincadeira, depois de perceber que não foi o único ludibriado: "Tudo no mundo é burla!".

NOTAS

Além de outra ópera cômica composta na juventude, Verdi só compôs tragédias. No entanto, sua última obra para o palco, Falstaff, *é novamente uma comédia. E ninguém diria que o compositor já estava com 80 anos!*

Verdi várias vezes já recorrera a dramas de grandes poetas, entre os quais, por exemplo, Friedrich Schiller em Don Carlo, *além dos três textos de Shakespeare: o primeiro em* Macbeth, *o segundo em* Otello *e por fim em* Falstaff. *Seu libretista Arrigo Boito (1842--1918) também era compositor famoso, e até hoje a sua ópera mais importante,* Mefistofele *(baseada no* Fausto *de Goethe), é apresentada com alguma regularidade. Boito tinha grande respeito por Verdi e não se considerava bom demais para negar-se a escrever os libretos para as duas últimas obras de Verdi:* Otello *e* Falstaff.

Falstaff *baseia-se nas duas peças de Shakespeare em que aparece a figura do apaixonado cavaleiro gordo:* As alegres comadres de Windsor *e* Henrique IV. *Certamente o mérito de Boito foi ter criado um Falstaff que, apesar de todas as suas fraquezas e da falta de virtudes, é amável e humano.*

Verdi fez desse inteligente texto uma das comédias mais turbulentas do teatro de ópera, em que cada personagem é carinhosamente caracterizada, e a música acompanha habilmente todas as confusões da ação. Quem esperar árias e duetos no estilo antigo, esperará em vão. Os três atos da ópera, com seus dois quadros diferentes, são contínuos, seguindo exatamente o texto; também não há abertura. Só em alguns momentos mais serenos há cenas mais longas em solo, principalmente para a personagem-título. A respeito desta, vale mencionar o seu monólogo sobre a honra, logo na primeira cena, ou sua meditação sobre a maldade do mundo, enquanto toma vinho quente após ser jogado no rio (início do 3º ato). Nesse trecho, parece que toda a orquestra está molhada e tremendo de frio como ele:

As grandiosas cenas em que até dez personagens cantam juntas, mas cada uma de forma individual, só podem ser comparadas aos famosos **tutti** de As bodas de Fígaro, de Mozart. Entre elas, podemos citar principalmente a cena turbulenta no final do 2º ato, na casa de Ford, e também o grande encerramento da ópera, no parque, em que há até uma fuga bem alegre, "à antiga", quando todas as vozes entram sucessivamente:

Falstaff:[58]

Tu - tto nel mon - do è bur - la l'uom

A grande rapidez com que os fatos se sucedem permite poucos momentos de tranquilidade. As pequenas cenas românticas entre Nannetta e Fenton fazem parte desses momentos, como também a atmosfera mágica de fadas em meio à noite escura no parque, pouco antes de irromper o verdadeiro pesadelo. O canto apaixonado com que o casal se comunica soa suave e delicado, como uma pergunta e uma resposta, primeiro com Fenton e depois com Nannetta:

---

58 "Tudo no mundo é diversão, o homem…"

Fenton:[59]

Bo - cca ba _ cia _____ ta - non per - de ven - tu - ra

Nannetta:[60]

An - zi ri - no - va co - me fa la lu _____ (na)

Aliás, existe outra ópera sobre *Falstaff*; trata-se de As alegres comadres de Windsor, do alemão Otto Nicolai (1810-1849). Ela também se baseia no modelo homônimo de Shakespeare e tem essencialmente o mesmo enredo.

> Além das principais obras de Verdi, destacam-se também seus trabalhos mais antigos: *Nabuco* (1842), *Macbeth* (baseada em Shakespeare, 1847), *Luisa Miller* (baseada em Schiller, 1849). Da fase "intermediária", fazem parte as óperas *Il Trovatore* [O trovador] (1853), *Vespre siciliane* [Vésperas Sicilianas] (1855), *Simon Boccanegra* (1857), *Un ballo in maschera* [Um baile de máscaras] (1859) e *La forza del destino* [A força do destino] (1862).

---

59 "Boca beijada não perde ventura."
60 "Ao contrário, renova como faz a lua."

Bedřich Smetana
(1824-1884)

A noiva vendida

Prodaná nevěsta

Ópera cômica em três atos
- Libreto: Karel Sabina
- Composição: abertura e 23 números musicais com diálogos e recitativos
- Estreia mundial: 30 de maio de 1866, em Praga
- Duração: cerca de 2 horas e 45 minutos

Personagens

Krušina, um camponês	barítono
Ludmila, sua mulher	soprano
Mařenka, sua filha	soprano
Mícha, um latifundiário	baixo
Háta, sua mulher	*mezzo-soprano/* contralto
Vašek, seu filho	tenor
Jeník, o filho do primeiro casamento de Mícha	tenor
Kecal, casamenteiro	baixo
Springer, animador do circo	tenor
Esmeralda, dançarina do circo	soprano
Um "índio" do circo	baixo
Moradores do lugarejo, comediantes, garotos	coro e balé

SINOPSE

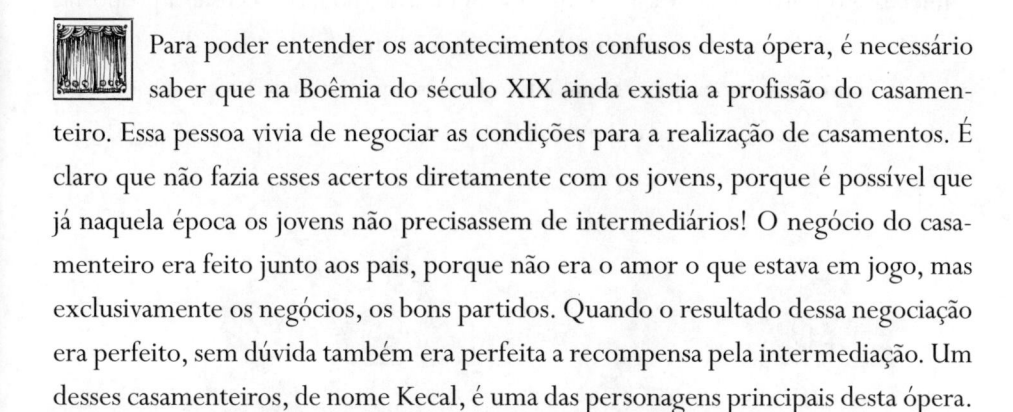

Para poder entender os acontecimentos confusos desta ópera, é necessário saber que na Boêmia do século XIX ainda existia a profissão do casamenteiro. Essa pessoa vivia de negociar as condições para a realização de casamentos. É claro que não fazia esses acertos diretamente com os jovens, porque é possível que já naquela época os jovens não precisassem de intermediários! O negócio do casamenteiro era feito junto aos pais, porque não era o amor o que estava em jogo, mas exclusivamente os negócios, os bons partidos. Quando o resultado dessa negociação era perfeito, sem dúvida também era perfeita a recompensa pela intermediação. Um desses casamenteiros, de nome Kecal, é uma das personagens principais desta ópera.

1 No início encontramo-nos em meio à agitação de uma feira, na praça central do vilarejo. O povo da região, em trajes festivos, celebrava-a alegremente com muita música e muita dança. Entre eles estão Jeník e Mařenka, dois apaixonados. No entanto, Mařenka está muito abatida e confusa porque os seus pais lhe arranjaram um casamento com Vašek, filho do latifundiário Mícha. Trata-se de um pretendente rico que Mařenka ainda nem conhece. Seu amado não pode competir com ele: é imigrante e trabalha como empregado. Mesmo assim, tenta consolar Mařenka, contando-lhe seu passado tumultuado, época em que foi obrigado a deixar a casa paterna porque não se entendia com a madrasta; contudo, ele não revela sua origem.

Mais uma vez os dois juram amor eterno. Os pais de Mařenka, Ludmila e Krušina, reúnem-se com o casamenteiro Kecal, um sujeito bastante simplório, para acertarem o casamento da filha. A mãe ainda tem reservas em relação à oferta de Kecal. Ela gostaria de conhecer o noivo antes. Além disso, acredita que Mařenka também deveria ser consultada. Mas Kecal a questiona, porque afinal os dois prometeram ao latifundiário Mícha que Mařenka se casaria com um de seus dois filhos. O mais velho não entra mais em questão, porque ninguém sabe onde se encontra. Sendo assim, sobra Vašek. E Kecal não se cansa de enumerar as qualidades desse segundo filho. Pelas suas palavras, Vašek seria um verdadeiro exemplo de bons atributos! Já na opinião de Krušina, tudo é muito plausível. Mařenka aparece e todos querem persuadi-la. A mãe toma o partido da filha, dizendo que gostaria que ela conhecesse o noivo antes. Caso ele não lhe agradasse, poderia recusar a proposta. Mas Mařenka afirma, clara e definitivamente, que ama Jeník, e que lhe dera sua palavra. Teimosa, sai correndo. Kecal então resolve que primeiro seria importante conhecer o obstáculo principal: Jeník. A festa continua.

Jeník   Mařenka   Kecal   Vašek

O clima na taverna também está bem animado. No palco dançam o *furiant*, fogosa dança popular boêmia. Transpirando, todos saem para tomar ar. Nesse momento, surge Vašek, vestido de noivo, com um jeito engraçado. De repente fica claro que Kecal hesita em apresentá-lo porque ele é gago. Compreensivelmente, o casamenteiro está inseguro e com medo, pois todo o lugarejo zombaria dele caso seu plano de casamento não desse certo!

Mařenka aproxima-se maliciosamente, sem se identificar. Fingida, elogia seus trajes e, como que por acaso, comenta que a sua "noiva" Mařenka tem outro e pretende enganá-lo de maneira vergonhosa. Depressa ela pensa em alguma outra boa moça que, ao contrário dela, talvez esteja ansiosa para ficar com Vašek, alguém que combine melhor com ele. Vašek acredita que a descrição dessa pessoa tão encantadora se aplica à simpática mulher que está à sua frente, sem saber que fala com a noiva que lhe está destinada. Com essa mentira, Mařenka alcança temporariamente seu objetivo, pois Vašek, esperando encontrar uma noiva muito melhor e mais rica, renuncia aliviado à "traidora".

Mas Kecal também não deixa por menos e, achando-se muito esperto, tenta subornar Jeník. Primeiro fala mal de Mařenka e depois lhe oferece a possibilidade de conhecer outra moça rica. Curiosamente, Jeník aceita a proposta e vende o seu amor por Mařenka por 300 florins, quantia que deverá ser paga pelo fazendeiro Mícha. Jeník impõe uma única condição, com a qual o ingênuo Kecal concorda imediatamente: ninguém "além do filho de Mícha" poderá casar-se com Mařenka! O que mais Kecal poderia querer? Ele também não se incomoda nem um pouco com a pequena cláusula misteriosa que Jeník quer incluir no contrato, segundo a qual, depois do casamento de Mařenka com o filho de Mícha, o pai da noiva não precisará reembolsar a quantia paga pelo latifundiário, como seria de costume. Kecal continua não suspeitando de nada. Jeník assina o papel diante de todos, inclusive na presença de Krušina, pai de Mařenka. Todos estão chocados: Jeník vendeu a noiva!

3 O pobre Vašek agora sente tanto medo da supostamente malvada Mařenka que chega a ser ridículo. Para sua sorte, depara-se com o circo ambulante que está se apresentando no meio da praça do lugarejo. O ator que representa o grande urso se embebedou na festa e sumiu! Confusão geral! Enquanto isso, a faceira dançarina Esmeralda flerta com Vašek e, com ajuda dela, o diretor do circo consegue contratá-lo para representar o urso.

Os acontecimentos se complicam com a chegada dos pais de Vašek. Auxiliados por Kecal, tentam convencer o filho a se casar com Mařenka. Mas o medo que Vašek sente dela é enorme, e ele sonha com outra adorável moça – na verdade, com a "verdadeira" Mařenka que ele conhecera sem saber.

Mařenka, por sua vez, se sente traída por seu Jeník e fica completamente desesperada quando Kecal lhe apresenta o contrato com a assinatura do amado. Mas agora Vašek reconhece nela a sua noiva perdida: "Ela serve para mim!". Surge Jeník parecendo despreocupado, agindo como se nada tivesse acontecido e não revela seu plano a Mařenka. Ainda assim, surpreende-se ao ver que ela acredita mesmo na sua maldade. Jeník pede a ela que confie nele, dizendo que o filho de Mícha a ama. Dominada pelo cego ódio e pressionada por todos, ela concorda em assinar o contrato de casamento, só para se vingar de Jeník. Mas a vingança não se concretiza.

Mařenka Jeník   Vašek   Esmeralda

Ansiosos, todos se reúnem, e o enigma da suposta traição de Jeník se resolve repentinamente. Surpresos, Mícha e sua mulher estão diante do filho que acreditavam estar perdido. Kecal percebe, chocado, que todos os contratos que fez ao defender seus próprios interesses só serviram a Jeník, o filho de Mícha. Jeník não só recebe legalmente a mão de Mařenka em casamento, como também uma bela quantia em dinheiro.

Humilhado, Kecal se retira depressa.

NOTAS

Já na abertura fica claro que será apresentada uma animada comédia. Num único "movimento de avanço" impetuoso de toda a orquestra, somos confrontados com a cativante alegria boêmia.

Nas outras partes da ópera também se repete esse inconfundível tom boêmio, com seu ritmo típico e suas melodias; por exemplo, as grandes cenas do coro no 1º e no 2º atos, ou durante a famosa dança popular "furiant" na cena da taverna, no 2º ato:

Além disso, há grande quantidade de árias e trechos variados e melodiosos de canto conjunto, muitas vezes introduzidos por simples recitativos em que a ação avança. Aliás, Smetana só incluiu esses recitativos posteriormente, para uma apresentação na Rússia; na obra original só havia diálogos falados. Portanto, A noiva vendida, *a princípio, era um* Singspiel.

Uma das mais lindas cenas de amor em toda a literatura de ópera é a de Jeník e Mařenka no 1º ato, em que os dois juram amor eterno acompanhados delicadamente pelo clarinete:

Clarinetes

De natureza bem diferente, mas ao mesmo tempo engraçadas e maldosas, são as cenas do pobre Vašek, que tem de gaguejar em suas árias, seguindo as notas, dando uma impressão bem realista. No último ato, todo o circo sobe ao palco, anunciado e acompanhado por fanfarras e marchas, com seus palhaços e trapezistas.

A noiva vendida *tornou-se uma ópera nacional tcheca, apesar de inicialmente ter sido recebida com certa frieza pelo público e retirada da programação depois de duas apresentações. Em 1892, alguns anos após a morte de seu compositor, ela foi apresentada em Viena. A partir de então, iniciou sua ininterrupta marcha do sucesso pelos palcos de todo o mundo, que perdura até os dias de hoje.*

> Sem dúvida, *A noiva vendida* é a ópera mais encenada de Smetana, mas também não devemos deixar de mencionar sua ópera *Dalibor* (1868).

Modest P. Mussorgsky
(1839-1881)

Boris Godunov

Drama musical popular em quatro atos e um prólogo
- Libreto: do compositor (com base em Alexander S. Puschkin e Nicolai M. Karamsin)
- Composição: quatro atos divididos em quadros contínuos
- Estreia mundial: 24 de janeiro de 1874, em São Petersburgo
- Duração: cerca de 3 horas e 30 minutos

Personagens

Boris Godunov	baixo ou barítono
Fiodor, seu filho	*mezzo-soprano*
Xenia, sua filha	soprano
A ama de Xenia	contralto
Príncipe Vassili Ivanovitch Schuiski	tenor
Andrei Shchelkalov, secretário da duma	barítono
Pimen, monge cronista	baixo
Grigori Otrepiev, mais tarde Dimitri, chamado de falso Dimitri	tenor
Marina Mnischek, filha do voivoda de Sandomir	soprano
Rangoni, jesuíta secreto	baixo
Varlaam e Misail, monges fugitivos	baixo/tenor
Dona da taverna	contralto
Idiota	tenor
Nikititch, beleguim	baixo

Guarda boiardo	tenor
Boiardo Khrushchov	tenor
Lavitsky e Chernikovsky, jesuítas	baixo
Duas camponesas	soprano/contralto
Dois camponeses	baixo/tenor
Boiardos e magnatas (nobres), crianças, soldados, guardas, capitães, senhoras polonesas, moças de Sandomir, peregrinos, povo	coro

SINOPSE

Esta é a trágica história do falso czar Boris, que consegue subir ao poder por meio de um assassinato e acaba sucumbindo por remorso. A ópera baseia-se em acontecimentos reais da Rússia dos czares, no início do século XVII.

Boris Godunov retirou-se num mosteiro nas proximidades de Moscou. A multidão invade o pátio do lugar suplicando ao regente Boris que finalmente se deixe coroar czar. No entanto, as pessoas pobres e oprimidas não fazem esse pedido voluntariamente: são obrigadas a ficar de joelhos sob pancadas, e o cruel beleguim lhes ordena o que dizer. Enquanto isso, surge um grupo de peregrinos cantando e distribuindo amuletos.

Então, depois de muito hesitar, Boris cede à pressão e, numa pomposa cerimônia, deixa-se coroar novo czar no Kremlin, grande palácio da cidade de Moscou. Ele segue para a catedral aparentando dignidade, mas no íntimo é atormentado por dúvidas e preocupações, pois havia se tornado czar por meio de um assassinato. Mesmo assim, o povo celebra seu novo soberano.

As óperas

Boris Godunov

1 Há muito tempo, o velho monge Pimen escreve no mosteiro uma crônica russa, que está quase pronta, faltando apenas poucas linhas. O jovem monge Grigori dorme na cela ao lado. Quando acorda, dirige-se a Pimen e conta-lhe um sonho angustiante, que se repete pela terceira vez. Sonhou que estava no topo de uma torre alta em Moscou, que o povo gritava lá embaixo, e ele caía. Cada vez que tinha esse sonho, acordava banhado em suor.

Pimen tenta acalmá-lo, dizendo que a penitência e as orações vão conduzi-lo ao caminho certo! Então conta a Grigori o fim de sua crônica. Nela, um ajudante de Boris Godunov assassina o príncipe herdeiro Dimitri. Pimen compara o infeliz Dimitri assassinado com Grigori. Teriam a mesma idade, 20 anos! O sino convoca todos para a oração, e o jovem monge permanece sozinho na cela. A história do príncipe assassinado, que hoje estaria com sua idade, não lhe sai da cabeça.

Pouco depois, numa taverna na fronteira com a Lituânia, encontramos Grigori com dois monges, Varlaam e Misail, que fugiram do mosteiro. Os dois se divertem bebendo e cantando, mas o jovem monge está interessado apenas no caminho para a fronteira. Nesse momento, entram na taverna dois beleguins à procura de um monge fugitivo de Moscou chamado Grigori. Mas este tem sorte, porque os beleguins não sabem ler e não conseguem decifrar a folha com sua descrição física. Grigori oferece-se então para ajudá-los e, ao ler a descrição em voz alta, altera os dados de modo que, na verdade, descreve Varlaam. Com tamanho susto, Varlaam fica imediatamente sóbrio e resolve ele mesmo ler a folha para os beleguins. Grigori então pula a janela e foge antes que consigam agarrá-lo.

2 O czar Boris está com sua família. O relacionamento entre eles parece ser terno e tranquilo: Boris está consolando a filha Xenia, triste com a morte do noivo, e cuidando do filho Fiodor. A ama está cantando uma canção. Entretanto, o clima fica tenso com a entrada do príncipe Schuiski, pois o czar o vê com desconfiança, suspeitando de traição. Boris é obrigado a ouvir de Schuiski que Dimitri está ameaçando a Rússia, vindo da Polônia com muitos seguidores com o intuito de se apoderar da coroa do czar. Assustado, Boris pede informações sobre Dimitri. Será possível que uma criança assassinada volte da sepultura? Schuiski descreve mais uma vez a morte de Dimitri. Naquela época, ele mesmo vira o cadáver exposto na catedral! Mas Boris não consegue se acalmar. A sós, atormentado por sua consciência, é torturado pela visão do príncipe herdeiro assassinado e, num ataque de loucura, entra em colapso.

3 No país vizinho, a Lituânia, encontra-se o palácio Sandomir. A princesa polonesa, que é tão bonita quanto ambiciosa, tem sede de poder. Para homenageá-la, um grupo de meninas apresenta uma canção em louvor à sua beleza! Mas Marina reage de forma grosseira, muito mais interessada em ouvir canções sobre o poder e a força da Polônia. Após mandar as meninas embora, seus pensamentos se voltam para Dimitri, ao lado de quem quer se sentar no trono dos czares da Rússia. (Enquanto isso, Grigori já havia passado pela fronteira dizendo ser Dimitri.) O jesuíta Rangoni apoia Marina em seus desejos encorajando-a a seduzir Dimitri e a influenciá-lo, porque a Igreja católica quer que ele se torne czar para fortalecer seu poder!

Ao conhecer a bela Marina, o impostor se rende aos seus encantos. Durante a noite, num baile animado dentro do palácio, ele aguarda impaciente o prometido encontro com a princesa. Rangoni fala do amor que Marina sente por ele e, em retribuição, Dimitri promete nomeá-lo seu consultor particular. Finalmente, Marina entra no palácio, rodeada de muitos admiradores. Dimitri é tomado pelo ciúme, mas logo se acalma quando ela chega sozinha ao parque para encontrá-lo. Cego de amor, promete a Marina tudo o que ela deseja, e o que ela quer é a coroa do czar! Assim que promete realizar o desejo dela, é recompensado com um fervoroso abraço. Rangoni, que secretamente observa o casal, está muito satisfeito com o desenrolar dos acontecimentos.

No Kremlin, todos estão bastante inquietos com o aparecimento do falso Dimitri. Os conselheiros se reúnem para discutir o assunto e ficam sabendo por Schuiski que Boris não passa bem. Mas, surpreendentemente, o czar em pessoa comparece à reunião. Schuiski manda chamar o monge Pimen, que com veemência relata um milagre: o príncipe herdeiro assassinado, Dimitri, apareceu em sonho a um cego e disse-lhe que fosse rezar junto à sua sepultura. E qual não foi a surpresa quando, de repente, o cego voltou a enxergar enquanto rezava!

O czar Boris quase perde a razão: grita implorando por luz, manda todos saírem e ordena que o seu filho Fiodor seja chamado. Um sino começa a soar, anunciando a morte; monges e boiardos invadem a sala. No interior do salão, Boris apresenta o filho como seu sucessor. Como penitência, ele próprio quer se tornar monge e partir para o mosteiro, mas isso não chega a acontecer, pois ele cai morto.

Como sempre, o povo está inseguro e disposto a aplaudir qualquer novo herói popular que aparecer. Um grande número de pessoas reúne-se numa floresta fora de Moscou. No início, ridicularizam o boiardo Khrushchov por ser partidário do czar Boris. Os dois monges fugitivos, Varlaam e Misail, juntam-se ao grupo e cantam músicas religiosas. Quando dois jesuítas estrangeiros que fazem propaganda para o falso czar Dimitri são humilhados pela multidão furiosa e quase assassinados, Dimitri aparece e os protege. Em seguida, ele encoraja todos a segui-lo até Moscou. Mas ao fundo é possível ver as fogueiras dos vilarejos em chamas, e um idiota que fica para trás lamenta sozinho o destino do pobre povo russo.

Schuiski   Boris Godunov   Fiodor

NOTAS

    O compositor Mussorgsky escreveu o seu próprio libreto com base em Alexander S. Puschkin (1799-1837). O que chama a atenção na trama desta ópera é que ela não demonstra ter um desenvolvimento dramático constante, conforme o costume, mas antes alinha desarticuladamente quadros de atmosferas independentes.

    Na realidade, a personagem principal desta ópera é o povo russo. Os sons e melodias que lhe são atribuídos enfatizam seu caráter nacional de maneira impressionante. O fato de o povo estar no centro da ópera também influenciou o título "drama popular". Além disso, Mussorgsky acrescentou diversas melodias russas originais em sua partitura, como a do grandioso coro "Como o lindo sol no céu, glória", na cena da coroação do czar:

Coro:[61]

Uzh kak na nye - be soln ___ tsu kras - no - mu, sla - va, sla ___ va

Já nas partes que transcorrem na Polônia predomina outro tipo de música, a dos ritmos típicos em meio a uma atmosfera peculiar, com danças polonesas como a mazurca, por exemplo.

No que se refere às cenas de massa, as partes dos solistas servem mais como pano de fundo. Aliás, esse foi um dos motivos para que Boris Godunov inicialmente não tivesse estreia mundial. Reclamava-se, por exemplo, da falta de um grande papel feminino. Em vista disso, o compositor reelaborou a ópera diversas vezes e mudou a sequência de certos quadros. Hoje em dia essa obra é apresentada principalmente na orquestração de Nicolai Rimsky-Korsakov, em que algumas rudezas sonoras foram aplanadas, mas com isso também se perderam certas características da música genial de Mussorgsky. Outra adaptação foi feita pelo compositor russo Dmitri Shostakovitch (1906-1975), porém hoje se costuma recorrer novamente a uma das versões de Mussorgsky.

> Boris Godunov é a única ópera de Mussorgsky que foi finalizada. Seu "drama musical popular" *Khovanshchina* (1886) foi finalizado e orquestrado por Rimsky-Korsakov.

---

61 "Como o sol vermelho no céu, salve, salve!"

Johann Strauss
(1825-1899)

O morcego

Die Fledermaus

Opereta em três atos
- Libreto: Carl Haffner e Richard Genée
- Composição: abertura e 16 números musicais com diálogo
- Estreia mundial: 5 de abril de 1874, em Viena
- Duração: cerca de 2 horas e 30 minutos

Personagens

Gabriel von Eisenstein	tenor
Rosalinde, sua mulher	soprano
Frank, diretor da penitenciária	barítono/baixo
Príncipe Orlowsky	*mezzo-soprano* (tenor)
Alfred, seu professor de canto	tenor
Dr. Falke, um notário	tenor
Dr. Blind, um advogado	baixo
Adele, criada de Rosalinda	soprano
Ida, sua irmã	soprano
Frosch, carcereiro	papel falado
Ivan, mordomo do príncipe	papel falado
Outros quatro criados	tenor/baixo
Burocratas	papel mudo
Diversos convidados da festa do príncipe	solistas
Convidados do baile, mascarados, criados, dançarinos, dançarinas	coro, balé

SINOPSE

Sabe-se que as camareiras gostam de falar, ainda mais em óperas ou operetas. O sr. e a sra. Von Eisenstein têm condições financeiras para empregar uma dessas "pérolas": Adele, mocinha animada e atrevida.

Adele acabou de receber uma carta de sua irmã Ida, convidando-a para acompanhá-la à festa do príncipe Orlowsky. Para isso, precisa de um bom vestido de gala. Será que existe algum jeito de se apropriar de um dos vestidos caríssimos da ilustre patroa?

Enquanto Adele ainda está pensando, ouve um tenor cantando animadamente uma serenata na rua, mas infelizmente não é para ela: "Doce Rosalinde", ele canta. Rosalinde é o nome da ilustre senhora, que também ouviu: é Alfred, admirador seu desde antes de seu casamento! E Rosalinde ainda tem grande estima por ele, principalmente quando a voz ecoa: ela mal consegue resistir. Mas no momento Adele chora e conta a Rosalinde uma história comovente de certa tia doente que ela tem de visitar ainda naquele dia, custe o que custar! Ela quer sair logo hoje, quando o marido de Rosalinde será detido para cumprir cinco dias de prisão por ter insultado um burocrata. Rosalinde se recusa a dar folga à criada.

De repente, Alfred aparece à porta e abre os braços teatralmente. Mas Rosalinde não quer recebê-lo agora. É necessário aguardar que seu marido esteja preso para que o admirador possa voltar. Alfred parte sem alcançar seu objetivo.

Eisenstein entra furioso no quarto; seu advogado, o dr. Blind, vem logo atrás. Ele está muito bravo porque o dr. Blind não foi capaz de evitar que a pena de cinco dias de prisão aumentasse três dias, em razão de seu mau comportamento diante do júri. Sua mulher é incumbida de reunir algumas peças de roupa velha para ele usar na cadeia. Assim que o dr. Blind sai, surge o dr. Falke, um amigo notário, que convida Eisenstein para a mesma festa do príncipe Orlowsky de que Adele falava pouco antes. O dr. Falke diz que Eisenstein não pode faltar, pois há a possibilidade de as graciosas senhoritas do balé estarem presentes, o que certamente propiciaria muita diversão. Além disso, Eisenstein pode começar a cumprir a pena a partir do dia seguinte, bem cedo...

A alegria da expectativa é a melhor possível. Ansiosos com a festa vindoura, os dois relembram outras noites festivas, como aquela em que Falke se fantasiou de morcego, e Eisenstein, de borboleta... Eisenstein adverte o amigo de que a sua mulher, Rosalinde, não pode ficar sabendo de nada, em hipótese alguma!

Por sinal, ela está voltando, trazendo as roupas usadas que o marido pediu para levar à prisão. De repente, Eisenstein se comporta de modo diferente. Tudo indica que Falke realmente conseguiu animá-lo! Em vez de reclamar de seu destino, ele veste fraque e lenço de seda e, de ótimo humor, despede-se da criada e da esposa. Rosalinde então resolve dar folga naquela noite para a criada, pois assim poderá receber Alfred tranquilamente. Agora que seu marido passará os próximos oito dias atrás das grades, não existe nenhum empecilho para o encontro.

Alfred também já está chegando. Para a grande surpresa de Rosalinde, ele não hesita em assumir o confortável papel de dono da casa, experimentando o roupão e a touca de Eisenstein, e sentando-se confortavelmente à mesa de jantar. No entanto, durante esse simpático encontro, antes que qualquer coisa mais séria possa acontecer, surge Frank, o diretor da penitenciária, que deseja acompanhar Eisenstein em pessoa à prisão, já que ele não se apresentou voluntariamente depois do julgamento. Ao ver Alfred de roupão e touca, pensa ser ele a pessoa que está

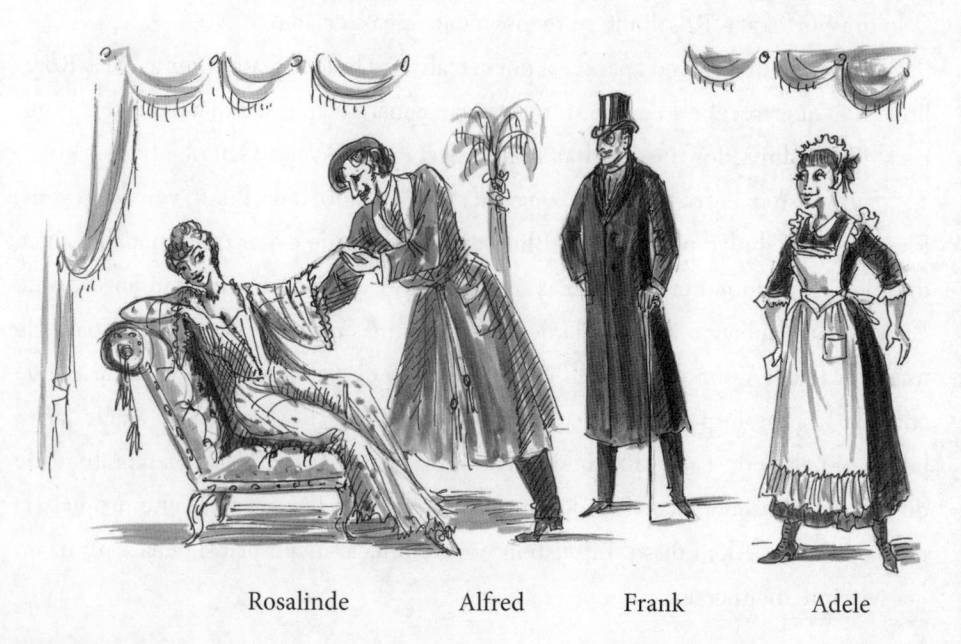

Rosalinde   Alfred   Frank   Adele

procurando. Alfred não tem outra opção a não ser a de se deixar levar. Afinal, sendo um cavalheiro, não quer envergonhar Rosalinde!

2 Apesar da pouca idade, o príncipe Orlowsky é um homem galante, tem vivência internacional e sabe dar festas. Sua mansão está magnificamente decorada e iluminada, e em toda parte há convidados ansiosos. Entre eles podemos reconhecer Adele com sua irmã, Ida. Adele "tomou emprestado" um fantástico vestido de gala do armário de sua patroa e planeja apresentar-se como "artista Olga". É com esse nome que ela se faz apresentar também ao príncipe, que observa entediado a multidão através do monóculo. Nada mais parece diverti-lo, pois ele já conhece todos os prazeres do mundo. Mas, se as damas quiserem, por uns mil francos, poderão tirar a sorte para ver quem ficará com ele...

O dr. Falke, que havia prometido ao príncipe levar alguns alegres convidados, também já chegou. Tem planos próprios para aquela noite e quer que o príncipe finalmente volte a se divertir. Foi ele quem pediu a Ida que trouxesse sua irmã, Adele! Eis que chega Eisenstein, disfarçado de "Marquês Von Renard". Falke o apresenta ao príncipe e, secretamente, manda convidar Rosalinde. O príncipe conversa com o "marquês" a respeito de seus curiosos costumes, de seus convidados, suas festas, sua hospitalidade russa. Na verdade, tudo isso o deixa muito entediado, mas Falke prometera que naquela noite ainda iriam rir muito do marquês!

E a confusão já está se armando. Adele mostra ao príncipe a carteira vazia, alegando ter perdido tudo no jogo! De repente, ela se vê diante de seu patrão. Depois do primeiro choque, ambos se recompõem e resolvem continuar a farsa: ela, que está vestindo a roupa da esposa dele, e ele, que deveria estar na cadeia! Os convidados já começam a se divertir com os dois. Eisenstein agora se pergunta se aquela realmente é a sua criada Adele. Será que tamanha semelhança poderia ser mera coincidência?

Um novo convidado se aproxima: Frank, o diretor da penitenciária, que elegantemente se apresenta como Chevalier Chagrin e passa a falar francês. Todos se põem a conversar e acham que estão agradando muito. Falta apenas a condessa húngara, que, segundo as más línguas, só aparece em público mascarada, porque seu marido é extremamente ciumento.

Enquanto isso, Eisenstein se esforça cada vez mais para chamar a atenção de Olga (Adele), e sua dúvida só aumenta: ela será ou não sua criada? Finalmente, Rosalinde aparece disfarçada de condessa húngara. Já foi informada por Falke de que o seu marido está se divertindo muito na festa, em vez de estar na prisão. Ela encontra diversos conhecidos, como Adele, o dr. Falke, o diretor da penitenciária, Frank e seu próprio marido. Parece que os dois últimos já se tornaram muito amigos! Assim que Eisenstein avista a "condessa húngara", fica encantado e resolve conquistá-la: "Essa parece ser fogosa, sangue húngaro!". Ela finge deixar-se seduzir e consegue convencer Eisenstein a lhe dar o seu pequeno relógio musical, seu amuleto, com o qual ele sempre consegue seduzir as mulheres em suas aventuras amorosas. Basta dar corda no relógio para que ele logo toque de maneira admirável!

Em seguida, como prova de sua origem húngara, Rosalinde entretém os convidados dançando uma czarda. Enquanto isso, Eisenstein relembra sua antiga aventura com o morcego. Na verdade, fora uma brincadeira inocente que ele fez certa vez com o amigo Falke: este estava fantasiado de morcego num baile de máscaras, e Eisenstein ficou brindando com ele a noite toda, até que Falke acabou se embebedando. A caminho de casa, Eisenstein o deixou debaixo de uma árvore e foi embora. Na manhã seguinte, depois de ter dormido ali mesmo onde fora deixado e de acordar sóbrio, Falke foi obrigado a atravessar toda a cidade, em plena luz do dia, fantasiado de morcego. Desde então ele tem o apelido de "dr. Morcego". Será que algum dia se vingará dessa brincadeira?

Rosalinde   Príncipe Orlowsky   Adele   Eisenstein   Falke

A festa está animada: o champanhe é servido em abundância e os convidados cantam e dançam alegremente. Eisenstein fica cada vez mais bêbado e pressiona Rosalinde a tirar a máscara... Então, o grande relógio em cima da lareira bate seis horas. É hora de Eisenstein se apresentar na prisão! Cambaleante, toma o caminho da penitenciária, acompanhado do diretor da cadeia, já que vão para o mesmo lugar!

3 Cedo, o carcereiro Frosch, bêbado e animado, já monta guarda na penitenciária ao lado da cela 12, a de Alfred, que passa o tempo cantando. Frosch dedica-se avidamente ao vinho Slibowitz e tenta fazer o cantor calar a boca, pois não se admite cantoria na prisão!

O diretor Frank chega cambaleando, ainda alegre com as maravilhosas lembranças da festa bem-sucedida. Nesse momento, Frosch anuncia a chegada de Adele e Ida. Como o diretor achou Adele tão encantadora na festa, a moça supôs que ele talvez pudesse ajudá-la. Ela descobriu sua veia de atriz e quer entrar para o teatro! Imediatamente, dá uma amostra de seu talento para o diretor. Mas, antes que Frank possa responder, anuncia-se certo "Marquês Von Renard". As damas são acomodadas na cela 13 e Frank recebe o seu amigo da festa. Logicamente, ele se surpreende ao ver o elegante "cavalheiro" bem ali na prisão. Então, por bem ou por mal, o cavalheiro precisa identificar-se. Mas Frank considera aquilo tudo uma brincadeira, pois Eisenstein já está há muito tempo na cela 12; afinal, ele próprio o prendeu na noite anterior.

Grande confusão! Aos poucos, Eisenstein começa a entender que, durante sua ausência, Rosalinde recebeu um admirador em casa! Ainda antes de ele ter a oportunidade de conhecer pessoalmente o seu inesperado "dublê", dois outros visitantes são anunciados. Uma misteriosa dama de véu aguarda na sala de espera, e o advogado dr. Blind quer falar com seu cliente, Eisenstein. O verdadeiro Eisenstein se adianta e vai com o advogado para a sala ao lado, porque teve a ideia de vestir os trajes do dr. Blind e averiguar ele mesmo quem foi o atrevido que assumiu sua identidade.

Alfred é trazido ainda com o roupão de Eisenstein, do jeito como fora preso na noite anterior. Apesar de ter pedido que seu advogado fosse chamado para defendê-lo, quem aparece são Rosalinde e Eisenstein disfarçado de dr. Blind. Assim, pouco a pouco, toda a confusão vem à tona. Quando Rosalinde, amargurada, começa a reclamar de seu marido aventureiro ao suposto dr. Blind, ele, furioso, arranca o disfarce e se identifica. Certo de seu triunfo, por flagrar a mulher com o cantor, é surpreendido pelo relógio que ela põe diante de seu nariz: é o presente que ele dera na festa à "condessa húngara". A confusão já é grande quando surgem as duas irmãs da cela 13. Frosch as prendera ali!

Eisenstein não é poupado, pois o dr. Falke chamou todos os convidados do baile, inclusive o príncipe, para comparecerem à penitenciária e se deleitarem com a vingança tardia do "morcego". O que resta a Eisenstein a não ser pedir perdão à mulher? O culpado de tudo foi... o champanhe!

NOTAS

Ainda que não seja uma ópera, O morcego *é "a" opereta clássica. Mesmo assim, vários fatores contribuem para que seja incluída em nossa seleção. Há muito tempo ela está na programação das grandes casas de ópera, de Viena a Nova York. E a genial riqueza de ideias de seu criador, o "rei da valsa" Johann Strauss, destacou-a totalmente de seu gênero, muitas vezes tão sentimental. Strauss escreveu a peça de uma só vez, em apenas seis semanas! O libreto de* O morcego *baseia-se numa comédia de Henri Meilhac e Ludovic Halévy, que também escreveram libretos para Bizet (*Carmen*) e Jacques Offenbach. Então Carl Haffner e Richard Genée produziram uma inconfundível comédia vienense, uma turbulenta brincadeira cheia de trapalhadas, repleta de situações engraçadas e de papéis gratificantes a partir do típico modelo parisiense.*

O que contribui muito para a popularidade dessa opereta é o papel do carcereiro Frosch, sempre bêbado. Na maioria das vezes, ele é representado por um ator, já que se trata de um papel mudo. Diversos comediantes famosos já o encenaram, complementando-o com suas ideias engraçadas, em vez de usarem apenas as do libreto.

O príncipe Orlowsky é um "papel de calças", normalmente cantado por mulher. Isso é compreensível por se tratar de uma personagem muito jovem, como o libreto sugere, ainda com voz de menino, algo que contrasta com sua postura entediada e torna sua aparente experiência de vida ainda mais grotesca. Sua opinião sobre a vida é expressa em sua famosa canção no 2º ato, cujas estrofes terminam sempre com o mesmo refrão: "Comigo costuma ser cada um de seu jeito!".

Orlowsky:[62]

's ist mal bei mir so Sit - te, cha - cun à son goût!

Cada personagem tem a sua própria entrada com pelo menos uma canção marcante, o que torna quase impossível enumerar todas elas. Quase todos os números de O morcego se tornaram populares e famosos. Com o papel de Alfred, por exemplo, são parodiados, de forma muito engraçada, os costumes de um cantor que se passa por artista, mas adoraria levar uma vida de burguês. Aqui está o começo da sua canção de beberrão, no 1º ato:

Alfred:[63]

Trin-ke, Lieb-chen, trin-ke schnell. Trin-ken macht die Au-gen hell!

A imitação de melodias húngaras era a grande moda no século XIX. Por isso, no baile, a "condessa húngara" Rosalinde apresenta aos convidados uma czarda (dança húngara de duas partes: lenta – rápida), em que a segunda parte, "Frischka", é cantada com o acompanhamento de ritmo animado:

---

62 "Comigo costuma ser cada um do seu jeito!"
63 "Beba, querida, beba depressa. A bebida clareia a visão!"

Rosalinde como condessa húngara:[64]

Feu - er,__ Le-bens-lust, schwellt ech - te Un-gar-brust

A abertura de O morcego é do tipo pot-pourri, em que algumas canções da ópera são emendadas aleatoriamente e se repetem diversas vezes (pot-pourri = sequência de melodias variadas). Provavelmente a "Valsa do morcego" é a que se tornou mais conhecida.

Além de *O morcego*, duas outras operetas de Johann Strauss se tornaram muito populares: *Uma noite em Veneza* (1883) e *O barão cigano* (1885).

---

64 "Fogo, alegria de vida, faz crescer qualquer verdadeiro peito húngaro."

Georges Bizet
(1838-1875)

Carmen

Ópera em quatro atos
- Libreto: Henri Meilhac e Ludovic Halévy (com base na novela de Prosper Mérimée)
- Composição: abertura e 27 números musicais com diálogos falados ou recitativos, além de um *intermezzo* antes de cada ato
- Estreia mundial: 3 de março de 1875, em Paris
- Duração: cerca de 3 horas

Personagens

Dom José, cabo da guarda	tenor
Escamillo, um toureiro	barítono
Zuniga, tenente da guarda	baixo
Morales, cabo da guarda	barítono
Dancairo e Remendado, contrabandistas	tenor
Lillas Pastia, taberneiro	papel falado
Um guia	papel falado
Carmen, uma cigana	*mezzo-soprano*
Frasquita e Mercedes, suas amigas	soprano e contralto
Micaela, uma aldeã	soprano
Soldados, toureiros, contrabandistas, trabalhadoras da fábrica de cigarros, crianças, ciganos e ciganas, povo	coro, balé

SINOPSE

No centro da cidade de Sevilha, no sul da Espanha, há um posto da guarda bem em frente a uma fábrica de cigarros. Os soldados estão incumbidos de manter a ordem, em especial entre as mulheres da fábrica, que fazem os fervorosos espanhóis perderem a cabeça com muita facilidade, provocando frequentes discussões e brigas.

1 Na praça em frente ao posto de guarda, pulsa a colorida vida da cidade. Entediados, os soldados observam os tranquilos transeuntes. Hoje não está acontecendo absolutamente nada! Nesse momento, uma tímida aldeã se aproxima deles, e quase não tem coragem de dirigir a palavra ao cabo Morales. Ela está procurando o amigo José, que só trabalha mais tarde, na próxima troca de guarda. Respeitoso, Morales a convida a entrar, mas ela é tímida demais e prefere retornar mais tarde.

Pouco depois, os soldados da troca de guarda se apresentam ao som de animada marcha, no que são imitados pelos meninos de rua. José está entre os soldados do próximo turno. Quando Morales descreve a adorável visitante que foi procurá-lo, ele logo se dá conta de que era Micaela.

Toca o sinal do intervalo na fábrica. As moças, consideradas frívolas pelo povo, saem devagar a fim de retomarem forças. Os homens que passeiam e os que estão pela praça as rodeiam, mas perguntam apenas pela cigana Carmen, que tem todos aos seus pés. Dizem que ela não consegue ficar com nenhum homem por mais de seis semanas! Ela chega e, com sua canção, deixa todos os admiradores entusiasmados. Carmen acaba por descobrir José, que, no entanto, não se interessa nem um pouco por ela. Será que realmente existe alguém que possa resistir aos seus encantos? Quando o sinal bate outra vez e o intervalo termina, ela lhe joga uma flor e desaparece.

Como era de esperar, tampouco José consegue resistir aos encantos da cigana: confuso, apanha a flor. Mas Micaela reaparece e o tira de seu devaneio, trazendo uma carta da mãe dele, algum dinheiro e um beijo. Ele corresponde ao beijo, saudoso e angustiado. Carmen já não lhe sai da cabeça. Micaela despede-se e, comovido, José lê a carta da mãe.

As óperas

Repentinamente começa um tumulto; o barulho vem da fábrica. As moças começaram a brigar e, ao que tudo indica, foi Carmen quem provocou tudo. Ela até feriu outra moça com uma faca! José a prende e a leva até o posto de guarda. Quando o tenente Zuniga, chefe de José, a acusa de iniciar a briga, ela canta atrevidamente. Raivoso, o tenente ordena a José que leve Carmen à prisão e a mantenha amarrada. Carmen tem consciência de seu perigoso poder sobre os homens. José também não poderá resistir por muito tempo. Na verdade, ela já conseguiu seduzi-lo a ponto de ele fazer qualquer coisa que ela lhe pedisse. Sem opor muita resistência, José a deixa fugir e, por esse motivo, acaba na prisão em seu lugar.

Carmen — Dom José — Micaela

O ambiente está muito animado na malfalada taberna de Lillas Pastia. Carmen e as amigas Frasquita e Mercedes estão se divertindo com alguns oficiais, entre os quais o tenente Zuniga. Parece que Carmen ainda está pensando em José, a quem deve a liberdade. Hoje é o dia em que ele será libertado da prisão!

O famoso toureiro Escamillo surge acompanhado de grande comitiva. Tal como Carmen, que está acostumada a ver todos os homens aos seus pés, ele acredita que as mulheres o consideram irresistível. Mas, surpreendentemente, Carmen se comporta de forma muito arrogante em relação a ele – hoje ela está esperando José!

A taberna de Lillas Pastia é também o ponto de encontro secreto de contrabandistas, que pretendem atravessar a fronteira novamente naquela noite e trazer produtos ilegais. As moças ciganas devem servir de isca para distrair os aduaneiros. Mas dessa vez Carmen não está disposta a participar, pois está muito mais interessada em José, que também não a esqueceu. De longe já é possível ouvi-lo cantando. Ele entra ansioso na taberna. Entretanto, instigada por suas amigas, Carmen traça o plano diabólico de levar José junto aos contrabandistas, afinal, não há proteção melhor que um cabo acompanhando os negócios escusos!

Ela provoca José, dançando e tocando castanholas. Em meio à dança, soa o sinal dos clarins anunciando que os soldados devem retornar ao quartel. O pobre José fica angustiado porque ama Carmen, mas também não quer desrespeitar o regulamento logo no primeiro dia de liberdade! Carmen fica indignada. Como é que alguém que diz amá-la pode deixá-la para voltar ao quartel? Desesperado, José retira a flor seca que carrega no bolso do uniforme, junto ao peito, desde aquele dramático dia na cidade. Suas declarações de amor são inúteis, e Carmen o rejeita sem piedade. No momento em que José está conseguindo se desvencilhar da cigana, seu chefe Zuniga aparece de surpresa. Os dois discutem e lutam de espada em punho. Os ciganos desarmam e amarram o tenente. Não há mais volta para José – agora ele faz parte do grupo de contrabandistas!

3 Os contrabandistas montaram acampamento numa região selvagem e deserta das montanhas para descansar após as dificuldades da caminhada noturna. Carmen e José fazem parte do grupo. Ela já começa a ficar cansada do rapaz. Para piorar as coisas, ele começa a falar de sua mãe. Carmen sente vontade de mandá-lo imediatamente para casa. O ciúme e a raiva crescem em José.

Supersticiosas, Carmen e suas duas amigas jogam as cartas para ler o destino. Nas cartas de Carmen sai a morte! Assustada, ela embaralha as cartas repetidamente, mas o resultado é sempre o mesmo: a morte para os dois! Os vigias que foram enviados para analisar a situação retornam e recomendam partir. Logo aquela região misteriosa volta a ficar abandonada e em silêncio.

Munida da coragem trazida pelo desespero, Micaela se pôs a procurar José em meio aos contrabandistas. Morrendo de medo, ela percorre o desfiladeiro com um guia. Por fim, acaba avistando José, que está incumbido de proteger a retaguarda do grupo, mas não consegue falar com ele, pois é obrigada a se esconder depressa quando o toureiro Escamillo aparece subitamente.

Sem querer, ela testemunha o encontro entre José e Escamillo, que, apaixonado, está lá à procura de Carmen. José, ao sabê-lo, desafia seu rival e os dois homens começam a lutar com facas.

Carmen, que de longe ouviu o alvoroço, chega a tempo de salvar a vida de Escamillo. Agradecido, ele a convida para sua próxima tourada e estende o convite aos amigos dela. Está tão seguro do amor de Carmen que generosamente também chama José para a festa, mas este só quer saber de lutar contra seu rival.

A essa altura, os ciganos querem se livrar de José de qualquer jeito. Carmen considera-o um estorvo, e os contrabandistas percebem que, com seu ciúme cego, ele pode mais atrapalhar do que ajudar nos negócios. Entretanto, a paixão de José é mais forte: "Eu não partirei, ainda que me custe a vida!".

Enquanto isso, Micaela é descoberta em seu esconderijo. Trazida à presença de José, implora que ele vá ver a mãe que está morrendo e precisa dele. Desesperado, José se despede de Carmen, mas promete voltar!

4 Em Sevilha, na praça diante da arena, há grande e animada festa popular. Os ciganos também estão presentes e participam dos acontecimentos. Surgem os toureiros, entre eles Escamillo acompanhado por Carmen, certo de sua vitória! Enquanto ele se prepara para a luta, Frasquita e Mercedes previnem a amiga Carmen, dizendo que José, furioso de ciúme, está escondido em meio à multidão. Destemida e teimosa, Carmen fica sozinha, enquanto todos desapareceram dentro da arena.

De repente, ela se depara com José. Apaixonado, ele diz estar disposto a esquecer o passado e fugir com ela, mas Carmen permanece impassível. José não lhe interessa mais. Cheia de orgulho, ela o repele: "Carmen nasceu livre e livre morrerá!". Enquanto na arena a multidão aplaude Escamillo, Carmen joga o anel

Carmen   Dom José   Escamillo

que ganhou de José aos pés dele. É a gota d'água! Ele então a apunhala. Ao se dar conta do que fez, diz aos presentes: "Fui eu que a matei. Ah, Carmen, minha adorada Carmen".

A tourada chega ao fim e, chocado, o vitorioso se coloca diante do corpo inerte da bela cigana.

NOTAS

Carmen sem dúvida é a ópera mais famosa de Bizet. É uma das obras mais encenadas nos teatros de todo o mundo, embora sua estreia mundial tenha obtido pouco sucesso. Certamente, sua fama de hoje se deve à interessante mescla do romantismo do toureiro com o colorido dos ciganos, aliada a uma música temperamental e vivaz que caiu no gosto popular.

Nos momentos cruciais, algumas melodias se repetem como um leitmotiv. *A mais famosa é o tema do toureiro Escamillo: "Toureiro, em guarda!". A personagem sempre se apresenta com esse tema e é com ele que vai para a tourada. Essa melodia também soa na abertura — naturalmente, sem o canto:*[65]

---

65 "Toureiro, em guarda, toureiro, toureiro..."

As óperas

[partitura: To-ré-a-dor, en gar___ de, To-ré-a-dor, To-ré-a-dor]

O maior contraste para essa canção tão vivaz é o tema sombrio do destino de Carmen, com o qual se encerra a abertura, anunciando o sofrimento. Ele também acompanha a primeira apresentação de Carmen, um pouco modificado, e é ouvido durante o seu final sangrento:

[partitura em 3/4, ff]

Entre os atos há três intermezzi de instrumentação extremamente atraente, como o delicado solo de flauta com acompanhamento de harpa no 3º ato:

Flauta:

[partitura]

Durante os quatro atos ouvem-se conjuntos de solistas e coros com resultado muito eficaz, além de inúmeras melodias cativantes. Também há inserções mais extensas de balé, principalmente em frente à arena, na última cena. A música para esse balé é retirada de outras composições de Bizet, na maioria das vezes da suíte L'Arlésienne.

O colorido espanhol de certas árias de Carmen é muito singular, em especial em duas cenas do 1º ato:

• a "Habanera", com seu típico ritmo de dança:

Carmen:⁶⁶

(partitura: L'a-mour est un oi-seau re-belle que nul ne peut a___ pp ri-voi-ser)

Ritmo:

(partitura rítmica)

• e a *"Seguidilha"*, outra popular dança espanhola:

Carmen:⁶⁷

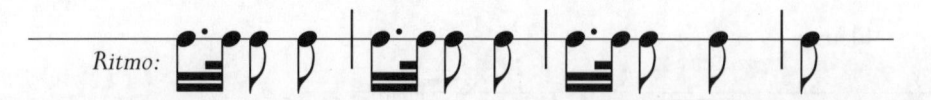

(partitura: Près des rem-parts de Se-vi____ lle)

Ritmo:

(partitura rítmica)

Também cabe lembrar a dança com castanholas de Carmen na taverna, durante a qual ela só canta *"vocalises"* (melodia vocal sem palavras; por exemplo, la-la-la).

Uma particularidade da ópera **Carmen** são os grandes recitativos com acompanhamento da orquestra. Eles foram compostos por um amigo de Bizet e incluídos na ópera mais tarde, obedecendo à moda. Originalmente, Bizet havia planejado colocar apenas textos falados entre cada número. Hoje, no palco, quase só se conhece a versão com recitativos, embora Bizet tenha planejado tudo de forma bem diferente!

> Das poucas óperas de Bizet, *Carmen* é de longe a mais popular. Além dela, vale mencionar *Os pescadores de pérolas* (1863).

---

66 "O amor é um pássaro rebelde que ninguém consegue domesticar."
67 "Perto das muralhas de Sevilha..."

Piotr Ilitsch Tchaikovsky
(1840-1893)

Eugene Onegin
Yevgeny Onyegin

Cenas líricas em três atos
- Libreto: Konstantin S. Schilovsky (com base em Alexander S. Pushkin)
- Composição: abertura e 22 números musicais interligados
- Estreia mundial: 29 de março de 1879, em Moscou
- Duração: cerca de 2 horas e 30 minutos

Personagens

Larina, fazendeira	*mezzo-soprano*
Tatiana e Olga, suas filhas	soprano, contralto
Filipevna, uma ama	contralto
Eugene Onegin	barítono
Lenski	tenor
Príncipe Gremin	baixo
Um capitão	baixo
Zaretzki	baixo
Triquet, um francês	tenor
Gillot, um lacaio	papel mudo
Camponeses, convidados do baile, fazendeiros, oficiais	coro, balé

SINOPSE

É comum irmãos serem diferentes não só quanto à aparência, como também e principalmente quanto à sua natureza. É o caso das duas filhas da rica fazendeira Larina. Tatiana é delicada, de natureza mais sensível, e Olga, por sua vez, tem um temperamento forte e irradia vitalidade. E é assim, conforme a natureza, que elas se comportam em relação aos homens: uma é tímida, e a outra, sedutora.

1 Olga certamente já tem um admirador: o poeta Lenski, um vizinho que a venera. Estamos no final do verão. Lenski recebeu a visita do amigo Eugene e o apresenta a Olga. A mãe dela, Larina, e a irmã, Tatiana, também estão presentes. Larina logo se retira para cuidar de seus hóspedes. Lenski começa a fazer fervorosas declarações de amor a Olga, enquanto Onegin conversa com Tatiana. A bela moça se apaixona pelo homem vistoso e elegante, mas, tímida, guarda seus sentimentos para si. Mais tarde, ela os confia à sua ama Filipevna, que não sabe como a aconselhar. Tatiana decide escrever uma carta a Onegin, confessando seu amor.

Eugene Onegin   Tatiana   Lenski   Olga

No dia seguinte, eles voltam a se encontrar. Frio e arrogante, Onegin conversa com Tatiana amistosamente, sem, no entanto, se comprometer. Ele diz que ela até o agrada muito, mas a ideia de casamento não o atrai, pois ele, na verdade, não acredita muito no amor. Além disso, aquilo talvez seja coisa da imaginação de Tatiana! Silenciosa, Tatiana mantém sua profunda decepção em segredo.

2. O inverno chegou à Rússia. É o dia de celebrar o santo que deu origem ao nome de Tatiana. Em homenagem a ela, sua mãe organiza um baile, para o qual convida Lenski e Onegin, que novamente estão passando uma temporada na fazenda vizinha.

Tatiana está visivelmente incomodada por ser o motivo de tanta agitação; não gosta de ser o centro das atenções. Onegin está entediado em meio ao povo do campo, e a única ideia que lhe vem à cabeça é provocar um pouco o amigo, tirando Olga várias vezes para dançar. Naturalmente, Lenski fica com ciúme, sobretudo quando Olga escolhe Onegin como parceiro da dança de honra, com o propósito de provocá-lo. Então Lenski perde o controle e começa a brigar com Onegin diante de todos os convidados. Em sua fúria, põe fim à amizade e desafia Onegin para um duelo.

Realizado logo ao amanhecer, o duelo tem um fim trágico: Onegin mata o amigo!

3. Nos anos que se seguem, Eugene Onegin perambula pelo mundo, tomado pela ansiedade e atormentado pela consciência que o acusa daquela atitude impensada. Saiu da fazenda fronteiriça à propriedade de Larina e reaparece em São Petersburgo. Certa noite, ele é convidado para uma recepção na casa de pessoas ilustres. Uma bela dama lhe chama a atenção entre os convidados, e ele logo se recorda de Tatiana. Seu amigo, o príncipe Gremin, orgulhosamente lhe apresenta a dama: sim, é mesmo Tatiana. Ela e Gremin casaram-se há dois anos; desde então, ele a mima, tratando-a com muito cuidado. Tatiana e Onegin conversam como se nada houvesse acontecido, comentando a possibilidade de já terem se encontrado e o fato de que ele viajou durante muito tempo. Então o casal se despede, porque Tatiana está tensa e cansada. Onegin se dá conta da maneira tola como se comportou com as duas irmãs naquela época no campo! E, nesta noite, definitivamente se apaixonou por Tatiana...

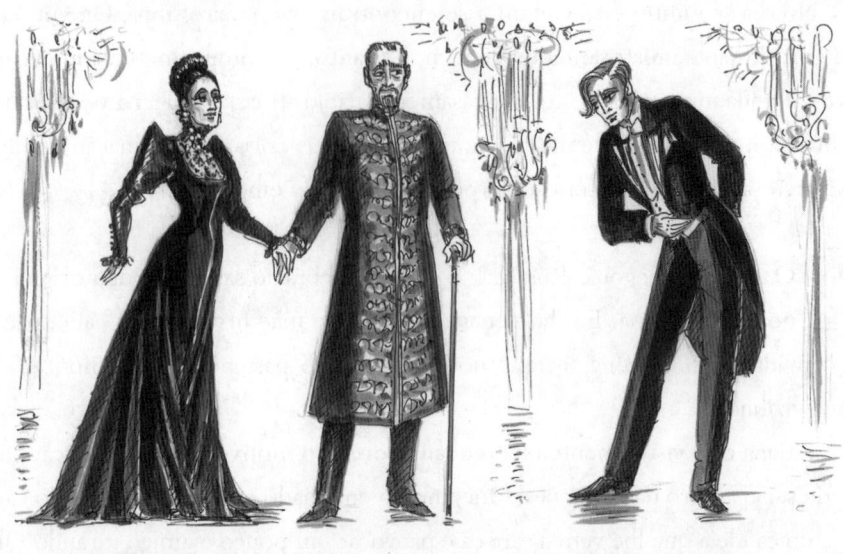

Tatiana — Príncipe Gremin — Eugene Onegin

A moça também não esqueceu os sentimentos que nutria por aquele homem orgulhoso e logo recebe uma carta de Onegin, pedindo que se encontrem para conversar. Durante essa conversa, Onegin confessa seu amor e com isso cria um terrível dilema para Tatiana. Com o coração partido, ela relembra a sagrada promessa de casamento que fez a Gremin e chega à irreversível conclusão de que nunca será capaz de quebrá-la. Assim, despede-se com tristeza e determinação, deixando Onegin sozinho. Ele é tomado por sentimentos de perda e de desespero por ter brincado com a própria sorte, dando-se conta disso tarde demais.

NOTAS

Eugene Onegin *é a ópera mais conhecida e importante de Tchaikovsky. No subtítulo, o compositor a descreve como "Cenas líricas" e, com essa denominação atípica, caracteriza sua música de forma bastante adequada. Isso porque, embora nesta obra também existam situações dramáticas e conflitos entre as personagens como em todas as peças de teatro, o mais importante para Tchaikovsky é a expressão musical de sentimentos humanos e a sonorização* de atmosferas que correspondam a esses sentimentos — felicidade perdida, sofrimento por despedida e separação, tristeza, desespero.

A base para o libreto da ópera não foi uma peça de teatro, mas um romance em verso do poeta russo Alexander S. Pushkin (1799-1837). Tchaikovsky se encantou tanto com essa grandiosa poesia, que fez pessoalmente o primeiro esboço para a ópera. Depois, deixou a execução do libreto nas mãos de seu amigo Konstantin Schilovsky, que descartou vários trechos do texto de Pushkin.

A delicada e melancólica atmosfera poética de toda a obra já é invocada na abertura, cujo tema central é uma melodia que mais tarde se repetirá. Esse tema poderia ser chamado de motivo de amor de Tatiana:

Uma série de outros temas determina o decorrer de toda a ópera com uma proposta de leitmotiv, ou motivo condutor.

O lado lírico desta ópera é representado sobretudo por Tatiana, sem dúvida responsável pelo momento mais tocante musicalmente, a famosa cena da carta:

Tatiana:[68]

Nyet, ni - ko - mu na svye - tye Nye ot - da - la bi syert - sa ya

Outro ponto alto é a ária de Gremin, na qual ele diz que somos todos sensíveis ao amor, em qualquer idade. Trata-se de uma peça modelo para a chamada categoria baixo profundo.

---

68 "Eu não poderia dar meu coração a nenhum outro."

Como contraste às partes delicadas e melancólicas da obra, sempre aparecem trechos alegres e vivos. A origem russa dessa música fica mais evidente no coro popular e impetuoso dos camponeses:[69]

Sko - ri - no - zhen - ki so po - kho - dush ___ ki

A polonaise e a valsa conferem uma atmosfera festiva ao 2º ato:

Polonaise

Na cena emocionante do duelo entre Lenski e Onegin, Tchaikovsky, para expressar que já não é possível a reconciliação, vale-se da seguinte estratégia musical: os dois, embora cantem a mesma melodia, o fazem em cânone, isto é, em tempos diferentes!

> Além de *Eugene Onegin*, destacam-se entre as dez óperas de Tchaikovsky *A dama de espadas* (1890), ópera de grande efeito, em que há até assombrações; e a *A donzela de Orleans*, que foi criada com base no drama homônimo de Schiller (1881).

---

69 "Meu pé dói de tanto andar."

Jacques Offenbach
(1819-1880)

Os contos de Hoffmann

Les contes d'Hoffmann

Ópera fantástica em três atos, uma abertura e um epílogo
- Libreto: Jules Barbier
- Composição: sem abertura; 25 números musicais, alguns interligados por recitativos de orquestra; um breve prelúdio para cada ato
- Estreia mundial: 10 de fevereiro de 1881, em Paris
- Duração: cerca de 2 horas e 45 minutos

Personagens

Hoffmann	tenor
Olympia, Giulietta, Antônia	soprano
(Stella)	(papel falado)
Lindorf, Coppelius, Dapertutto, Miracle	baixo/barítono
Andreas, Cochenille, Pitichinaccio, Franz	tenor
Nicklausse	contralto
Nathanael e Hermann, dois estudantes	tenor/barítono
Luther, dono da adega	baixo
Spalanzani	tenor
Schlémihl	barítono
Conselheiro Crespel	baixo
A voz da mãe de Antônia	*mezzo-soprano*
Estudantes, garçons, convidados, serventes, mascarados	coro, balé

SINOPSE

Nesta ópera não há um enredo contínuo e, em vez de contarmos uma história, contaremos quatro, pois há quatro fios condutores para os acontecimentos. As quatro histórias têm em comum o protagonista: o poeta romântico Ernst Theodor Amadeus Hoffmann. Ele se apresenta na abertura e conta aos amigos três histórias fantásticas que viveu, em que ele próprio é a personagem. São três aventuras amorosas.

Stella   Olympia   Hoffmann   Giulietta   Antônia   Miracle

PRÓLOGO

Durante o prólogo, já se menciona que o poeta está envolvido num relacionamento amoroso. Estamos em Berlim, na adega de Luther, onde Hoffmann costuma beber. Ele ainda não chegou. Entra um mensageiro, olha em volta como se estivesse à procura de alguém e avista o prefeito Lindorf. Este convence o mensageiro a lhe entregar a carta, que não é para ele, mas para Hoffmann. Tanto Lindorf quanto Hoffmann são admiradores fervorosos da festejada cantora Stella e, ironicamente, junto à mencionada carta, encontra-se a chave dos aposentos dela. Lindorf fica furioso ao saber que Hoffmann é seu rival. Pensa em aproveitar a ocasião para pregar-lhe uma peça: trama convidar Stella à adega logo após o espetáculo, onde ela encontrará seu poeta vergonhosamente embriagado. Desse modo, em vez do poeta, ela de certo preferirá Lindorf!

Aos poucos a adega começa a ficar lotada de estudantes, que brindam entusiasmados a grande artista Stella. Logo também chega Hoffmann com seu fiel amigo Nicklausse. O poeta está muito irritado e mal-humorado, mas os estudantes não desistem tão facilmente e tentam animá-lo, alegando que ele sabe contar histórias emocionantes. Então ele lhes conta a "Lenda de Kleinzack" e percebe que, sem querer, está pensando apaixonadamente em Stella, o que o leva a descrever suas qualidades nas cores mais brilhantes.

Então ele avista Lindorf, o rival que sempre lhe traz infelicidade. Será que ele vai prejudicá-lo em sua vida amorosa? Novamente, o poeta se perde em seus delírios românticos. Acredita que a amada Stella é a encarnação de três mulheres distintas, e cada uma delas o faz se lembrar de uma antiga paixão. Então, atendendo aos pedidos, ele conta sua história de forma tão ilustrativa, que os ouvintes acreditam presenciá-la.

1 Olympia é o nome de sua primeira amante. Supostamente, é a filha de Spalanzani, o esquisito professor de Física. Hoffmann é convidado para uma recepção em sua casa e fica muito animado, pois se apaixonou justamente por Olympia, que dizem ser de beleza inigualável. Ela está atrás de uma cortina e parece dormir. No entanto, Hoffmann não sabe que Olympia é na verdade uma boneca criada e montada engenhosamente, uma obra-prima do professor. Cego de amor, Hoffmann ignora os avisos de seu preocupado amigo Nicklausse.

Nesse momento, chega o fantasioso Coppelius, colega de Spalanzani, e começa a fazer propaganda dos óculos eficientes e originais que comercializa. Com isso, consegue vender uma dessas peças maravilhosas, com a qual é possível enxergar o mundo transformado, muito mais belo do que realmente é.

Em seguida, ele e o estranho professor travam uma furiosa discussão sobre quem realmente é o pai de Olympia, já que foi Coppelius quem construiu os seus olhos, uma verdadeira obra de arte em vivacidade. Spalanzani encontra uma saída e sugere que o colega lhe venda os olhos, ou melhor, toda a boneca. Rapidamente acertam o negócio e em seguida Coppelius se distancia alegre e satisfeito.

Agora também estão chegando os outros convidados da festa, todos muito curiosos para conhecer Olympia, de quem ouviram dizer maravilhas. O dono da casa apresenta sua filha com orgulho e logo Olympia começa a cantar uma ária cheia de coloraturas. Aplausos estrondosos. Depois, os convidados se dirigem para o banquete na sala ao lado. Hoffmann observa Olympia através dos maravilhosos óculos transformadores. Obtendo permissão para ficar a sós com ela, ele aproveita para fazer-lhe fervorosas e apaixonadas confissões. Ao tocar seu ombro, ela responde "Sim, sim". Quando ele lhe aperta a mão, ela se levanta bruscamente e, para surpresa dele, desaparece atrás da cortina.

Nicklausse sai em busca de Hoffmann e o traz para o banquete. Coppelius também já está voltando bastante irritado, pois a letra de câmbio que Spalanzani lhe dera em pagamento por Olympia era de uma firma falida! No momento em que os convidados estão voltando para o salão, ele se esconde atrás da cortina. Hoffmann tem permissão para dançar com a boneca, mas o mecanismo de relógio embutido nela dispara, tornando a dança cada vez mais rápida. Hoffmann senta-se esgotado numa poltrona, e os óculos caem e se quebram. Olympia é levada mais uma vez para trás de sua cortina. Então, ouve-se um barulho. Coppelius, furioso, destruiu a boneca. Chocado, Hoffmann é obrigado a reconhecer o seu engano: tinha se apaixonado por uma máquina sem vida!

2 A segunda amante se chama Giulietta. É uma bela dama de Veneza, mas também cortesã vaidosa e conhecida em toda a cidade. Recebe os convidados num luxuoso palácio e deixa que eles a admirem. Da galeria do edifício, ricamente decorada, tem-se uma bela vista para o famoso Grande Canal. Hoffmann é um de seus convidados e logo se rende aos seus encantos, enquanto o antigo amante de Giulietta, Schlémihl, se mistura aos admiradores.

Quando todos os convidados, inclusive Hoffmann, estão se divertindo com jogos no salão ao lado, surge a assustadora figura de Dapertutto. É ele quem controla a bela Giulietta. Com a força de seu espelho mágico, ele vem buscar suas vítimas, os amantes infelizes de Giulietta, cujas almas lhe pertencem. Schlémihl já foi obrigado a lhe entregar sua sombra; agora é a vez de Hoffmann. Implacável, Dapertutto ordena à cortesã: "Ainda hoje quero o reflexo de Hoffmann no meu espelho".

Hoffmann perdeu todo o dinheiro no jogo e agora quer se despedir da linda dama. Mas na despedida Giulietta lhe pede, sedutoramente, que ele a presenteie com sua imagem no espelho, como prova de seu amor. Ela o convence com facilidade, deixando Schlémihl incomodado com a intimidade dos dois. Giulietta sussurra baixinho para Hoffmann: "Ele tem minha chave!". Nesse momento, aparece Dapertutto e, como quem não quer nada, coloca o seu espelho mágico diante do rosto de Hoffmann. Assustado, este recua, indagando onde está seu reflexo. Nicklausse o pressiona para que fuja, mas Hoffmann, louco de amor, se recusa a segui-lo. Quer resgatar a chave do quarto de Giulietta que está com Schlémihl. No entanto, Schlémihl puxa a espada para se defender. Hoffmann, que imediatamente recebe uma espada de Dapertutto, mata o rival, retira a chave do morto e entra no dormitório de Giulietta.

Ela, no entanto, não está mais interessada no poeta. É hora das gôndolas e ela está embarcando despreocupadamente em um dos barcos, acompanhada do corcunda Pitichinaccio. Decepcionado, Hoffmann deixa o quarto vazio. Seu fiel amigo Nicklausse o arranca de lá, antes que a guarda chegue, evitando que ele seja preso como assassino.

3 A terceira amante se chama Antônia. É filha do velho conselheiro Crespel e sofre de um triste destino, pois da mãe herdou não só o dom de cantar, como também uma doença fatal. Por isso, assustado, o pai evita todas as ocasiões que possam levá-la a cantar. Qualquer esforço maior poderia causar sua morte. Mas ele a surpreende numa recaída: afinal, cantar é sua paixão! Preocupado com a saúde da filha, Crespel também não aprova que Hoffmann, fascinado pelo canto de Antônia, frequente a sua casa. O poeta, por sua vez, ainda não sabe do trágico destino da jovem. Então, em uma de suas visitas apaixonadas, ela cria coragem para cantar uma canção. Assim que ela termina de cantar as últimas notas da música, ameaça cair de fraqueza e se retira para o quarto.

Mas Hoffmann ouviu que o pai de Antônia está chegando e se esconde em um canto do quarto, ao lado da janela. Será que ele vai descobrir o seu segredo? Agora, de seu esconderijo, ele se torna testemunha de um acontecimento assustador. Contra a vontade do conselheiro Crespel, o obscuro dr. Miracle, que sob circunstâncias estranhas cuidou da mãe de Antônia até sua morte, consegue entrar e se fazer ouvir. Miracle tenta convencer Crespel de que é imprescindível sua filha tomar todos os medicamentos que ele trouxe consigo. Em seguida, evoca Antônia, como se estivesse tentando exorcizá-la: "Canta, canta!". Finalmente, Crespel consegue expulsar o intrometido médico curandeiro. Agora Hoffmann, em seu esconderijo, fica sabendo do destino que Antônia herdou da mãe. Assim que o pai deixa o quarto, Hoffmann chama Antônia e suplica-lhe que desista de cantar. Por amor a Hoffmann, ela promete nunca mais cantar. Aparentemente tranquilizado, Hoffmann deixa a amada.

No entanto, no quarto escuro de Antônia acontecem coisas estranhas. O dr. Miracle aparece silenciosamente, sem que ninguém o veja passar pela porta. Usando de feitiço, tenta persuadir Antônia de que Hoffmann quer privá-la da felicidade e a incita a dedicar-se unicamente à arte de viver cantando sob os aplausos estrondosos das multidões.

Desesperada, ela se recorda da morte da mãe e procura o retrato dela pendurado na parede. A voz da mãe morta, invocada por Miracle, ressoa pela sala: "Canta sempre, minha filha, canta!". E, enfeitiçada, sem nenhum poder sobre si mesma, Antônia canta pela última vez, acompanhada pelo som diabólico e irritante do violino do doutor.

De repente, a assombração desaparece. O conselheiro Crespel encontra a sua filha caída no chão, agonizando diante do retrato de sua mãe. Hoffmann também está presente. No último instante, o seu fiel amigo Nicklausse o salva novamente, pois o pai enfurecido quer atacar o suposto assassino com uma faca.

EPÍLOGO

Depois disso, encontramo-nos de novo na adega de Luther para o epílogo. Como de costume, Hoffmann contou sua história de maneira emocionante e todos ouviram atentos. Entrementes, o poeta foi ficando embriagado porque, enquanto contava suas histórias, ia bebericando avidamente. Ainda é capaz de cantar a última estrofe da lenda de Kleinzack e em seguida desmorona embriagado na cadeira.

Nesse ínterim termina o espetáculo de Stella no teatro. Como combinado, a cantora aparece na adega para buscar seu amado Hoffmann e agora o encontra completamente embriagado. Ela se afasta enojada. Então, o prefeito Lindorf surge e faz de tudo para consolá-la. Juntos, os dois deixam a adega...

NOTAS

Jacques Offenbach deixou 102 peças de teatro para a posteridade. Originalmente, o cidadão de Colônia chamava-se Jacob; ainda muito jovem se mudou para Paris, onde se tornou mundialmente famoso como compositor de operetas. Algumas de suas outras obras são apresentadas até hoje, como **Orfeu no inferno** *(Orphée aux Enfers) e* **A bela Helena** *(La Belle Hélène).*

No final da vida, Offenbach provou que podia compor uma grande ópera, capaz de preencher uma noite toda. O seu libretista, Jules Barbier, adaptou uma peça de teatro escrita por Offenbach e Michel Carré, a qual tratava do poeta romântico alemão E. T. A. Hoffmann. Os contos fantásticos de Hoffmann já eram conhecidos também na França. Tanto o enredo dos três atos como o do prólogo e o do epílogo, com a ária de Kleinzack ("Klein Zaches"—"pequeno Zaches"), foram retirados de diferentes composições de Hoffmann e reorganizados a fim de compor uma nova unidade. A boneca Olympia no 1º ato já havia sido tema de outra peça de teatro: o balé **Coppelia**, *de Léo Délibes.*

Infelizmente Offenbach não pôde presenciar a estreia mundial de sua ópera. Alguns problemas técnicos atrasaram a apresentação planejada, que acabou ocorrendo no teatro Opéra Comique, em Paris, e foi um enorme sucesso. O seu amigo Ernest Guiraud orquestrou a obra, já que Offenbach só conseguira terminar a partitura para piano. Os recitativos também são de Guiraud; sabe-se que ele também criou os da ópera **Carmen**, *de Bizet.*

Hoje, os papéis das quatro amantes de Hoffmann costumam ser representados por uma única cantora, embora tenham estruturas bem distintas. É uma tarefa excepcionalmente difícil para a artista, pois o papel de Olympia é rico em coloraturas, enquanto o de Antônia é mais lírico e o de Giulietta chega a ter técnica dramática. Já Stella é apenas um pequeno papel falado.

Nas quatro partes de baixo ou barítono dos gatunos (Lindorf, Coppelius, Dapertutto e Miracle) e, em certos casos, também com os quatro criados (Andreas, Cochenille, Pitichinaccio e Franz), também se procede de forma semelhante. Nicklausse, o espírito sensato de Hoffmann e um tipo de anjo da guarda, é um "papel de calças" (contralto).

Essa ópera é de uma musicalidade incrivelmente variada e de expressão complexa. Dois exemplos devem elucidar os grandes contrastes. Por um lado, há a ária de Kleinzack que Hoffmann canta quando já está muito animado pela bebida:

Hoffmann:[70]

Il é-tait u-ne fois à la cour d'Ei-se-nack

Por outro lado, há a famosa barcarola do 2º ato que, em razão de sua melodia melancólica, quase se tornou uma canção popular:

> Além de *Os Contos de Hoffmann*, Offenbach deixou inúmeras óperas e também operetas. Entre suas obras mais importantes estão *A bela Helena* (*La Belle Hélène*, de 1864), *Barba-Azul* (*Barbe Bleue*, de 1866) e *Vida parisiense* (*La vie parisienne*, de 1866).

---

70 "Era uma vez na corte de Eisenack..."

Pietro Mascagni
(1863-1945)

Cavalleria rusticana

(*Cavalheirismo rústico ou código de honra dos camponeses sicilianos*)

Melodrama em um ato
- Libreto: Giovanni Targioni-Tozzetti e Guido Menasci
- Composição: abertura e dez cenas
- Estreia mundial: 17 de maio de 1890, em Roma
- Duração: cerca de 1 hora e 15 minutos

Personagens

Santuzza, jovem camponesa	soprano
Turiddu, jovem camponês	tenor
Lucia, sua mãe	contralto
Alfio, carroceiro	barítono
Lola, sua mulher	*mezzo-soprano*
Camponeses, crianças	coro

SINOPSE

Amor, ciúme e assassinatos existem em todos os lugares do mundo, tanto no gelado extremo norte quanto nas altas temperaturas do sul. Só os costumes acabam sendo muito diferentes, e parece que no extremo sul da Europa, na Sicília, as paixões amorosas são especialmente ardentes. Lá nunca é possível prever o fim de um caso amoroso: se será tranquilo e feliz ou sangrento e trágico.

Uma dessas histórias dramáticas se passa num pequeno lugarejo siciliano e, no final, não se sabe bem quem é o culpado pelas lágrimas, sofrimento e morte.

O jovem camponês Turiddu regressa tranquilamente para sua aldeia, depois de ter servido o exército durante um ano. Enquanto esteve fora, sua impaciente noiva, Lola, casou-se com o carroceiro Alfio. Agora Lola fica enciumada ao ver seu ex-noivo consolar-se com a jovem camponesa Santuzza. Lola se sente humilhada. Durante o dia, enquanto o marido está trabalhando, faz uso de sua astúcia feminina e seduz o antigo namorado.

O dia de Páscoa amanhece tranquilo e ensolarado. Educados e discretos, os moradores do lugarejo vão à missa. Lentamente, a pequena praça vai se enchendo de gente em trajes domingueiros. Só Santuzza está inquieta e confusa. Ela procura Lucia, a mãe de Turiddu, para perguntar onde ele está. Lucia só sabe que no dia anterior ele partiu para o povoado vizinho em busca de vinho. Mas Santuzza descobre que ele foi visto na aldeia, noite alta.

Enquanto isso, Alfio, marido de Lola, retorna de viagem, satisfeito consigo e com o mundo. Como é boa a vida de carroceiro, pois quando ele volta para casa, sua fiel e carinhosa mulher o aguarda! Ele troca algumas palavras gentis com Lucia, mãe de Turiddu, que está à procura do filho. Sim, ele o viu, bem perto de sua própria casa! Em seguida, afasta-se. Da igreja ouvem-se os sons solenes do órgão; os devotos se ajoelham e rezam, uns do lado de dentro, outros do lado de fora da igreja, a céu aberto. Santuzza permanece fora[71]. Depois, conta a Lucia tudo o que descobriu.

---

71 Na verdade, Santuzza está excomungada por ter perdido a honra.

Chocada, a mãe de Turiddu fica sabendo da traição do filho, que novamente se deixou seduzir por Lola e abandonou Santuzza.

Lucia entra na igreja e Santuzza continua do lado de fora, sozinha e desconsolada. Finalmente, Turiddu aparece à procura da mãe e encontra Santuzza. Tenta evitar uma discussão, mas ela se põe em seu caminho e avisa que Alfio voltou.

A insolente Lola também está a caminho da igreja. Irônica, observa os dois na praça, dirige-lhes alguns comentários provocadores e desaparece dentro da casa de Deus. Turiddu perde a paciência quando Santuzza se agarra a ele e suplica-lhe que fique. Ele a repele bruscamente e segue Lola.

Logo em seguida surge Alfio. Santuzza está fora de si, muito enciumada e com o orgulho ferido. Ela desabafa e conta a Alfio da relação entre Lola e Turiddu. Diz que naquele instante os dois estão juntos na igreja!

Com a honra manchada, Alfio reage como um camponês siciliano e quer vingar sua vergonha com a morte: Turiddu deve morrer! Quando Santuzza percebe o que suas palavras desencadearam, é tarde demais. Não há mais como impedir a tragédia.

A missa terminou. As pessoas se reúnem bem-humoradas na frente da igreja e do restaurante para tomar um copo de vinho. Despreocupado, Turiddu se mistura com o povo e brinda animadamente com Alfio, mas este o evita.

De repente, todos são tomados pela inquietação ao perceberem a animosidade que se instala! Os dois homens se abraçam, mas o que parece ser inofensivo e amigável é na verdade um terrível costume siciliano: no momento do abraço, Alfio morde a orelha de Turiddu como sinal de que o está desafiando para uma luta fora do lugarejo, em pleno domingo de Páscoa!

Com um mau pressentimento, Turiddu se despede de sua velha mãe, pede-lhe a bênção e diz que, se ele não voltar, ela deve cuidar da pobre Santuzza. Lucia já imagina a razão de suas palavras misteriosas. Rodeada por camponeses curiosos e com olhares ansiosos, ela fica como que petrificada no meio da praça, em companhia da desesperada Santuzza. Então, uma voz de mulher soa a distância: "Mataram o compadre Turiddu!".

Lucia   Santuzza   Turiddu   Lola

NOTAS

    A ópera Cavalleria rusticana *tornou o compositor Pietro Mascagni mundialmente famoso do dia para a noite. Até então, ele não passava de um obscuro professor de música. Em 1890, a pequena ópera de um ato vencera um concurso que contava com setenta participantes. Hoje esta obra é mundialmente conhecida em todos os teatros; na maioria das vezes é apresentada na mesma noite que a ópera* I Pagliacci, *de Leoncavallo (veja a página 258).*

    Para Mascagni, sua ópera Cavalleria rusticana *era um melodrama, o que, no entanto, não deve ser confundido com a classificação dada, por exemplo, a* Fidelio, *de Beethoven (página 95). No caso de* Cavalleria, *o termo indica muito mais uma solene ação dramática, no espírito do* bel canto *italiano, com predominância da preciosa melodia vocal que reproduz cuidadosamente os detalhes da vida e das pessoas.*

    A maior qualidade de Mascagni é a melodia expressiva e de fácil memorização, tanto a confiada aos cantores como a da instrumentação refinada da orquestra. Cada personagem tem uma, cantando árias que se encaixam na ópera. Depois da abertura, enquanto a cortina ainda está fechada, ouve-se pela primeira vez a voz de Turiddu em uma serenata. É um típico tenor dramático italiano. Alfio, barítono dramático, apresenta-se com uma ária alegre:

Alfio:[72]

Il ca - va - llo scal - pi - ta, I so - na - gli squi - la - nno

O que Lola canta quando aparece em cena baseia-se numa antiga canção popular:

Lola:[73]

Fio di gia - ggio - lo gli an - ge - li be - lli sta - nnoa mi - lle in cie - lo

Os duetos e árias amorosos são emoldurados por grandiosas cenas de coro. Surpreendentemente, pouco antes do trágico final da ópera, é inserido um intermezzo orquestral – o "intermezzo sinfônico" – que, numa extensa linha melódica apaixonada, conduz à última cena:

---

72 "O cavalo pateia, / os guizos tilintam..."
73 "Flor de lírio! / Os anjos belos / Estão aos milhares no céu."

Ruggiero Leoncavallo
(1857-1919)

I Pagliacci

(Palhaços)

Drama em dois atos e um prólogo
- Libreto: do compositor
- Composição: prólogo e dois atos contínuos, divididos em cenas
- Estreia mundial: 21 de maio de 1892, em Milão
- Duração: cerca de 1 hora e 15 minutos

Personagens

Canio, diretor de uma trupe mambembe de comediantes (também é o palhaço na comédia)	tenor
Nedda, sua mulher (Colombina na comédia)	soprano
Tonio, comediante (Taddeo na comédia)	barítono
Peppe, comediante (Arlequim na comédia)	tenor
Silvio, um jovem camponês	barítono
Um camponês	baixo
Camponeses, meninos de rua	coro

SINOPSE

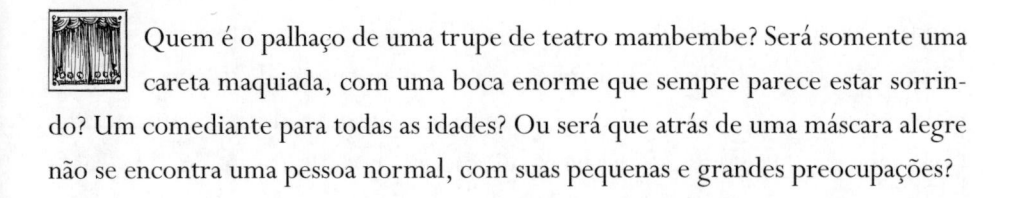

Quem é o palhaço de uma trupe de teatro mambembe? Será somente uma careta maquiada, com uma boca enorme que sempre parece estar sorrindo? Um comediante para todas as idades? Ou será que atrás de uma máscara alegre não se encontra uma pessoa normal, com suas pequenas e grandes preocupações?

1 Em algum lugar da Itália, num pequeno vilarejo da Calábria, acaba de chegar uma trupe mambembe de comediantes. Eles instalam suas coloridas carroças com o palco de madeira perto da muralha da cidade e enchem de vida as pacatas vielas, banhadas pelo sol do sul europeu. Canio, o chefe da pequena trupe, convida os moradores a assistirem à apresentação da noite e promete uma aventura emocionante. Sua esposa, Nedda, é bela e jovem, e ele, ciumento, não a perde de vista. Os moradores logo assistem a uma demonstração de sua paixão pela mulher quando o feio e aleijado Tonio, integrante da trupe, num gesto de cavalheirismo, tenta ajudar Nedda a descer da carroça e é esbofeteado pelo marido. Canio aproveita a ocasião para explicar aos perplexos camponeses a diferença entre o teatro e a vida, alegando que à noite, no palco, o palhaço é traído e até apanha, mas na vida é melhor não brincar com ele, caso a mulher pense em ser infiel.

É domingo e as pessoas vão à igreja. Alguns camponeses, Canio e seu amigo Peppe sentam-se na taberna para tomar um copo de vinho. Obviamente, Tonio está furioso e ofendido com a maneira como Canio acabou de tratá-lo na frente de todas as pessoas e jura vingança. Libidinoso e violento, ele assedia Nedda, que ficou sozinha na carroça, mas ela se defende e dá-lhe uma chicotada no rosto. Enfurecido, Tonio se afasta fazendo ameaças.

Logo se percebe que Canio tem fortes motivos para não confiar na mulher. Enquanto ele está tomando vinho na taberna com o amigo Peppe, sem desconfiar de nada, ela está com o camponês Silvio: os dois marcaram um encontro com a intenção de fugirem à noite, pois ela quer abandonar o marido ciumento. Um beijo ardente sela o pacto. Nesse momento surge Canio, que foi avisado por Tonio em sua sede de vingança. Silvio consegue fugir saltando o muro, enquanto o marido traído, empunhando uma faca, parte para cima da mulher. Peppe, que foi atraído pelo barulho, no último instante consegue evitar um terrível banho de sangue. Canio quer saber o nome do amante da mulher, mas ela se cala. Tonio aconselha Canio a iniciar o espetáculo, pois talvez o amante esteja no público durante a apresentação noturna e se traia. Ele, Tonio, tomará conta de Nedda. Apavorado, Canio se dá conta de que em breve deverá apresentar-se no palco como se nada tivesse acontecido. Como poderá entreter as pessoas com palhaçadas se no íntimo está sendo corroído pelo ciúme? Ah, que miserável destino de artista!

Anoiteceu e a apresentação do teatro deverá começar em breve. Nedda ainda consegue alertar Silvio: "Tome cuidado; ele não te viu!". Em seguida, abrem-se as cortinas. Os espectadores ansiosos estão na sombra, enquanto o antigo e sempre novo espetáculo dos comediantes começa no palco iluminado. Canio está atrás da máscara de palhaço e Nedda é sua faceira Colombina, que imprudentemente se envolve com Arlequim, representado por Peppe. Tonio também participa da trama, como o pateta Taddeo. E, como não poderia deixar de ser, a história da peça, assim como na vida, trata de amor e ciúme.

O palhaço está fora de casa e, como de costume, só retornará tarde da noite. Pelo menos é o que pensa Colombina, que nessas ocasiões gosta de se divertir tranquilamente com o amante, Arlequim. No entanto, nesta noite ela ainda tem de se livrar do inoportuno Taddeo, que, muito desajeitado, está louco para beijá-la. Com rispidez, ela o joga para fora e logo em seguida, para a alegria do público, Arlequim entra pela janela. Os dois amantes aproveitam o tempo, comem, bebem e avidamente tramam planos para se livrar do palhaço e fugir juntos. E, falando no diabo, o palhaço surge à porta, ameaçador: bem naquele dia voltou mais cedo para casa, flagrando a mulher com o rival. O amante foge pulando a janela.

De repente, um pensamento passa como um raio pela cabeça de Canio, o palhaço. Não é exatamente aquilo o que ocorreu, durante o dia, quando sua mulher, Nedda, não quis lhe revelar o nome do amante? A realidade e a peça se confundem em sua cabeça, então a peça se torna terrivelmente séria para Canio, sem que os espectadores notem. Só Nedda, a Colombina, percebe que de repente é o seu verdadeiro marido que está à sua frente, exigindo saber, com voz afiada, o nome de seu amante. Ela, porém, continua interpretando o papel de Colombina, fingindo indiferença, o que acaba por provocá-lo ainda mais. Pouco a pouco, Canio vai ficando fora de si, esquecendo-se do palco e do público: "O nome ou a tua vida!". Decidida, com a coragem do desespero, Nedda se recusa a revelar o nome de Silvio, que está inquieto em meio ao público. Então, cego de ciúme, Canio a apunhala. Num último esforço, ela chama Silvio, sem se dar conta de que com isso também o denuncia e sela sua sentença de morte. Silvio também morre apunhalado por Canio.

Chocado, o público acompanha essa tragédia real em que a comédia repentinamente se transformou. Alguns camponeses corajosos agarram o assassino, já sem forças. Fraco e desesperado, ele se deixa prender[74].

Silvio Peppe   Canio   Nedda   Tonio

NOTAS

Muitas vezes I Pagliacci *e* Cavalleria rusticana *são apresentadas numa mesma récita. Parece que essa tradição tem se revelado positiva e realmente existem certos pontos a favor:*

---

74 Suas últimas palavras são: "A comédia acabou".

em primeiro lugar, Leoncavallo inscreveu sua ópera no mesmo concurso que Mascagni venceu com Cavalleria rusticana. *Infelizmente*, I Pagliacci *não pôde ser avaliada, porque a obra foi composta para dois atos, o que contrariava as regras do concurso. Mas, ainda assim, a peça se tornou um sucesso mundial. Além disso, é bem possível apresentar ambas as peças num mesmo cenário de pequena aldeia italiana. A forma realista com que o amor é interpretado – ciúme e morte, tragédia entre pessoas comuns – também é muito parecida nas duas óperas (em ópera, esse estilo é chamado de "verismo", ou seja, intenso realismo, com todas as suas belezas e crueldades). Tal como na* Cavalleria rusticana, *aqui predomina a intensa e vibrante melodia vocal (bel canto), ao mesmo tempo que as personagens principais representam as típicas extensões vocais da ópera italiana.*

O prólogo e os dois atos ligados por um intermezzo *se seguem sem intervalo. Trata-se, portanto, da chamada ópera contínua, forma que se tornou costumeira no final do século XIX sob a influência de Richard Wagner.*

A orquestra nos apresenta o mundo dos comediantes com uma breve abertura – no primeiro motivo, ela é cheia de vida e energia:

E com uma segunda melodia apaixonada:

Segue-se imediatamente uma introdução cantada (prólogo), em que Tonio, antes do início da verdadeira trama, explica ao público a real natureza do artista: a necessidade de esconder suas próprias preocupações e problemas diários atrás de uma máscara alegre. Depois, ele explica as intenções artísticas do compositor e do libretista, como se representasse o próprio criador da ópera. No final do 1º ato, quando a tragédia já está anunciada, tomado pelo desespero, Canio retoma essa temática em sua ária:

Canio:[75]

Ves - ti   la giu - bba,   la   fa - cciain-fa - ri - na

Aliás, o enredo se baseia num acontecimento real, que Leoncavallo presenciou aos sete anos de idade em Montalto, vilarejo da Calábria.

A "peça dentro da peça", no 2º ato, o "palco no palco", é um truque antigo na longa história do teatro e sempre faz sucesso. Nesse caso Leoncavallo recorre às figuras da tradicional comédia improvisada italiana (Commedia dell'arte): Palhaço, Arlequim e Colombina.

Quando o mundo ficcional surge no palco de madeira, a música também difere da vida cotidiana. Por exemplo: quando o comediante se apresenta, soam músicas de danças antigas, como o minueto, a gavota e a sarabanda, que se destacam nitidamente dos sons modernos da música do século XIX.

---

75 "Veste a túnica/ maquia o rosto..."

Engelbert Humperdinck
(1854-1921)

Hänsel und Gretel

João e Maria

Conto de fadas em três atos
- Libreto: Adelheid Wette
- Composição: abertura e três atos contínuos
- Estreia mundial: 23 de dezembro de 1893, em Weimar, sob a regência de Richard Strauss
- Duração: cerca de 2 horas

Personagens

Peter, o pai, fabricante de vassouras	barítono
Gertrud, sua mulher	*mezzo-soprano*
Hänsel, seu filho	*mezzo-soprano*
Gretel, sua filha	soprano
A bruxa da casa de guloseimas	*mezzo-soprano*/ tenor
Duende do sono	soprano
Duende do orvalho	soprano
Crianças	coro
Quatorze anjos	balé

SINOPSE

Todos conhecem o conto dos irmãos Grimm "João e Maria", e a história desta ópera é semelhante. Mas, como há algumas diferenças, é melhor contarmos a história novamente.

1 Um casal de pobres fabricantes de vassouras, Peter e Gertrud, mora numa pequena e humilde choupana à beira da floresta. Eles têm dois filhos pequenos, um menino e uma menina, Hänsel e Gretel (João e Maria). Os dois não ligam para as precárias condições em que vivem e brincam alegremente. Mesmo quando a fome é muita, eles cantam e assim até se esquecem de fazer suas tarefas.

Nesta noite terão um prato especial, pois a vizinha lhes deu leite; haverá arroz doce para o jantar! Felizes, as crianças dançam pela sala. A mãe está voltando cansada do trabalho. Furiosa, briga com as crianças, porque Gretel não terminou de tricotar a meia e Hänsel não amarrou a vassoura. Por causa da raiva, acaba derrubando da mesa a panela de leite, e agora não haverá mais jantar! De qualquer modo, o pai ainda não chegou; então ela manda as crianças até a floresta para colherem morangos. Exausta e triste, a mãe se senta à mesa e, de tanto cansaço, acaba caindo no sono.

Mas o que será que está acontecendo com o pai? Já podemos ouvi-lo de longe, cantando animadamente, contrariando seus hábitos. Parece até que bebeu um pouco mais do que devia. Espantada, a mãe esfrega os olhos e está prestes a brigar: como ele pode ir à taberna enquanto o resto da família passa fome? Mas que nada! Aquele é um dia de sorte! Ele vendeu todas as vassouras, porque do outro lado da floresta estão organizando grandes festas e precisam de muitas vassouras para a limpeza. Trouxe salsichas, manteiga, toucinho e muitas coisas mais. Então o pai pergunta pelas crianças. Na floresta escura agora à noite? E se elas se perderem? Vão ser apanhadas pela bruxa má de Ilsenstein! Na hora da raiva, a mãe nem se deu conta disso. Os pais partem depressa, preocupados, à procura de seus filhos.

Mãe Gertrud　　　　　Hänsel　　Gretel

Hänsel e Gretel estão colhendo morangos nas profundezas da floresta, muito perto de Ilsenstein. Não perceberam que estava ficando tarde: o céu já está vermelho e o sol se põe entre as árvores. Finalmente, a cestinha está cheia. Gretel trançou uma coroa de flores de espinheiro, que o irmão põe em sua cabeça. A floresta está silenciosa; o cuco, o ladrão de ovos, é o único que ainda canta! As crianças começam a imitar o cuco, como ele rouba os ovos de ninhos alheios e os come. Gretel enfia um morango na boca do irmão, ele põe outro na dela. Brincam assim até o cestinho ficar vazio. Então percebem como foram desajuizados na brincadeira. Ainda por cima escureceu de repente. Onde encontrarão outros morangos àquela hora? Para piorar, não estão encontrando o caminho de casa. No crepúsculo, todos os arbustos e árvores parecem tão diferentes, tão assustadores! Só o eco responde aos chamados assustados das crianças. Sobe uma neblina densa, e eles, amedrontados, se abrigam debaixo de um pinheiro.

Inesperadamente, o duende do sono surge da neblina com um saco cheio de areia, que é assoprada por ele nos olhos dos irmãos. As crianças ficam com sono, fazem sua oração – como estão acostumadas em casa –, deitam-se no musgo macio, lado a lado, e adormecem abraçadas.

Anoitece. De repente irrompe um raio muito luminoso. Parece que uma escada brilhante desce diretamente do céu. Por ela chegam em silêncio quatorze anjos, que se postam em torno das crianças para protegê-las, tal como na oração que elas fazem toda noite: "À noite, quando eu adormecer, quatorze anjos vão me proteger".

3 Hänsel e Gretel dormem a noite inteira tranquilamente, protegidos pelos anjos. Ao amanhecer, a névoa se dissipa devagar e, com a primeira luz da manhã, o duende do orvalho acorda as duas crianças. Surpresos, os dois esfregam os olhos e, a princípio, não se lembram de onde estão. Cada um conta seu sonho. O estranho é que ambos sonharam a mesma coisa: uma escada dourada descia do céu e trazia quatorze anjos!

Finalmente, a última névoa se dissipa e, à luz do raiar do sol, eles avistam uma cerca e uma casa de pão de mel coberta de doces e guloseimas. Percebem que estão com muita fome, tomam coragem e pegam alguns pedaços de bolo da casinha. Nesse momento, soa uma voz lá de dentro: "Rói, rói, roedorzinho, quem está roendo a minha casinha? Mordidela, mordidela, quem está mordendo a casinha dela?". As crianças respondem: "É o vento, é o vento, o celestial rebento!", e continuam a comer despreocupadamente, sem perceber que a bruxa saiu em silêncio da casinha de guloseimas e colocou uma corda em torno do pescoço de Hänsel. Só quando a bruxa dá uma gargalhada estridente é que as crianças a olham assustadas.

A velha afina a voz asquerosa e tenta atrair os dois para dentro da casa, mas Hänsel já conseguiu se livrar do laço. As crianças não acreditam em nada do que a bruxa diz e querem fugir, mas estão enfeitiçadas e não conseguem sair do lugar. A velha lança outro feitiço com sua varinha mágica, de forma que Hänsel, indefeso, fica preso numa gaiola. Assim que o prende, a bruxa começa a alimentá-lo com amêndoas e uva-passa, planejando comê-lo quando ele ficar bem rechonchudo e gordo!

Gretel　　　　　　　　Bruxa　　　　　　　　　　　Hänsel

Em seguida, a bruxa desfaz o feitiço que petrificou Gretel, manda a menina para dentro da casa e acende o fogo no enorme forno. Muito ansiosa e alegre, na expectativa de um bom assado, ela agarra a vassoura voadora e voa vigorosamente em torno da casa. Mas Hänsel foi esperto e memorizou os dizeres com que a bruxa libertou a irmã do feitiço. Secretamente, Gretel fala os dizeres para libertar o irmão da gaiola.

A bruxa então chama Gretel: "Venha, dê uma olhada no forno, para ver se os pães de mel já estão tostadinhos!". Gretel se faz de boba e pede que a bruxa lhe mostre como fazer! Sem desconfiar de nada, a velha enfia a cabeça no forno. Hänsel e Gretel lhe dão um empurrão e ela cai lá dentro. Rapidamente eles trancam a porta do forno.

Triunfantes, as crianças se abraçam e seguem dançando até sua casa para experimentar todas as delícias. Uma labareda sai pelos lados do forno e este desaba com um forte estrondo. De repente, aparecem muitas crianças que haviam sido transformadas em pão de mel pela bruxa. Agora elas estão livres, livres para sempre!

Ouve-se a voz do pai, vinda da floresta. Finalmente, Peter e Gertrud encontram seus filhos e ficam muito felizes. Algumas crianças retiram a bruxa dos escombros do forno e constatam que ela se transformou num enorme pão de mel! Agora está muda no gramado em frente à casa de guloseimas. Todos estão felizes, mas o pai fica pensativo e reflete: "Quando passamos por apuros, Deus estende a mão!".

NOTAS

Hänsel und Gretel *não estava destinada a ser uma grande ópera. Na verdade, a irmã de Humperdinck só queria escrever um conto para crianças, com algumas canções infantis conhecidas, no modelo de um* Singspiel. *Mas Humperdinck se divertiu tanto com o trabalho, que acabou por transformá-lo numa ópera sofisticada. Como resultado, os dois papéis infantis já não podiam ser interpretados por crianças, mas por cantores adultos experientes, que dominassem as dificuldades da partitura. A estreia mundial deu-se em Weimar e foi dirigida por um jovem colega compositor de Humperdinck, que mais tarde se tornaria mundialmente famoso. Tratava-se de Richard Strauss, que nos anos seguintes também escreveu diversas óperas importantes (veja a página 312).*

Humperdinck era um grande admirador de Richard Wagner e, para compor Hänsel und Gretel, *pautou-se por ele em diversos aspectos. Assim como Wagner, utilizou uma orquestra muito grande, com elevado número de madeiras e metais, misturando os timbres de maneira igualmente sofisticada. Tal como em Wagner, utiliza motivos condutores (*leitmotive*), isto é, temas musicais que pertencem a certas personagens ou situações e se repetem. Mesmo assim, seria errôneo falar de simples imitação de Wagner; é mais acertado dizer que as inovações musicais de Wagner ficaram muito mais evidentes no estilo próprio e inconfundível de Humperdinck.*

Com a sua própria linguagem musical, Humperdinck representou a poesia da floresta de forma muito convincente (2º ato). É espantosa a naturalidade com que se integram nessa música tão complexa três canções populares infantis: "Suse, querida Suse", "Irmãozinho, venha dançar comigo" e "Um homenzinho está na floresta". Tem-se a impressão de que nessa ópera aparecem mais canções populares, mas algumas outras melodias que soam de forma parecida são na realidade criadas pelo próprio compositor e se mesclam com perfeição ao ambiente fantástico-popular. Um desses exemplos é a famosa oração noturna do 2º ato:

Hänsel e Gretel:[76]

A - bends will ich schla - fen gehn, vier - zehn Eng - lein um mich stehn ...

A abertura da ópera já utiliza alguns temas dos três atos (oração noturna, bruxa da casa de guloseimas, medo e alegria das crianças). A abertura do 2º ato também pode ser inserida como intermezzo; *nesse caso, não há intervalo entre o 2º e o 3º atos (na verdade, em vez de atos ou cenas, Humperdinck usa a palavra "quadros").*

> *Hänsel und Gretel* é a obra mais conhecida de Humperdinck. O compositor adaptou o seu melodrama *Os filhos do rei* para uma ópera de contos de fada (1910).

---

76 "À noite quero dormir, e que quatorze anjinhos guardem o meu sono."

Giacomo Puccini
(1858-1924)

La Bohème

Ópera em três atos
- Libreto: Giuseppe Giacosa e Luigi Illica
- Composição: três atos contínuos
- Estreia mundial: 1º de fevereiro de 1896, em Turim, sob a regência de Arturo Toscanini
- Duração: 2 horas e 30 minutos

Personagens

Rodolfo, poeta	tenor
Schaunard, músico	barítono
Marcello, pintor	barítono
Colline, filósofo	baixo
Benoît, o senhorio	baixo
Mimi	soprano
Musetta	soprano
Parpignol	tenor
Alcindoro	baixo
Sargento da alfândega	baixo
Estudantes, costureiras, chapeleiras, cidadãos, vendedores, vendedores ambulantes, soldados, garçons, crianças	coro

SINOPSE

Será que os artistas, pintores e poetas são invejados por todo mundo por levarem uma vida livre e desprendida, leve e divertida? A palavra "Bohème" indica a postura de alguém que só vive o momento de uma interação informal, uma vida de artista. Porém, um olhar mais profundo muitas vezes revela preocupação e tristeza atrás da fachada alegre.

Por volta de 1830, quatro artistas viviam juntos em um pequeno apartamento no sótão de um grande prédio de Paris: o poeta Rodolfo, o pintor Marcello, o músico Schaunard e o filósofo Colline. É véspera de Natal, mas, como os quatro são muito pobres, não há lenha para aquecer o ambiente. Está tão frio que eles não conseguem trabalhar. Marcello, com raiva, quer pôr uma cadeira no fogo, mas Rodolfo se antecipa e queima o manuscrito de uma de suas peças de teatro, argumentando que não teve sucesso com a obra. Colline também chega decepcionado: levou uma pilha de livros até a casa de penhores, mas o lugar já estava fechado.

Nesse momento chega Schaunard saudando a noite de Natal e surpreendendo-os ao trazer comida, bebida, madeira para o fogo e, acima de tudo, dinheiro. Animado, conta aos amigos como ganhou a quantia: durante três dias tocou para um inglês rico e maluco, que queria que ele matasse o papagaio com o som de sua música. Mas, como o papagaio não estava disposto a morrer com música, ele foi obrigado a envenená-lo secretamente. O ingênuo inglês recompensou-o generosamente. Agora Schaunard quer festejar com os amigos no Quartier Latin, bairro parisiense de artistas e estudantes. Antes de saírem, os quatro ainda pregam algumas peças no senhorio, que veio buscar o aluguel já vencido. Depois partem animadíssimos, exceto Rodolfo, que quer terminar de escrever um artigo para o jornal. Ele é interrompido por alguém que bate à porta: uma moça bonita e delicada está lá fora; veio pedir fósforo para acender a vela. Enquanto espera, ela tem um forte acesso de tosse.

Quando ela se recupera, pede a Rodolfo que ajude a procurar a chave de seu quarto, que acabara de perder. Ambos procuram a chave no chão à luz da vela. Nesse momento, sopra uma brisa e apaga a chama. De repente, as mãos dos dois jovens se tocam suave e timidamente no escuro. Estão encantados um com o outro; Rodolfo convida Mimi (é assim que ela se apresenta) a juntar-se a eles no Café Momus. Da rua já se ouve a voz dos três amigos impacientes.

Rodolfo   Mimi

O clima no Quartier Latin é festivo, e os amigos gastam o dinheiro à vontade. Compram coisas bonitas e supérfluas. Rodolfo presenteia Mimi com um chapéu cor-de-rosa. Depois entram no Café Momus e Rodolfo a apresenta aos amigos. Só Marcello não está em clima de festa. As conversas animadas dos amigos o irritam. Suas feições só relaxam quando uma ex-namorada, Musetta, passa abraçada com um elegante senhor de mais idade. Ela abandonara Marcello por ele ser pobre, mas a vida ao lado daquele velho não lhe agrada nada. Assim, atrevidamente, ela chama a atenção de Marcello, que primeiro reage com frieza e indiferença. Mas Musetta logo percebe que ele está disfarçando. Ela se desvencilha de seu admirador, inventando alguma desculpa. Logo em seguida, Musetta e Marcello se abraçam felizes. Enquanto isso, a guarda passa marchando, e os artistas a acompanham alegremente, carregando Musetta nas costas. Quando o rico cavalheiro retorna com os sapatos que foi incumbido de comprar para Musetta, encontra uma mesa vazia e, nela, a conta para pagar.

3 É fevereiro. Marcello e Musetta voltaram a morar juntos numa pensãozinha barata. Lá fora está muito frio. Mimi entra tossindo e, desesperada, reclama com Marcello do ciúme infundado de Rodolfo. Marcello sugere que ela se separe se a situação se tornar insuportável. Quando Rodolfo aparece, Mimi se esconde. Ele admite que o ciúme o atormenta, mas diz que está muito mais preocupado com a saúde de Mimi e que pensa em se separar. Mimi deixa então seu esconderijo e presenciamos uma comovente cena de reencontro e separação. Enquanto isso, Marcello e Musetta brigam e também acabam se separando.

4 Rodolfo e Marcello estão trabalhando silenciosamente, cada um com suas coisas, no gelado quarto do sótão, até que começam a contar o que fizeram nos últimos dias. Rodolfo diz ter visto Musetta passeando numa carruagem vistosa, e Marcello encontrou Mimi, que também parecia estar bem de vida. Ambos se perdem em lembranças melancólicas, cada qual pensando em sua amada, mas sem admiti-lo. Entram Colline e Schaunard, alegrando o ambiente com seu bom humor e cuidando de distraí-los.

Rodolfo   Mimi   Musetta   Marcello

Embora só tenham conseguido pão seco e um arenque, esses alimentos baratos são o suficiente para simular um banquete. O clima fica cada vez mais animado: eles riem, dançam e discutem um pouco, mas só de brincadeira. Para duelar, utilizam carvão, uma pá e um pega-brasas da lareira.

O bom humor acaba de repente quando Musetta aparece de surpresa, anunciando que Mimi está muito doente e vem subindo a escada íngreme atrás dela. Rodolfo vai buscá-la na escada e a abraça delicadamente, acomodando-a numa cama macia. Musetta tira os brincos e pede a Marcello que os venda, compre remédios e traga um médico. Ela vai pessoalmente comprar um manguito com o qual Mimi sonha para aquecer as mãos. E Colline quer levar seu casaco à casa de penhores a fim de obter algum dinheiro. Silencioso, Schaunard deixa a sala com ele.

Rodolfo e Mimi ficam a sós e reafirmam seu amor. Ele até vai pegar o chapeuzinho cor-de-rosa que uma vez lhe dera e, juntos, relembram o primeiro encontro. Quando os amigos retornam com os generosos presentes, Mimi é acometida por um terrível acesso de tosse. Fica especialmente feliz com o presente de Musetta. Generosa, Musetta a faz acreditar que o presente é de Rodolfo. A doente adormece tranquilamente. Com cuidado, Rodolfo fecha as cortinas e Musetta reza. Schaunard vai até a cama da doente, onde se fez silêncio. Ele é o primeiro a perceber que Mimi acaba de falecer, serenamente. Rodolfo levanta a cabeça e vê as feições perturbadas dos amigos. Eles confabulam, sussurrando: como transmitir a terrível notícia a Rodolfo? Então ele também percebe o acontecido e se atira soluçando sobre a namorada.

NOTAS

Tal como ocorre com inúmeras outras óperas do século XIX, o libreto de Puccini para La Bohème *se baseia em textos preexistentes. Havia um romance francês de meados do século, já quase esquecido, intitulado* Scènes de la vie de bohème *(Cenas da vida da boemia). Em 1849, esse texto foi transformado em peça de teatro. Além de Puccini, Leoncavallo, o compositor do popular* I Pagliacci *(veja a página 258) também compôs uma* Bohème. *No entanto, nem de longe a sua ópera ficou tão conhecida e famosa como a obra homônima de Puccini.*

Em La Bohème, *diferentemente de* Madame Butterfly *e de* Tosca, *não há nenhuma grande tragédia amorosa. Também não existem conflitos dramáticos com intriga e morte. O grandioso efeito de* La Bohème *se deve sobretudo à descrição musical hábil e carinhosa da vida dos artistas parisienses, com os seus sentimentos, a alegria e o sofrimento, a amizade e o amor, a doença e a morte. A música é fiel ao libreto. Há delicadas passagens repletas de poesia e paixão ao lado da alegria de viver, da animação e do humor, muito próximas umas das outras. Puccini insere a linha melódica da paixão no momento certo, como na cena de amor que se desenrola lentamente entre Mimi e Rodolfo, no final do 1º ato:*

A descrição da agitação natalina no Quartier Latin, no 2º ato, é um dos mais belos quadros de ambientação de toda a história da ópera. Nele não se desenvolvem grandes cenas de solos e duetos; em vez disso, toda a cena é uma longa e única interação vocal de todas as personagens. No centro do quadro entoa-se a famosa "Valsa de Musetta":

Valsa

Possivelmente sua mais forte contraposição seja o início do 3º ato, com o seu clima melancólico de inverno já anunciando o final triste.

*Na última cena, em especial, fica claro como Puccini montou a composição, com inúmeras pequenas inserções de motivos, todos já tocados na ópera: no final da vida de Mimi e num ambiente tão miserável, os momentos felizes são relembrados. Nesse caso, em vez de se falar de motivos condutores (*leitmotive*), como os das óperas de Wagner, seria mais apropriado se falar de motivos retrospectivos, que remetem ao passado. Além disso, a ação dessa última cena lembra* La traviata, *de Verdi, que tem um final triste semelhante — a morte da personagem principal por tuberculose; no entanto, a música é completamente diferente.*

Giacomo Puccini
(1858-1924)

Tosca

Melodrama em três atos
- Libreto: Luigi Illica e Giuseppe Giacosa (com base em Victorien Sardou)
- Composição: três atos contínuos
- Estreia mundial: 14 de janeiro de 1900, em Roma
- Duração: 2 horas e 30 minutos

Personagens

Floria Tosca, cantora famosa	soprano
Mario Cavaradossi, pintor	tenor
Barão Scarpia, chefe de polícia	barítono
Cesare Angelotti, foragido prisioneiro político	baixo
Um sacristão	baixo
Spoletta, agente da polícia	tenor
Sciarrone, policial	baixo
Um carcereiro	baixo
Um pastor	voz de menino (soprano)
Um cardeal	papel mudo
O procurador do Estado	papel mudo
Roberti, oficial de justiça	papel mudo
Um escrivão	papel mudo
Um oficial	papel mudo
Um sargento	papel mudo
Soldados, cidadãos, povo, religiosos, frades, estudantes do coral, cantores da capela	coro

SINOPSE

Esta ópera se passa em Roma, por volta do ano 1800, e os edifícios citados, onde ocorre a trama, de fato existem. O mais conhecido é o Castelo Sant'Angelo, com a sua masmorra e o seu arsenal. Encontra-se à margem do rio Tibre, não muito longe da Basílica de São Pedro, e foi costruído no século II d.C. É coroado por um monumento gigantesco, que representa o arcanjo Miguel. O último ato é apresentado no extenso telhado do castelo, de modo que a estátua colossal é vista principalmente por trás.

1 Encontramo-nos no interior da igreja Sant'Andrea della Valle. O lugar está completamente vazio e silencioso. Nesse momento surge um homem exausto, com uniforme de prisioneiro. Parece que procura alguma coisa e, de fato, encontra uma chave que sua irmã deixara para ele numa pilastra. Às pressas, ele se tranca na pequena capela vizinha, ainda a tempo de não ser surpreendido pelo sacristão. Este carrega consigo alguns pincéis, pois durante o dia o famoso pintor Mario Cavaradossi tem pintado a imagem do altar. Cavaradossi está justamente voltando para retomar o trabalho.

O sacristão observa a pintura e repara que existe grande semelhança entre Maria Madalena e aquela bela desconhecida que nos últimos dias tem frequentado a igreja para rezar. O pintor comenta que a tela o lembra muito mais da sua amada, a cantora Floria Tosca. O sacristão arranja rapidamente uma cesta com frutas e deixa o artista a sós.

Com muito cuidado, o desconhecido olha para fora da capela. Primeiro Cavaradossi estranha, mas depois fica surpreso e feliz e o cumprimenta: é Angelotti, o antigo cônsul de Roma que o chefe da polícia, Scarpia, havia mandado prender no Castelo Sant'Angelo. Finalmente ele conseguiu fugir, mas sem dúvida os agentes de Scarpia já estão à sua procura.

Nesse momento, ouve-se a voz de Tosca lá fora. Cavaradossi empurra Angelotti de volta para seu esconderijo e rapidamente lhe entrega a cesta com a comida. Em seguida, deixa Tosca entrar. Ela está surpresa com o fato de o amado ter demorado para lhe abrir a porta. Com ciúme, pergunta por que ele se trancou. Quando seu olhar pousa na nova imagem do altar, vê surpreendente semelhança com a condessa Attavanti. Cavaradossi mal consegue acalmá-la. Faz-lhe declarações de amor, mas ao mesmo tempo a pressiona a sair da igreja, alegando ter muito trabalho! Eles marcam um encontro para a noite, após a apresentação de Tosca na ópera.

Tosca   Cavaradossi

Angelotti sai da capela. O tempo urge. Já se ouvem os ameaçadores tiros dos canhões anunciando a fuga do prisioneiro. Cavaradossi se apressa em levar o fugitivo até perto de sua casa, para que ele tenha um esconderijo seguro por enquanto.

Quando o sacristão retorna ansioso para comunicar ao pintor a vitória de Melas sobre Bonaparte, encontra a igreja vazia. Então, com a ajuda dos jovens coristas, dá início aos preparativos para a festa da vitória, da qual a igreja certamente também quer participar. Estão tão animados que até arriscam uma pequena dança.

De repente, o temido barão Scarpia e seus policiais invadem a igreja e reviram todos os nichos e altares. Logo encontram o cesto vazio e, além disso, um leque com o emblema da família Attavanti. Casualmente Tosca também resolve passar mais uma vez por lá, para combinar com Mario os detalhes do encontro noturno.

Scarpia sempre esteve interessado nela e agora acredita que pode ter alguma chance. Com o leque, desperta o ciúme de Tosca, insinuando que só pode significar que Cavaradossi se encontrou às escondidas com a condessa Attavanti! Scarpia já se sente triunfante com a chance de conquistar Tosca e ao mesmo tempo tirar Cavaradossi de seu caminho! Secretamente, manda alguns agentes atrás de Tosca e depois se dedica ao *Te Deum*, que está começando.

Scarpia é um homem poderoso, frio e brutal, que não teme nenhuma intriga e nenhum crime, ainda que em público simule ser um cavalheiro. Agora está aguardando impaciente seu agente Spoletta, que logo chega e lhe confessa, com medo, que Angelotti infelizmente conseguira fugir. Mas ele afirma ter trazido o pintor, que com certeza sabia do paradeiro do outro. Scarpia manda trazer Cavaradossi e o interroga diante do juiz sobre o esconderijo de Angelotti. Pela janela aberta, pode-se escutar a voz de Tosca, que está participando da cantata da vitória no palácio vizinho da rainha. Cavaradossi alega não saber de Angelotti, e Scarpia o entrega aos torturadores. Tosca, que foi avisada por Scarpia, chega a tempo de ver o seu amado ser levado ao calabouço. Logo se podem ouvir os seus gritos de dor vindos da câmara de tortura, e o cruel Scarpia força Tosca a escutá-los.

O pintor se mantém firme e não revela o esconderijo. Em razão disso, Scarpia ordena que as torturas sejam intensificadas. Finalmente Tosca, depois de ouvir um grito horrível de Cavaradossi, revela onde Angelotti está escondido. O pintor é trazido inconsciente e aos poucos se recupera. Chocado, percebe a traição de Tosca. Nesse momento, o policial Sciarrone invade a sala, esbaforido, e comunica a vitória inesperada de Bonaparte. Cavaradossi, não se importando com seu estado e com o lugar onde está, entoa uma canção de triunfo. Indignado, Scarpia manda prendê-lo.

Depois que o pintor é levado, Scarpia, simulando simpatia, propõe a Tosca que procurem juntos um modo de salvá-lo. Ela lhe oferece dinheiro, mas ele o recusa com desdém. Uma mulher tão bela só pode pagar-lhe com amor!

Spoletta volta com novas informações: encontraram Angelotti morto – ele se suicidou – e já estão preparando a execução do pintor. Tosca presencia tudo. Em seu desespero, acena para Scarpia, concordando em realizar seu desejo.

Scarpia, mediante a promessa de Tosca, ordena a seu agente que a execução de Cavaradossi seja apenas simulada e insiste em relembrar a Spoletta que tudo deve ocorrer como com o conde Palmieri. Em seguida, assina um salvo-conduto para Tosca e Cavaradossi, com o qual poderão fugir. Tosca está ao lado da escrivaninha. Por acaso, o seu olhar cai sobre um punhal e, sem hesitar, ela o pega. Quando Scarpia caminha para ela de braços abertos, ela crava o punhal em seu coração. Ele cai morto. Tosca põe um crucifixo sobre o peito dele e dois castiçais ao lado do corpo, sem se esquecer de pegar o salvo-conduto de sua mão já enrijecida. Ao longe se escuta o rufar dos tambores. Rapidamente ela abandona o local do terror.

3 Ao amanhecer, os soldados fazem os preparativos para a execução de Cavaradossi no extenso telhado do Castelo de Sant'Angelo. Um belo dia se anuncia. Ouve-se ao longe o delicado canto de um pastor, e os sinos de todas as igrejas de Roma comunicam o início do dia. Os soldados trazem Cavaradossi. Ele entrega ao carcereiro uma carta para sua amada. Nesse momento, Spoletta traz Tosca, e Cavaradossi a abraça feliz. Rapidamente ela lhe explica o acordo da execução simulada e o adverte para atuar bem, de modo que ninguém suspeite de nada.

O comando de execução se posiciona e carrega os rifles. Soa o estrondo dos tiros e Tosca, ingênua, se espanta com a naturalidade com que seu amante cai. Os soldados se distanciam e finalmente Tosca pode correr até ele. Só então se dá conta da traição de Scarpia: Cavaradossi está morto, caído em uma poça de sangue.

Começa uma confusão no Castelo de Sant'Angelo, pois o corpo de Scarpia foi encontrado e supostamente Tosca é a assassina. Os soldados já se precipitam para a plataforma, mas Tosca corre até o parapeito e, desesperada, se atira de lá de cima.

Cavaradossi   Soldados   Tosca

NOTAS

    Muitas vezes Tosca é apontada como uma típica ópera do chamado "verismo" (do latim "verus", que significa "verdadeiro"). Esse termo italiano se refere à descrição do mundo como ele costuma ser: comum, feio e cruel. Mas, se prestarmos bastante atenção a Tosca, logo perceberemos que o termo "verismo" se aplica só em parte. Certamente a figura central desta ópera é um homem sem compaixão, sedento por poder (Scarpia); a trama envolve traição, tortura e assassinato. Porém, Tosca é muito mais que isso, pois também existe a história de amor entre Floria Tosca e o pintor Cavaradossi, com melodias lindas e sensuais, além dos belos duetos de amor. Temos o ambiente poético e delicado do amanhecer sobre Roma, o Te Deum festivo na igreja e, paralelamente, até a personagem engraçada do sacristão. Esses fortes contrastes determinam o efeito grandioso desta obra.

    Tosca é uma ópera contínua em três atos sem prólogo nem abertura. Em vez disso, no início, de modo aparentemente inconsequente, toda a orquestra entoa três acordes num fortissimo *(indicado com três fff)*, como referência sonora à crueldade tirânica. Esses acordes aparecem diversas vezes durante a ópera, como se fossem um leitmotiv:

Andante molto sustenuto

No 1º ato, Tosca e Cavaradossi cantam um grande dueto amoroso, que é introduzido por Tosca:

Tosca:[77]

Non la sos - pi___ri la nos - tra ca - se - tta

Logo em seguida, Cavaradossi lhe responde com uma melódica frase sentimental:

Cavaradossi:[78]

Qual o - cchio al mon___do può star di pa - ro all'ar - den - te

O - cchio tuo ne - ro

---

77 "Não tem saudade da nossa casinha?"
78 "Que olhos no mundo podem se comparar aos teus ardentes olhos negros?"

E ainda durante o dueto, eles compartilham uma melodia amorosa:

No 2º ato, durante a conversa entre Scarpia e Cavaradossi, ouve-se uma cantata vinda do palácio, que Puccini escreveu no estilo da época (por volta de 1800), a mesma da trama da ópera.

Outros ápices musicais são o solene Te Deum do final do 1º ato, acompanhado por órgão, coro e vários tiros de canhão; e a descrição da atmosfera do amanhecer no início do 3º ato, em que se descreve uma tranquilidade absoluta, com o badalar polifônico dos sinos de todas as igrejas de Roma, acompanhados por uma delicada canção de pastores.

A cena final da execução é representada no palco com todo o realismo, enquanto na orquestra, aparentemente quase sem relação com esse acontecimento trágico, a mesma melodia é repetida ininterruptamente:

Giacomo Puccini
(1858-1924)

Madame Butterfly

Tragédia japonesa em três atos
- Libreto: Luigi Illica e Giuseppe Giacosa
- Composição: ópera contínua com uma breve introdução
- Estreia mundial: 17 de fevereiro de 1904, no Scala de Milão
- Duração: cerca de 2 horas e 30 minutos

Personagens

Cio-Cio-San, chamada de Butterfly	soprano
Suzuki, sua criada	contralto
F. B. Pinkerton, tenente da marinha dos EUA	tenor
Kate Pinkerton, sua mulher	*mezzo-soprano*
Sharpless, cônsul dos EUA em Nagasaki	barítono
Goro, proprietário de casa de chá e agente matrimonial	tenor
Príncipe Yamadori	tenor
O tio Bonzo, monge budista	baixo
Yakusidé	baixo/barítono
Comissário imperial	barítono
Notário	baixo
Mãe de Cio-Cio-San	*mezzo-soprano*
Sua prima	soprano
Sua tia	soprano
Seu filho	papel mudo
Parentes, amigos e amigas de Cio-Cio-San, criados	coro

SINOPSE

Existe alguma chance de indivíduos de culturas diferentes se entenderem? Os costumes e tradições de duas pessoas de origem e língua diferentes serão tão distantes a ponto de se tornarem obstáculos? Ou o amor é capaz de ultrapassar essas barreiras?

1 Em todo caso, o tenente Pinkerton não se preocupa com esse assunto. O americano está a bordo de seu navio de guerra, que acabou de ancorar no porto da cidade japonesa de Nagasaki, e quer passar um tempo em terra firme. É essa sua única preocupação. Seu encontro com a pequena gueixa Cio-Cio-San numa casa de chá combina muito bem com os seus planos de entretenimento. Ele até chegou a se apaixonar superficialmente pela graciosa moça de apenas quinze anos, e agora quer aproveitar o tempo que lhe resta no Japão saindo com ela. Cio-Cio-San, chamada de Butterfly (borboleta), vem de uma família abastada, mas agora empobrecida, que cuida para que os costumes locais sejam rigorosamente respeitados, até mesmo quando dois apaixonados se encontram. Ela não se deixa seduzir e insiste que Pinkerton antes se case com ela. O fato de o homem poder abandonar o casamento a qualquer instante, conforme a lei japonesa, não a preocupa, pois isso não é considerado importante quando se ama.

Goro, proprietário da casa de chá, intermedeia esse estranho casamento entre dois mundos, o americano e o japonês. Em troca de uma quantia em dinheiro, ele arranja uma casinha, cuida das formalidades e informa os parentes. Para ele, não passa de um simples negócio. O americano também vê as coisas dessa maneira. Parece-lhe muito prático realizar o seu desejo de forma descomplicada e barata, encarando tudo como um passatempo. Animado, visita o cônsul, Sharpless, e conversa a respeito da noiva americana (que está nos Estados Unidos), com quem pretende se casar assim que retornar à pátria. Aquela aventura no Japão não passa de entretenimento. Será que não é um antigo direito de marinheiro procurar um amor em cada porto? Mas quem é que está pensando em futuro?

Goro volta a pensar no trabalho. Será que o senhor cônsul também não quer uma pequena gueixa (companheira)? Não, Sharpless não gosta disso! Ao contrário, tenta chamar a atenção de Pinkerton, questionando se a pequena Cio-Cio-San não está levando o casamento a sério e não acabará abandonada e triste, mas Pinkerton nem pensa nisso.

Felizmente, a senhorita Butterfly e suas amigas estão chegando. Todos se apresentam muito educadamente e conversam com discrição a respeito da família empobrecida de Cio-Cio-San, sobre seu destino de gueixa e sobre a morte de seu pai. Até Pinkerton está tomado pelos encantos da graciosa moça!

O oficial fica maravilhado com os parentes e convidados que surgem de repente para participar da cerimônia de casamento, falando todos ao mesmo tempo uma língua incompreensível e inspecionando a casa, curiosos. Mas Butterfly puxa o seu tenente de lado e mostra-lhe seus poucos pertences. Entre eles está a adaga com a qual seu pai se suicidou por uma questão de honra, praticando o *harakiri* em obediência a uma ordem do imperador.

Mas infelizmente a festa não termina tão animada como começou. É que os queridos parentes descobrem que Cio-Cio-San, para agradar o tenente, vai se converter ao cristianismo após se casar, tamanha é sua devoção! Chocados, os parentes, sobretudo o tio sacerdote Bonzo, amaldiçoam a apóstata e partem no mesmo instante. Enquanto isso, Pinkerton e tio Bonzo começam a brigar. A pequena Butterfly, desesperada, chora. Depois de um bom tempo, Pinkerton consegue acalmá-la.

Aos poucos a noite cai. Os parentes barulhentos já foram embora há muito tempo. A criada Suzuki prepara Cio-Cio-San para a noite e a ajuda a vestir o quimono nupcial. Finalmente lá fora, no terraço, onde uma agradável noite de luar ilumina a baía de Nagasaki, Butterfly consegue se acalmar e se sentir protegida nos braços do amado, que está completamente encantado por ela.

2 Passaram-se três anos. Infelizmente tudo correu de forma bem diferente de como a inocente Butterfly havia esperado. Pinkerton de fato a abandonou logo após o casamento e voltou para a América, sem lhe dar nenhuma explicação. Enquanto isso, ela deu à luz um menino, filho dele, e espera inabalável que um belo dia seu amado tenente retorne, conforme prometera. Suzuki, que tem opinião muito mais pessimista e racional, acredita que o americano nem pensa em voltar. Cio-Cio-San quase não tem mais dinheiro para viver! Mas não quer enxergar a triste realidade. Como Pinkerton mesmo lhe disse: "Quando o pintarroxo voltar a fazer o ninho...", então ela voltará a vê-lo e tudo ficará bem de novo.

Nesse momento uma visita inesperada interrompe sua solidão. Goro e o cônsul entram. Sharpless recebeu uma carta de Pinkerton e quer que a moça entenda finalmente que não existe mais esperança de retorno. Mas a inocente Cio-Cio-San só está interessada em saber quando os pintarroxos fazem ninhos na América, porque aqui no Japão isso já aconteceu três vezes. Talvez na América seja diferente?

Mais um visitante surge na casinha de Butterfly. É o príncipe Yamadori, que há muito tempo tenta conquistá-la, sempre com a ajuda de Goro. Mas, essa visita também é inútil. Enquanto ela está fora, preparando a cerimônia do chá, Goro conta aos outros dois que logo o navio de Pinkerton deverá ancorar no porto de Nagasaki! Sharpless acalma o príncipe, que está alarmado e com muito ciúme. O cônsul garante-lhe que o tenente não está voltando por causa de Cio-Cio-San e o aconselha a continuar se esforçando em se casar com Butterfly. Esta traz o chá, enquanto Sharpless faz questão de afirmar com todas as letras que Pinkerton tem outra mulher e nunca retornará para ela... Finalmente Butterfly compreende a terrível realidade. Desesperada, chama o filho, que Sharpless e Pinkerton desconhecem. Qual será o futuro dele, assim sem pai?! E a ela, o que restará a fazer? Trabalhar como gueixa ou morrer! Sharpless está comovido e a conforta, dizendo que escreverá ao tenente e tentará relembrá-lo de suas responsabilidades. Em seguida despede-se, e Goro é imediatamente expulso da casa por ter espalhado pela cidade a mentira de que o pai da criança é desconhecido!

De repente, em meio ao silêncio, ouve-se o troar dos canhões no porto: acaba de chegar um navio estrangeiro. Butterfly vai buscar os binóculos e reconhece o navio. É o de Pinkerton! Ele voltou! Com a ajuda de Suzuki, arruma a casa para o encontro festivo e veste o antigo quimono nupcial. Depois, ambas se sentam com o menino em frente à parede de pergaminho, fazem três pequenos orifícios e, incansáveis, ficam observando o caminho que leva ao porto. É por ele que Pinkerton deverá chegar!

3 Lentamente, o novo dia amanhece. Por fim, ao nascer do sol, Butterfly vai para a cama, cansada e decepcionada. Suzuki deverá acordá-la quando Pinkerton chegar. O americano entra em silêncio na casa, enquanto ela está dormindo. Trouxe a esposa, que fica esperando do lado de fora, em frente à porta. Sharpless está com eles. Sua visita tem um único propósito: pegar o menino e levá-lo para os Estados Unidos. Pinkerton é covarde demais para olhar mais uma vez nos olhos de Cio-Cio-San.

Cio-Cio-San (Butterfly)   Suzuki

Assustado, ele detém Suzuki, que quer acordar a patroa. Isso é demais para Sharpless. Furioso, este acusa o tenente de ser inescrupuloso. Pinkerton fica um pouco melancólico e com o coração apertado ao observar aquela casa tão conhecida, relembrando as horas de carinho que outrora vivenciou ali com a pequena gueixa. Em silêncio, despede-se da casinha e distancia-se.

Entrementes, Butterfly acorda e se depara com Sharpless e a mulher desconhecida na sala. Pelas respostas dos dois, logo descobre que Pinkerton estivera lá e quer levar seu filho. Orgulhosa, ela repele a sra. Pinkerton e diz que só entregará o filho a seu marido se ele estiver disposto a retornar dentro de meia hora. Surpresos, Sharpless e a sra. Pinkerton deixam a casa.

Cio-Cio-San está só e infeliz. Com cuidado, tranca todas as portas e vai pegar a velha adaga do pai na cômoda. Conforme a cerimônia antiga, ela a beija...

Uma vez mais a vida tenta contê-la, porque, como último recurso, Suzuki empurra a criança para dentro da sala. Mas não há mais volta para Butterfly. Ela se despede do filhinho de forma comovente e o manda para o jardim. Inabalável e decidida, retira-se para trás do biombo. O som da adaga caindo no chão revela que ela pôs fim à própria vida.

De longe, ouve-se a voz de Pinkerton chegando, mas é tarde. Moribunda, Butterfly ainda tenta alguns passos em direção à porta, cai e então morre.

NOTAS

Três das óperas de Puccini se tornaram especialmente famosas: La bohème, Tosca *e* Madame Butterfly. *Todas são trágicas histórias de amor, já que, pelos mais diferentes motivos, terminam em morte: por doença, assassinato*[79] *ou suicídio. Sem dúvida* Madame Butterfly *é a mais popular, e o compositor também a considerava a melhor e mais bem-sucedida de suas obras.*

É notável como Puccini foi capaz de evocar o clima exótico do mundo japonês de Cio-Cio-San. Nesta ópera, a orquestra é composta da mesma forma que nas duas anteriores, e, exceto por um pequeno gongo japonês e pelos sininhos que são tocados no palco, o compositor renuncia completamente à utilização de instrumentos exóticos. O número de melodias realmente japonesas também é muito reduzido; além disso, foi incluído o hino nacional dos Estados Unidos. Trata-se de uma mescla sofisticada dos timbres orquestrais para descrever uma história comovente que às vezes chega a ser até um tanto sentimental.

Puccini, sucessor de Giuseppe Verdi, é o último compositor importante da grande ópera italiana. Mais uma vez, na virada do século, são apresentadas todas as características desse gênero tão popular no qual, a despeito de toda a grandeza da parte orquestral, as vozes predominam na cena, conforme a antiga tradição do bel canto, *com grandes solos e duetos. Embora os três atos sejam contínuos, não é difícil extrair deles árias e duetos apresentados em*

---

79 Em *Tosca*, na verdade, por assassinato, execução e suicídio.

As óperas

separado nas salas de concerto. Merece menção especial o grande dueto amoroso de Pinkerton e Butterfly no final do 1º ato:

Pinkerton e Butterfly:[80]

Oh _____ quant - ti o - cchi fi - ssi, a - tten - ti

A ópera começa após uma breve introdução em que as vozes entram sucessivamente, como numa fuga. O suave intermezzo *orquestral que liga o 2º ao 3º ato tem especial efeito comovente. Parece que o tempo parou de repente, mas na realidade da história passou-se uma noite inteira de espera em vão. A inserção de um coro* a bocca chiusa *(com a boca fechada) atrás da cena produz um efeito bem peculiar. Os seus sons misteriosos se mesclam com os da orquestra:*

Em sua estreia mundial, a obra enfrentou rejeição unânime, tanto pelo público como pela imprensa. Por isso Puccini resolveu retrabalhar Madame Butterfly, *fazendo uma nova versão, que alcançou grande sucesso em Brescia, no dia 28 de maio de 1904. Hoje, a ópera é apresentada principalmente nessa segunda versão, que contém diversas mudanças em relação à primeira: os dois atos originais foram transformados em três e foi incluído o famoso* intermezzo. *A parte de Pinkerton também foi modificada e ampliada.*

> Outras obras importantes de Puccini são *Manon Lescaut* (1893), *La fanciulla del West* [A Rapariga do Oeste] (1910) e a ópera inacabada *Turandot* (1926) – história incrível que transcorre numa maravilhosa China[81]. Na ópera de um ato *Gianni Schicchi*, que pertence a um ciclo de três óperas curtas ("Il trittico" [O Tríptico], 1918), Puccini surpreendentemente demonstrou ser um mestre do cômico.

---

80 "Oh, quantos olhos fixos, atentos..."
81 Puccini morreu antes de concluir *Turandot*, mas a obra foi terminada por Franco Alfano.

Leoš Janáček
(1854-1928)

A raposinha matreira

Příhody Lišky Bystroušky

Ópera em três atos contínuos, divididos em cenas
- Libreto: do compositor (com base em uma novela de Rudolf Tesnohlídek)
- Estreia mundial: 6 de novembro de 1924, em Brünn
- Duração: cerca de 1 hora e 30 minutos

Personagens

O guarda-florestal	barítono
A mulher do guarda-florestal	contralto
Professor	tenor
Padre	baixo
Harašta, o comerciante de aves e caçador furtivo	baixo
Pasek, dono de hospedaria	tenor (coro)
A dona da hospedaria	soprano (coro)
Frantik e Pepík, rapazes	soprano (coro)
A raposinha Bystrouška	soprano
Raposo	soprano
O filhote da raposinha Bystrouška	soprano infantil
O cão Lapák	*mezzo-soprano*
Galo	soprano
Galinha de crista	soprano
Grilo, gafanhoto, sapo	soprano infantil
Pica-pau	contralto

Mosquito	tenor
Texugo	baixo
Coruja	contralto
Gaio (tipo de corvo)	soprano
Animais da floresta, vozes da natureza	coro
Moscas, libélulas, porco-espinho, esquilo, diversos tipos de animais	balé

SINOPSE

As personagens principais desta ópera fantasiosa são os animais, interpretados por pessoas. No entanto, a representação de animais no palco é uma tarefa bastante difícil. Além disso, o compositor escreveu a música especialmente para as palavras do libreto tcheco, de forma que qualquer tradução da ópera é problemática. Portanto, não é de admirar que esta obra deliciosa raramente seja encenada!

O argumento é composto de uma sequência de cenas poéticas independentes, isto é, não existe uma história contínua. O compositor nomeou as cenas nas quais a raposinha Bystrouška aparece com os títulos que são antepostos aqui.

1 *O dia em que Bystrouška foi presa.* É um dia quente de verão e encontramo-nos numa floresta escura e romântica. Diversos tipos de animais frequentam a clareira, e as libélulas dançam. De repente, esse clima tranquilo é interrompido pelo guarda-florestal, que quer fazer uma pequena pausa e deitar-se bem ali na grama. Depois que ele adormece, os grilos e gafanhotos, despreocupados, iniciam um concerto. O mosquito voa em torno do nariz do guarda-florestal e quase é pego pelo sapo. Este, por sua vez, está na mira da pequena raposa, que quer devorá-lo.

Por isso, o sapo salta assustado no rosto do guarda-florestal. Furioso, o guarda acorda de seu cochilo, vê a raposa e a captura imediatamente. Ele quer presentear as crianças com ela, para brincarem!

Bystrouška na casa do guarda-florestal. É uma tarde de outono e a raposinha já está presa há bastante tempo na casa do guarda-florestal. Infelizmente, ela trouxe pulgas para dentro da casa, e a mulher do guarda está furiosa.

Sapo   Guarda-florestal   Raposinha

Ao ver a raposinha lamentar a sua sorte com palavras tristes, o cão Lapák tenta consolá-la. Aliás, ele também está triste e canta para a lua canções fúnebres. Os dois filhos do guarda-florestal gostam de provocar a raposinha, que naturalmente tenta mordê-los. Os meninos contam aos pais e, como castigo, Bystrouška é presa à coleira.

Bystrouška faz política. À noite revela-se que Bystrouška também sabe fazer mágica, pois ela se transforma numa moça graciosa, que chora durante o sonho. Logo ao amanhecer, volta a ser raposa. Usando de astúcia, Bystrouška agora tenta convencer as galinhas, que são dominadas pelo galo que as obriga a trabalhar, a se rebelarem contra o trabalho e a opressão. Ela atrai as galinhas e o galo com um truque e mata um por um.

Bystrouška foge. O guarda-florestal e sua mulher ficam furiosos ao descobrirem o crime. Eles surram a raposinha, mas esta logo rói a corda que a prende e foge para a floresta.

9 *Bystrouška é desapropriada*. Estamos novamente na floresta, em frente à toca do texugo. Bystrouška e o texugo estão brigando, porque a raposinha acha que o texugo não precisa de uma casa tão grande só para ele! Invejosa, incita os outros animais contra o texugo, que se retira contrariado. Triunfante, Bystrouška se muda para a toca do texugo.

Troca de cena: estamos na taberna de Pasek, onde o guarda-florestal, o professor e o padre estão jogando cartas. Eles se exaltam e começam a discutir. O padre fala de seus planos de se mudar, pois não está mais gostando de morar nesse lugar. O guarda-florestal provoca o professor, alegando que sua sorte no jogo de cartas se deve à falta de sorte com as mulheres. O professor retruca, lembrando que a raposa fugiu do guarda-florestal. Assim, uma provocação se segue à outra, e até correm boatos sobre o passado do padre. Finalmente, o professor e o padre se preparam para ir embora, seguidos pelo guarda-florestal, que, pensando na raposinha, não para de reclamar.

A lua ilumina um girassol no meio da floresta. O professor se aproxima cambaleante. Em pensamentos, ele se pergunta como, ao contrário dele, aquela flor enorme pode ficar tão exemplarmente ereta. Na embriaguez, acredita que a flor é sua inacessível amada Terynka (ela não aparece na ópera, mas é mencionada diversas vezes). A raposinha, que está deitada atrás do girassol, balança um pouco o caule e é perseguida pelo professor, que logo depois cai no chão. O padre também se perde na floresta enquanto tenta voltar para casa. Está muito ocupado em pensamentos, matutando sobre uma antiga história desagradável, pois certa vez insinuaram que ele tinha uma amante e até o acusaram de ter um filho ilegítimo. Enquanto isso, a raposinha se transforma numa jovem donzela de seu passado (novamente se vê

Terynka). Por fim, aparece o guarda-florestal, que atira na raposinha, mas não acerta. Os dois outros fogem assustados da floresta.

Bystrouška se apaixona. Numa agradável noite na floresta, a raposinha conhece um imponente raposo, que lhe dá um coelho de presente. A raposa lhe fala de seu passado e da nobre educação que teve na casa do guarda-florestal! Os dois se apaixonam e vão morar juntos. Os bichos da floresta celebram o matrimônio numa cerimônia em que o pica-pau representa o juiz de paz.

3 *Bystrouška engana Harašta.* Harašta, um caçador furtivo, caminha à beira da floresta cantarolando despreocupadamente uma canção de amor. Quando avista o guarda-florestal, se apressa a esconder o coelho. Então, conversa com o homem a respeito de seus planos de se casar com Terynka, o que deixa o guarda-florestal furioso. Em seguida, este monta uma armadilha para pegar raposas, mas elas sentem seu cheiro de tabaco e riem às suas costas.

A morte de Bystrouška. Enquanto isso, Bystrouška e seu marido tiveram filhos e alegram-se com eles, esperando aumentar a prole. O caçador furtivo retorna e a raposinha chama a atenção dele. Fingindo estar ferida, ela se locomove com dificuldade. Ele a persegue e acaba caindo. Conforme o plano da mãe, as jovens raposinhas atacam a cesta de aves do caçador! Harašta se ergue furioso, pega a arma e mata a raposa.

O professor está na taberna e fica se lamuriando, porque Harašta quer se casar com a sua amada Terynka. Além disso, ele e o guarda-florestal estão sentindo falta do padre, que foi mesmo morar em outro lugar. No entanto, dizem que ele está com saudades! Partem. O guarda-florestal lamenta a perda da juventude, e seu velho cachorro definitivamente não está mais em condições de acompanhá-lo.

A cara de um, o focinho do outro! Finalmente voltamos à floresta onde a ópera começou e encontramos o guarda-florestal. Um pouco melancólico, ele relembra o seu casamento e a antiga felicidade conjugal. Aqui na natureza é onde ele realmente se sente bem. Adormece satisfeito e sonha. Em seu sonho aparecem todos os animais da primeira cena, entre eles uma raposinha que lhe lembra muito a antiga. Ao acordar, logo pega a arma, mas em sua mão está um sapo, neto daquele sapo do começo da história. O animal se diverte, alertando: "Não fui eu! Aquele era meu avô!"

NOTAS

A princípio, as óperas de Janáček só faziam sucesso em sua pátria. O sucesso internacional só foi obtido após a estreia mundial de Jenufa em Praga, em 1916. Depois de Dvořák e Smetana, Janáček é o terceiro compositor mais importante da região boêmio-tcheca do século XIX, com uma criação que alcança e adentra o século XX.

Janáček sempre manteve uma relação muito estreita com seu país e com a música popular eslava. Como seus grandes colegas húngaros Bartók e Kodály, ele era colecionador de canções e danças populares. Essa atividade, que perdurou por toda a sua vida, também fica evidente nas suas óperas. No entanto, normalmente ele não utilizava as melodias populares originais, já que seu esforço era muito mais voltado a transferir a pronúncia, a melodia e o ritmo da língua tcheca para a linguagem sonora da orquestra e das vozes. Dessa maneira, ele desenvolveu um estilo inconfundível, que também marca A raposinha matreira. A música se destaca por um encanto peculiar, que faz com que essa obra se diferencie claramente de todas as outras da época. Naturalmente, essa estreita ligação das vozes e da orquestra com a melodia da língua tcheca causa problemas quando o libreto é traduzido. O poeta Max Brod (1884-1968), que traduziu a grande ópera de Janáček para o alemão, deu importante contribuição nesse aspecto. No entanto, em seus esforços para popularizar a ópera de Janáček no exterior, não hesitou em fazer alterações e mudanças de conteúdo.

Não é só a língua que tem papel importante em A raposinha matreira. Janáček também tentou representar as vozes dos animais. Por isso, nos seus esboços há inúmeras vozes de animais – sobretudo de pássaros e galinha – transformadas em notas musicais. Além disso, Janáček utiliza melodias de simples canções infantis, como na canção dos filhos da raposa:

E no dueto de amor das duas raposas:

Os inúmeros pequenos motivos de fácil memorização, constantemente repetidos pela orquestra, mas cada vez um pouco modificados, são típicos do estilo do compositor.

> Outras óperas de Janáček, igualmente originais, são *Jenufa* (1904), *Kátja Kabanová* (1921), *O caso Makropulos* (1926) e *Da casa dos mortos* (1930).

Richard Strauss
(1864-1949)

Salomé

Drama musical em um ato
- Libreto: Oscar Wilde (tradução para o alemão de Hedwig Lachmann)
- Composição: grande forma contínua sem abertura
- Estreia mundial: 9 de dezembro de 1905, em Dresden
- Duração: quase 2 horas

Personagens

Herodes	tenor
Herodias	contralto
Salomé, sua filha	soprano
João Batista	barítono
Narraboth	tenor
Pajem de Herodias	*mezzo-soprano* ou contralto
Cinco judeus	quatro tenores, um baixo
Dois nazarenos	tenor, baixo
Um homem da Capadócia	baixo
Dois soldados	baixo
Escravos	soprano (ou tenor)

SINOPSE

A Bíblia conta a terrível história da princesa judia Salomé, que exige a cabeça de João Batista, também chamado de João, o Batizador. Mas ali ela manifesta a cruel exigência não por vontade própria, e sim porque sua mãe a incita a fazê-lo (Mateus 14/1-12; Marcos 6/14-29).

Salomé é filha de Herodias e enteada de Herodes. É jovem, bonita e extremamente mimada. Sabe que todos os homens, jovens ou velhos, a desejam. Poderia ter qualquer um deles e, por isso mesmo, é indiferente a todos. O padrasto, que sempre a persegue com olhos ávidos, chega a lhe causar nojo. A princesa mal concede um olhar ao jovem comandante Narraboth, que se consome de paixão por ela e nunca a perde de vista. Ela o considera fraco e frouxo, o que a irrita.

Entediados, Herodes e os cortesãos passam a tarde abafada de verão no terraço do palácio real. Parece que a festa planejada não vai acontecer. De repente, ouve-se uma estranha voz masculina vinda do fundo da cisterna que fica nas profundezas da terra e está coberta com uma grade. É o profeta João. Herodes mandou prendê-lo por considerá-lo perigoso, mas, ao mesmo tempo, acredita que ele seja um homem sagrado. Como os judeus atentaram contra a vida de João, Herodes pensa que dessa maneira também o está protegendo.

João expõe a vida depravada de Herodias, fazendo severas acusações. Fascinada, Salomé acompanha atentamente o som de sua voz, sem se interessar de fato pelo conteúdo de suas palavras. Sabendo que Herodes não consegue lhe negar nada, ela o convence a libertar o profeta e a fazer com que este seja levado aos seus aposentos. Pálido e acorrentado, João é apresentado à família de Herodes e, de maneira sombria, passa a acusá-la de devassidão. Mas Salomé está fascinada com o estranho aspecto daquele homem, que é tão diferente das criaturas frágeis em torno dela. Ela se aproxima dele e quer seduzi-lo à sua maneira, acariciar seu corpo e beijá-lo na boca. O comandante Narraboth observa Salomé com olhares enciumados. Seu ciúme é tão intenso que ele acaba se apunhalando sem que ninguém se dê conta disso. João repele Salomé, indignado e indiferente, e responde à tentativa de sedução com uma maldição. Depois se vira e retorna à prisão.

As óperas

Narraboth   Salomé   Pajem   João

    Nunca acontecera a Salomé, que tem o poder de com um simples aceno fazer qualquer homem cair aos seus pés, ser simplesmente rejeitada! Numa estranha mistura de paixão e vingança, ela confabula. Logo se ouve de novo a voz de João lá do fundo da cisterna. Uma acalorada discussão irrompe entre os judeus presentes que, ao contrário de Herodes, não acreditam que o profeta seja um homem tão santo e tenha visto Deus.

    No entanto, esse acontecimento não afeta Herodes, que só tem olhos para sua bela enteada e passa a nutrir um único desejo: que Salomé dance para ele! Salomé se recusa, mas nem a ciumenta Herodias consegue convencê-lo a desistir de seu pedido. Salomé então tem uma ideia diabólica e, depois de muita pressão, finalmente concorda em dançar, mas desde que Herodes prometa que, depois da dança, ele realizará qualquer um de seus desejos.

    Salomé dança longamente e de maneira provocante, retirando um véu após o outro e seduzindo Herodes, cujos olhos transbordam desejo. Mas, assim que termina a dança, ela exige sua recompensa e pede que Herodes lhe entregue a cabeça do profeta numa bandeja de prata!

Herodes   Salomé   Herodias

Herodes acorda do transe para o qual foi levado pela dança de Salomé. Assustado, recusa-se a realizar aquele terrível desejo, mas agora Herodias, entusiasmada, apoia a filha. Herodes se contorce desesperado e oferece à princesa todo tipo de riqueza imaginável na face da Terra para dissuadi-la de seu horrível pedido, todas as joias e até o manto sagrado do templo! Imediatamente os judeus gritam, chocados.

Mas Salomé permanece implacável e repete inúmeras vezes: "Dê-me a cabeça de João!", até que Herodes, exausto, acaba cedendo.

O carrasco desce para a cisterna com uma enorme espada. Salomé tenta ouvir qualquer coisa que rompa o silêncio tenso. Ouvem-se sons assustadores vindos das profundezas. Finalmente, entregam-lhe a cabeça sangrenta do profeta em uma bandeja de prata!

Como louca, ela agarra a cabeça decepada, aperta-a contra o peito e então beija-lhe a boca. Mas Herodes está enojado com o comportamento de Salomé e muito amedrontado por ter mandado matar um santo. Por fim, ele dá uma ordem rápida e breve: "Matem essa mulher!". Os soldados avançam sobre Salomé e a matam ali mesmo.

NOTAS

A primeira apresentação alemã da peça de teatro Salomé, *do escritor inglês Oscar Wilde (1854-1900), foi em 1901, na cidade de Breslau. Richard Strauss conheceu a peça logo em seguida e não demora a perceber que o texto poderia ser muito bem aproveitado como tema de ópera.*

Depois de rejeitar diversas versões de libreto, escritas especialmente para ele, Strauss resolveu compor a música para o texto original. Para tanto, fez uma ligeira revisão e uns poucos resumos.

Seguindo o admirado modelo de Wagner, Strauss chamou a sua Salomé *de drama musical. Salomé, da mesma forma que seus futuros dramas musicais, é uma ópera contínua, apresentada num único ato sem intervalo. O compositor também baseou-se em Wagner ao utilizar a formação completa da orquestra. Ele resolveu inclusive ampliá-la, exigindo que os músicos tivessem ainda mais conhecimento para que os timbres brilhassem com maior sofisticação, com todos os seus coloridos imagináveis.*

Os seus "poemas sinfônicos" anteriores (por exemplo, Don Juan, Morte e Transfiguração *e* As alegres travessuras de Till Eulenspiegel) *haviam sido escritos para uma orquestra gigantesca. Assim, ele aproveitou essa experiência e a aplicou a Salomé.*

Essa ópera começa sem abertura, tal como a Tosca *de Puccini, poucos anos mais velha, ou como* Otello *e* Falstaff, *de Verdi. Uma breve escala ascendente de clarinete, com ligeira influência cromática, conduz ao primeiro som exótico e brilhante da ópera, enquanto a cortina já se ergue para possibilitar a vista do cenário oriental que mostra a entrada do palácio de Herodes. Habilidoso, Strauss economiza em timbres e sonoridades, produzindo uma atmosfera levemente abafada:*

O estilo dessa música é adequado ao enredo e sobretudo às personagens. Por exemplo: na maior parte do tempo, Herodes tem um estilo de canto apressado e mais recitativo, enquanto o profeta João canta de forma muito mais disciplinada, melódica e solene, mesmo quando pressionado por Salomé.

A briga dos judeus e dos nazarenos sobre a divindade de Jesus se transforma em um complicado quarteto, numa confusão aparentemente harmoniosa e rítmica, que também foi planejada com grande esmero. Esse não é o único momento em que fica claro por que a ópera Salomé, na época de sua estreia mundial, no início do século XX, foi considerada uma obra ousada e de sonoridade incomum. No entanto, em momento algum Strauss desconsidera as leis da harmonia tradicional, nem compõe música de fato "atonal", como fez Arnold Schönberg poucos anos depois.

A "Dança dos sete véus", que Salomé apresenta para Herodes, tornou-se muito famosa. Para essa cena, Strauss compôs uma extensa peça orquestral polimórfica que começa de forma quase confusa e, a partir do piano, vai gradativamente crescendo em intensidade e acelerando no andamento. No decorrer da dança são desenvolvidos diversos temas que chamam a atenção e terão papel importante em toda a ópera. Trata-se de um tipo de motivo condutor (leitmotiv) semelhante aos usados por Wagner, no qual estão as ideias mais importantes:

Nele também se encaixa a frase musical com que a ópera começa (veja o primeiro exemplo). Além disso, existem algumas melodias de estilo quase oriental, como a tocada logo no início:

Richard Strauss
(1864-1949)

O cavaleiro da rosa

Der Rosenkavalier

Comédia musical em três atos
- Libreto: Hugo von Hofmannsthal
- Composição: três atos contínuos com prelúdios
- Estreia mundial: 26 de janeiro de 1911, em Dresden
- Duração: cerca de 3 horas e 30 minutos

Personagens

Marechala Marie Thérèse, Princesa Werdenberg	soprano
Barão Ochs von Lerchenau	baixo
Octavian, chamado de Quinquin, jovem cavaleiro da nobreza	mezzo-soprano
Herr von Faninal, um rico burguês	barítono
Sofia, sua filha	soprano
Senhorita Marianne Leitmetzerin, governanta	soprano
Valzacchi, espião italiano	tenor
Annina, sua companheira	mezzo-soprano ou contralto
Comissário de polícia	baixo
Serviçal da marechala	tenor
Serviçal da casa de Faninal	tenor
Notário	baixo
Dono da taberna	tenor
Um cantor	tenor

Flautista, estudioso, cabeleireiro, seu ajudante	papéis mudos
Viúva nobre	papel mudo
Três órfãos nobres	soprano/*mezzo-soprano*/contralto
Chapeleira	soprano
Comerciante de animais	tenor
Quatro lacaios da marechala	tenor, baixo
Quatro garçons	tenor, baixo
Pequeno mouro	papel mudo
Lacaios, bandidos, pessoal da cozinha, convidados, músicos, guardas, crianças, figuras suspeitas	coro

SINOPSE

Aqui novamente nos deparamos com um motivo muito antigo: um triângulo amoroso formado por um homem e duas mulheres. Mas o curioso nesse caso é que uma das mulheres é mais velha e logo percebe que, cedo ou tarde, seu jovem cavalheiro se interessará por uma mulher mais jovem. É assim que o mundo gira!

1 Um jovem que admira e ama fervorosamente a marechala Marie Thérèse, a princesa Werdenberg, passou a noite com ela. Trata-se do conde Octavian Rofrano, a quem ela chama carinhosamente de "Quinquin". Pela manhã, na cama, abraçados e felizes, a princesa não consegue evitar pensamentos sombrios do tipo "Esse amor não será duradouro!".

Enquanto se preparam para tomar o café da manhã, são incomodados por um barulho na antessala. Será que o marechal, marido dela, retornou mais cedo para casa? Felizmente não é o caso. Quem chega é um parente distante da marechala, o barão Ochs von Lerchenau, sujeito bruto, grosseiro e, ainda por cima, endividado.

Com presença de espírito, Octavian rapidamente se disfarça de graciosa criada, chamada "Mariandl", e serve sua senhora enquanto o barão revela que quer se casar, também em razão de suas altas dívidas, com a filha do sr. Von Faninal, um novo-rico que não recusa a chance de uma aliança honrosa com a antiga nobreza. Como é costume nesse meio, ele pede à marechala que lhe indique um cavalheiro para entregar à moça uma rosa de prata em seu nome, como forma de fazer-lhe a corte.

No mesmo instante a marechala pensa que Octavian poderia se encarregar disso, e logo faz essa sugestão ao barão. Este concorda sem prestar muita atenção, pois não para de flertar com a encantadora criada "Mariandl", que quase não consegue escapar de seu assédio.

Marechala   Barão Ochs   Octavian

Como em todas as manhãs, tem início a recepção de requerentes e visitas de cortesia. Há grande agitação no salão. Um cabeleireiro cuida da beleza da marechala, um cantor apresenta uma ária italiana, e o barão, muito ansioso, negocia em voz alta com um notário o "dote" que receberá do pai da noiva. Mas um acesso de raiva acaba com toda a cena, porque não será tão fácil conseguir o dinheiro como ele imagina!

A princesa dispensa todas as pessoas educadamente e é tomada por um estado de espírito melancólico em que todos os tipos de pensamentos tristes passam por sua cabeça. Ela se recorda da juventude, quando saíra do convento e fora obrigada a casar-se, contra a vontade, com o marechal. Com o coração pesado, também reflete sobre o fato de estar envelhecendo. Enquanto isso, "Mariandl" volta a ser Octavian. Como também não consegue animá-la, deixa-a sozinha. Em seguida, ela pede a um pequeno mouro que entregue a rosa prateada a Octavian.

2 Sofia von Faninal é uma jovem ainda muito inexperiente e ingênua. Na manhã do dia de seu noivado, aguarda extremamente ansiosa seu futuro marido, mas fica muito decepcionada ao encontrar um homem grosseiro e lascivo. Bem diferente foi sua impressão do jovem e elegante cavalheiro Octavian, que lhe entregou a rosa com toda a formalidade. O barão retira-se depressa com o sr. Von Faninal para o salão lateral, a fim de discutirem a transação do casamento. Enquanto isso, os três criados mal-educados do barão flertam descaradamente com todas as criadas do sr. Von Faninal que estão por perto.

Sofia e Octavian conversam amigavelmente, mas são observados por duas figuras obscuras, Annina e Valzacchi, que são pagos para fazer esse tipo de espionagem. Eles logo chamam o barão aos brados, que aparece correndo. Octavian se coloca corajosamente diante dele e declara que Sofia não quer se casar com ele. O barão parece não entender bem o que o jovem quer, mas Octavian puxa a espada e o fere levemente no braço.

Que escândalo! O sr. Von Faninal não compreende o que está acontecendo e está inconformado com o ferimento e a humilhação de seu futuro genro. O barão sofre como se algo terrível houvesse acontecido. Mas Octavian quer que aquele homem nojento entenda, de uma vez por todas, que deve deixar Sofia em paz. Para isso ele contratara Annina e Valzacchi, que já andavam muito decepcionados com o avarento barão, disposto a pagar apenas alguns centavos por seus serviços.

As óperas

3 Na noite seguinte, em uma taberna barata na periferia de Viena, a agitação é grande em torno dos preparativos da peça que Octavian quer aplicar no barão para que ele desista de uma vez por todas de se casar com Sofia.

O barão chega à taberna, atraído por uma carta que continha promessas e insinuações, para encontrar a graciosa "Mariandl". Octavian se fantasiou novamente de "Mariandl" para o encontro à luz de velas e ao som de delicada música.

Donzela   Sofia   Octavian   Sr. Von Faninal

De repente, o barão se assusta pensando que o lugar está assombrado. Rostos estranhos olham para ele por trás da porta e pela moldura dos quadros e janelas. Como se não bastasse, uma mulher com filhos alega ser sua esposa abandonada.

O barão Ochs grita por socorro e prontamente aparece um comissário de polícia, que lhe faz perguntas muito indecentes. Desconcertado, o barão apresenta "Mariandl" como Sofia von Faninal, sua futura esposa. Nesse momento, seu futuro sogro entra na sala. Octavian se incumbiu de trazê-lo e também cuidou para que ele trouxesse sua filha. Assim, ela pegaria seu fino noivo em flagrante.

O mundo desaba para Faninal. Enquanto a filha tenta acalmá-lo na sala ao lado, Octavian revela o seu disfarce. No entanto, não esperava que a marechala também aparecesse. Ela veio porque o barão, desesperado, enviou um criado para buscá-la.

Mas ela nem pensa em tirar o barão daquela confusão e lhe dá um único conselho: que desapareça o mais rápido possível! Quando, por fim, o barão ainda recebe a conta do custo da aventura, trata de fugir apressado.

A marechala logo percebe o que brotou entre seu amado Octavian e Sofia. Resignada e com muita dignidade, ela deixa o casal de enamorados a sós e leva o confuso sr. Von Faninal para casa em sua carruagem.

Finalmente, Octavian e Sofia podem se abraçar despreocupados. Quando partem, um lencinho não percebido pelos amantes cai ao chão. A porta volta a se abrir e o pequeno mouro da princesa entra, olha em volta, procura o lenço, encontra-o e desaparece.

NOTAS

Antes de escrever o libreto de O cavaleiro da rosa *para Richard Strauss, o poeta austríaco Hugo von Hofmannsthal (1874-1929) já escrevera o libreto de* Elektra, *e mais tarde ainda viria a escrever os de* Ariadne em Naxos (Ariadne auf Naxos), A mulher sem sombra (Die Frau ohne Schatten), A Helena egípcia (Die ägyptische Helena) *e* Arabella. *O trabalho conjunto desses dois importantes artistas é um caso único na história da ópera, um golpe de sorte. As cartas detalhadas que eles trocavam sobre esse trabalho foram publicadas em forma de livro e estão conservadas até hoje.*

No caso de O cavaleiro da rosa, *ao contrário dos outros libretos escritos para Strauss, o argumento foi criado pelo próprio Hofmannsthal. O subtítulo definitivo da obra, "Comédia musical", insere a ópera na tradição histórica da ópera cômica e, principalmente, na tradição da ópera bufa. Na realidade, Strauss queria compor algo como uma ópera-Mozart! Por isso o espírito de Mozart é relembrado com a inclusão de grandes conjuntos de vozes, ainda que nessas músicas as características melódicas, rítmicas e harmônicas sejam bastante diferentes, como no dueto amoroso entre Octavian e a marechala ou no delicado terceto feminino que é iniciado pela marechala no final da ópera.*

Além disso, a histórica opera buffa *é lembrada por meio de algumas situações, em especial na cena em que Octavian se transforma em "Mariandl" para enganar o barão. O próprio Octavian também é um "papel de calças", isto é, um jovem que é representado por uma mulher. É claro que o exemplo histórico mais famoso é o Cherubino de Mozart em* As bodas de Fígaro! *Também reencontramos alguns "tipos" da ópera bufa, mais ou menos ocultos: a criada, o notário, o doutor e dois espiões (Annina e Valzacchi).*

O argumento da ópera situa-se na época da Imperatriz Maria Teresa; em outras palavras, na época de Mozart. Mas a música soa completamente diferente, refinada por todos os encantos da harmonia e da instrumentação moderna empregados por Richard Strauss no início do século XX. A introdução tempestuosa do primeiro ato é a repercussão musical de uma noite amorosa. Ela começa com um motivo memorável:

tempestuosamente vivaz

Os três atos da ópera são, da mesma forma que em Wagner, compostos de forma contínua e cerrada. Assim, o estilo do canto se alterna entre linhas melódicas fluentes, principalmente nos conjuntos, e trechos que se assemelham muito à entonação e ao ritmo da fala, como, por exemplo:[82]

Die Ähn - lich - keit soll, hör ich, un - ver - kenn - bar sein.

A valsa vienense é um componente importante dessa música. Richard Strauss adaptou artisticamente o modelo de seu homônimo (que não era seu parente) Johann Strauss à estrutura dessa ópera grandiosa e o adequou ao seu estilo. O resultado é tão convincente que ninguém se incomoda quando, na Viena da época de Mozart, de repente soam valsas que ainda nem existiam na época!

---

82 "A semelhança, escutei, deverá ser evidente."

A cena no 2º ato, em que Octavian entrega a rosa de prata a Sofia, ganha um encanto especial quando Strauss insere uma celesta que espalha uma série estranha de várias tríades distintas que, apesar disso, é bem harmônica. Nenhum acorde tem relação com o outro; portanto, não se trata de uma "cadência"!

> Outras óperas de Strauss também garantiram, em maior ou menor grau, um lugar seguro no repertório dos teatros de ópera. São elas: *Elektra* (1909), *Ariadne em Naxos* (1912), *A mulher sem sombra* (1919) e *Arabella* (1933).

Igor Stravinsky
(1882-1971)

História do soldado

L'Histoire du soldat

Leitura, encenação e dança, em duas partes.
- Libreto: Charles Ferdinand Ramuz
- Composição: 13 números musicais ligados por diálogos e leituras
- Estreia mundial: 28 de setembro de 1918, em Lausanne
- Duração: 45 minutos

Personagens

O leitor	narrador
O soldado	narrador
O diabo	narrador e dançarino
A princesa	dançarina

SINOPSE

As histórias dos contos de fadas são universais. Existem versões desses inúmeros contos em muitos países e todas diferem um pouco entre si. A *História do soldado* tem origem na Rússia, mas nela reconhecemos alguns detalhes e personagens que já vimos, por exemplo, nos contos dos irmãos Grimm.

1 O que haveria de melhor para um soldado do que as férias? Nosso soldado, cujo nome nem sabemos, está a caminho de casa. Descansa da caminhada à beira de um riacho um pouco afastado da estrada. Aproveita para organizar seus poucos pertences: um pente, um espelho, um retrato da namorada e, o mais importante, seu amado violino. O fato de ele estar muito desafinado não o incomoda. Nesse momento, está passando um homem idoso, que para de repente, como que paralisado diante do soldado. Este se assusta, mas não imagina que à sua frente está o diabo em pessoa. O maldoso se encantou com o violino desafinado e, em troca dele, oferece um livro ao soldado. Mas de que adianta um livro para alguém que não sabe ler? No entanto, o diabo diz não se tratar de um objeto comum e explica o poder dele. Quem for dono do livro ficará rico!

O soldado acaba concordando com a troca, e um explica ao outro qual é a melhor maneira de utilizar o objeto que está recebendo. O diabo aprende a tocar o violino precariamente; o soldado, a utilizar o livro. Mas como é impossível aprender a ler em poucos instantes, o velho convida o soldado a passar três dias das férias com ele.

Apesar de os três dias passarem depressa, são muito mais longos que o calculado, porque, quando o soldado finalmente chega a seu lugarejo, ninguém mais o reconhece. Horrorizado, compreende que o velho o manteve consigo não por três dias, mas por três anos! De súbito, ele se dá conta de que esteve com o diabo! Para piorar ainda mais as coisas, o diabo volta a aparecer, dessa vez disfarçado de comerciante de gado. Agora o soldado fica sabendo o que até então não havia compreendido: o livro o prendeu ao diabo, obrigando-o a segui-lo!

Mesmo assim, o estranho livro cumpriu seu papel, pois o soldado ficou riquíssimo! Apesar disso, sente muita falta de seu amado violino. Novamente, o diabo cruza o caminho dele, como que por acaso, dessa vez no corpo de uma velha que carrega o violino perdido embaixo do braço. O soldado se atira sobre a mulher e recupera o violino, mas este ficou mudo, e o soldado não consegue arrancar nenhum som dele! Irado, rasga o livro amaldiçoado e joga o violino no chão.

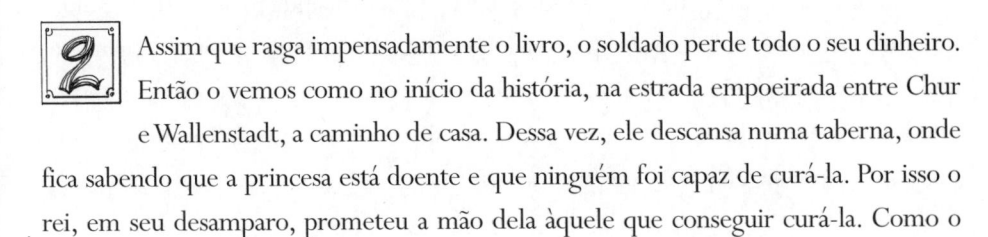

2 Assim que rasga impensadamente o livro, o soldado perde todo o seu dinheiro. Então o vemos como no início da história, na estrada empoeirada entre Chur e Wallenstadt, a caminho de casa. Dessa vez, ele descansa numa taberna, onde fica sabendo que a princesa está doente e que ninguém foi capaz de curá-la. Por isso o rei, em seu desamparo, prometeu a mão dela àquele que conseguir curá-la. Como o soldado não tem nada a perder, pensa em arriscar a sorte e parte para o palácio real.

Porém, como não poderia deixar de ser, o diabo já está lá e dessa vez se apresenta como um violinista exemplar. No entanto, logo se percebe que até o diabo tem suas fraquezas, porque o soldado consegue embriagá-lo e assim finalmente obtém de volta o seu adorado violino. A princesa, quando ouve os delicados sons que o soldado produz no instrumento, fica muito alegre e recupera a saúde. O soldado e a princesa se abraçam felizes, mas nesse instante o diabo acorda da bebedeira e surge ameaçador atrás do casal. O soldado pega o violino e toca uma música de dança que seduz até o diabo, impelindo-o a dançar sem querer!

Soldado   Princesa   Diabo   Narrador

O soldado continua tocando até o diabo cair exausto. O casal então o carrega para fora, acreditando que enfm poderão ficar em paz. Enganam-se redondamente, pois, surgindo do nada, o diabo se põe diante deles, ameaça o soldado e o adverte de que, se deixar o castelo, voltará a ficar sob seu domínio.

Por causa dessa proibição, a saudade da pátria fica ainda mais forte. O soldado acaba não resistindo e parte para sua cidade natal, levando consigo a princesa, que ele quer apresentar à mãe. Mas, assim que ultrapassam a fronteira da aldeia, o diabo aparece! Finalmente ele consegue se apoderar de sua vítima. Tocando o violino, o soldado o segue para o inferno...

NOTAS

A História do soldado, de Stravinsky, não é uma ópera convencional, mas mesmo assim é uma peça impressionante e muito original do repertório operístico. Com ela, o compositor seguiu um novo rumo: a apresentação do argumento não é feita pelos atores por meio do canto. Em vez disso, um "narrador" conta a história de forma emocionante e viva. Ao seu lado, apenas três pessoas atuam e dançam, acompanhando a música e o texto falado, de modo semelhante a uma dança de pantomima (mímica). A esse pequeno grupo de atores também corresponde um conjunto instrumental inusitadamente pequeno, que quase não pode ser chamado de "orquestra"; é composto de contrabaixo, clarinete, fagote, trompete de pistão, trombone e percussão, como também de um violino solo — naturalmente, o do soldado.

A música que Stravinsky compôs para esse conjunto é sofisticada, porém simples e compreensível. Ele escreveu diversas peças individuais e independentes:

• marcha do soldado:

As óperas

- *pequeno concerto (que o soldado apresenta à princesa);*
- *tango, valsa* e ragtime *(danças da princesa);*
- *dança do diabo;*
- *um coral grande e outro pequeno.*

O poeta Ch. F. Ramuz, originário da Suíça francesa, escreveu História do soldado em estreita colaboração com Stravinsky. Sobre o libreto, Stravinsky comenta que o narrador é o mais importante. Todo o resto, como a música e a apresentação no palco, é complementar. Isso demonstra que o mais importante para ele era o enredo.

Entre as "verdadeiras" óperas de Stravinsky, merece destaque *The Rake's Progress* (*A vida de um libertino*, 1951). Em compensação, o compositor considera *Édipo Rei* (*Oedipus Rex, 1928*) uma "ópera-oratório".

Alban Berg
(1885-1935)

Wozzeck

Ópera em três atos
- Libreto: Georg Büchner
- Composição: três atos divididos em 15 cenas
- Estreia mundial: 14 de dezembro de 1925, em Berlim
- Duração: 2 horas

Personagens

Wozzeck	barítono
Tambor-mor	tenor
Andres	tenor
Capitão	tenor
Médico	baixo
Dois trabalhadores	baixo, barítono (também tenor)
O bobo	tenor
Marie	soprano
Margret	contralto
O filho de Marie	soprano
Soldado	tenor
Soldados, rapazes, moças, prostitutas, crianças	coro

SINOPSE

1 O pobre soldado Wozzeck faz a barba do capitão; os dois conversam. O capitão comenta ter percebido que há algum tempo Wozzeck anda inquieto, aflito, e o repreende por ter um filho e não estar casado. "Afinal isso não está certo!", diz o capitão. Wozzeck tenta explicar sua situação, alegando que neste mundo pessoas pobres como ele não têm muita chance de ser virtuosas!

Pouco tempo depois, Wozzeck vai encontrar seu amigo Andres fora da cidade; vão cortar madeira para o major. De repente, sua mente fica confusa. Ele ouve sons assustadores e cambaleia de um lado a outro, como se sentisse tontura. Tomado pelo pânico, observa o pôr do sol, vê fogo e o céu desabando, e acredita estar ouvindo as trombetas do juízo final.

Enquanto isso, Marie, companheira de Wozzeck, está à janela de sua humilde casa com o filho no colo, observando a festiva banda militar que passa por ali. Ela se encanta principalmente com o tambor-mor. Ele também percebeu a bela jovem que lhe acena furtivamente da janela. A vizinha, Margret, zomba dos dois, e Marie, ofendida, bate a janela. Pensativa, embala o filho cantando uma música triste. Nesse momento entra Wozzeck, aflito como sempre. Ele precisa voltar rapidamente para a caserna, mas antes quer lhe contar o acontecimento assustador no campo. Em seguida, sai apressado e sequer olha para o filho. Marie o observa com um olhar confuso.

Como Wozzeck precisa sustentar Marie e a criança, aceita fazer qualquer tipo de serviço para complementar seu salário miserável. Por isso, concorda em ser "cobaia" de um médico que o obriga a uma dieta rígida, exclusivamente de feijão. Na esperança de fazer grandes descobertas científicas, o médico observa como seu paciente reage, oferecendo-lhe um pagamento baixíssimo. Mas o médico não consegue encontrar explicação quando Wozzeck comenta suas visões.

Ao anoitecer, o tambor-mor bate à porta da casa de Marie. Ela admira a magnífica postura daquele homem forte, e ele se mostra muito interessado numa aventura com a jovem. De início, ela rejeita seus carinhos, mas acaba deixando que ele entre furtivamente em sua casa.

2 Na manhã seguinte, Marie está diante do espelho, admirando os brincos novos. Ganhou-os de presente do tambor-mor na noite anterior, como recompensa pelo tempo que passaram juntos. Hoje Marie não tem paciência para cuidar do filho. Wozzeck passa apressado e descobre os brincos, embora Marie tenha tentado escondê-los. Ciumento, ele a pressiona e ela afirma que os achou, mas ele não acredita que se possa achar algo tão valioso. Mesmo assim, antes de partir para o trabalho, deixa-lhe o pouco dinheiro que tem. Arrependida, Marie o acompanha com o olhar.

Marie   Criança   Wozzeck   Tambor-mor

Pelo caminho, Wozzeck encontra o capitão e o médico. Quando passa pelos dois, eles o detêm pelo casaco e zombam dele, mencionando o tambor-mor. Wozzeck se assusta e reage contra a brincadeira, pois Marie e a criança são sua única alegria. Mas o capitão teima em suas insinuações e afirma que aquilo com o tambor-mor não era brincadeira... Wozzeck se afasta chocado.

Chegando em casa, insiste que Marie lhe confesse a infidelidade, mas ela resiste obstinadamente às suas ameaças. Wozzeck a abandona, enlouquecido de ciúme.

Ele então tenta se consolar na taberna. Solitário, senta-se à mesa diante de sua cerveja. Os outros o evitam por causa de sua aparência perturbada. Entre os pares que estão dançando, ele avista Marie com o tambor-mor. De repente, uma estranha figura abobalhada se aproxima dele dizendo: "Sinto cheiro de sangue...". Wozzeck sai precipitadamente.

Wozzeck   Bobo   Operários   Marie   Tambor-mor

Sem sucesso, Wozzeck tenta se acalmar na caserna. Deitado em sua cama simples de acampamento, não consegue dormir. O tambor-mor volta para a caserna, presunçoso e um pouco bêbado. Chega cheio de agressividade e não para de provocar Wozzeck, até que os dois começam a lutar. Obviamente, o vigoroso tambor-mor vence o frágil Wozzeck e o larga sangrando em cima da cama. Wozzeck fica acordado a noite inteira, mergulhado em pensamentos sombrios, enquanto seus camaradas dormem tranquilamente.

3 Marie também está inquieta e não consegue dormir. Depois do acontecido na taberna, não viu mais Wozzeck. Procura consolo na Bíblia e, por acaso, abre-a na página em que Jesus perdoa a adúltera, que promete não mais pecar. Marie canta para o filho uma canção triste sobre um pobre órfão solitário e continua folheando a Bíblia em silêncio.

Finalmente Wozzeck reaparece, e ao anoitecer leva Marie para fazer um passeio pela floresta. Ela está com muito medo e quer voltar para casa, mas Wozzeck a abraça e a beija, resmungando palavras estranhas que a assustam. Ambos passam por um lago. De repente, quando a lua surge no céu, ele puxa uma faca e a apunhala. Depois, foge tomado pelo pânico e abandona Marie na floresta, sangrando até morrer.

Wozzeck retorna à taberna, grita, canta, dança com Margret e se envolve numa briga. Subitamente, Margret repara que a mão dele está ensanguentada. Wozzeck foge, afastando-se do grupo que o havia cercado.

O assassino sempre retorna ao lugar do crime. Na margem do lago, Wozzeck procura a faca ensanguentada que poderia incriminá-lo. Ele a encontra e a joga dentro do lago. Mas, com medo de que a faca fique visível, entra na água. Ele afunda cada vez mais no lago pantanoso e acaba se afogando.

O capitão e o doutor estão novamente passeando juntos e passam perto do lago na floresta. Em meio ao silêncio da noite, acreditam ouvir ruídos estranhos, como se alguém estivesse se afogando. Ficam assustados e abandonam depressa o lugar fantasmagórico.

Em frente à casa vazia de Marie algumas crianças brincam de pega-pega. O filho de Marie está entre elas, montado num cavalo de pau. Nesse momento, chegam outras crianças dizendo que encontraram Marie morta na floresta! Todos saem correndo para ver a morta. Ainda gritam para o pequeno: "Sua mãe está morta!". Mas ele não entende o que significa aquilo. Completamente abandonado, segue os outros com seu cavalo de pau.

NOTAS

Em 1914, quando Alban Berg assistiu pela primeira vez à apresentação da peça de teatro Woyzeck, de Georg Büchner (1813-1837), ficou tão impressionado que imediatamente começou a escrever uma música para o texto. Ele mesmo organizou o libreto para o seu Woyzeck, eliminando algumas cenas e arranjando as demais em três atos.

Berg passou a chamar a sua nova obra de Wozzeck e criou uma ópera atonal. Isso significa que sua música não retorna constantemente a um acorde básico e a uma forma específica; suas notas não mantêm uma inter-relação harmônica, não se organizam por cadências; as dissonâncias não terminam em consonâncias. No entanto, para conferir estrutura firme à sua música, em cada cena Berg inseriu como base algumas formas musicais tradicionais. Cada ato compõe uma unidade formal maior. Detalhadamente seria algo assim:

- 1º ato: sequência de cinco cenas programáticas
    - Primeira cena: suíte com prelúdio baseado em modelo barroco, sarabanda, jiga, gavota, ária e poslúdio (o prelúdio tocado de trás para a frente).
    - Segunda cena: rapsódia sobre três acordes e canção de caça com três estrofes.
    - Terceira cena: marcha militar e canção de ninar.
    - Quarta cena: passacaglia com 21 variações.
    - Quinta cena: andante affettuoso.
- 2º ato: sinfonia em cinco movimentos
    - Primeira cena: sonata.
    - Segunda cena: fantasia (invenção) e fuga sobre três temas.
    - Terceira cena: largo para orquestra de câmara.
    - Quarta cena: scherzo com duas canções em forma de trios.
    - Quinta cena: introdução (prelúdio) e rondó marcial.
- 3º ato: seis invenções (como em Bach)
    - Primeira cena: invenção sobre um tema com sete variações e fuga.
    - Segunda cena: invenção sobre uma nota (pedal Si).
    - Terceira cena: invenção sobre um ritmo (polca).
    - Quarta cena: invenção sobre um acorde de seis notas.
    - Quinta cena: invenção sobre um ritmo de colcheias.

Essas formas rigorosas quase não são identificadas no teatro, mas são muito úteis por dividir claramente o desenvolvimento musical. Apesar da divisão mencionada, os três atos são contínuos. Uma particularidade são as eventuais falas rítmicas em altura prefixada pelo autor, em lugar do que antes seriam os costumeiros diálogos ou recitativos. Na partitura isso aparece da seguinte maneira:

Wozzeck:[83]

Hob ihn ein-mal ei - ner auf, meint, er sei ein I - gel
(entrando no canto)

Em *Wozzeck*, Berg utiliza uma orquestra muito grande, com inúmeros instrumentos diferentes — tal como nas óperas de Richard Strauss —, mas os instrumentos de percussão têm emprego bem maior, com tambores grandes e pequenos, pratos, tantãs, triângulos e xilofones. Além disso, estão presentes a celesta, a harpa e a música de palco (a orquestra militar no 1º ato e a música da taberna no 2º ato). Com essa orquestra versátil, Berg consegue uma sonoridade extremamente diferenciada e expressiva, cujo momento mais brilhante e misterioso ocorre na cena do lago (4ª cena do 3º ato).

> Além de *Wozzeck*, Alban Berg escreveu a ópera *Lulu* (1934), que ficou inacabada. Hoje em dia, essa obra é apresentada como fragmento em dois atos ou na versão completada por Friedrich Cerha com base em esboços do compositor.

---

83 "Uma vez alguém o levantou, acreditando que fosse um porco-espinho."

Paul Hindemith
(1895-1963)

Cardillac

Ópera em três atos
- Libreto: Ferdinand Lion (baseado em E. T. A. Hoffmann)
- Composição: abertura e 18 números musicais interligados
- Estreia mundial: 9 de novembro de 1926, em Dresden
- Duração: cerca de 2 horas

Personagens

O ourives Cardillac	barítono
Sua filha	soprano
O oficial	tenor
O comerciante de ouro	baixo
O cavalheiro	tenor
A dama	soprano
O chefe de polícia	barítono
O rei	papel mudo
Cavalheiros e damas da corte, a prévôté (uma tropa de polícia), povo	coro

SINOPSE

Existem artistas que não se importam com suas obras: depois de concluídas, o seu destino lhes é indiferente. Já outros não conseguem se distanciar de uma única obra, sofrendo com a separação como se fosse a despedida de uma pessoa amada. Na história que se segue, transcorrida em Paris do século XVII, conheceremos um ourives genial, que pertence ao segundo tipo de artista mencionado.

1 A população de Paris está assustada com assassinatos misteriosos que ocorrem de madrugada. Estranhamente, as vítimas são sempre pessoas que possuem joias. A polícia tenta acalmar a multidão revoltada, informando que o rei instituiu a corte especial "A câmara ardente", incumbida de desvendar os crimes. Cardillac, o famoso ourives, caminha pela rua e, como grande artista, é cumprimentado respeitosamente pelas pessoas. Entre os transeuntes está uma dama elegante acompanhada de um cavalheiro. Ele lhe fala da arte de Cardillac e não deixa de mencionar que todas as vítimas estavam usando alguma joia dele quando foram assassinadas. Animada, a dama lança um desafio ao seu admirador, dizendo que, se ele lhe presentear com a mais bela joia do mestre, ela enfim se entregará a ele naquela mesma noite. Nesse terrível conflito entre o amor e a possível morte, o cavalheiro decide aceitar a oferta.

À noite, a dama espera em vão o amante e a joia cobiçada, e acaba adormecendo decepcionada. Mas o cavalheiro aparece trazendo a mais bela peça que já saiu da oficina de Cardillac, um valioso cinto. O casal mergulha na cama entrelaçado num abraço intenso quando, de repente, surge um mascarado pela janela aberta, apunhala o cavalheiro e desaparece na noite escura, levando consigo o cinto.

Dama   Cavalheiro   Cardillac

2 Cardillac está em sua oficina e recebe a visita do comerciante de ouro, que não tem andado satisfeito com suas entregas. Por isso, resolve acompanhar o comerciante ao local da compra, para escolher com ele o ouro de melhor qualidade. Cardillac percebera que o comerciante fez o sinal da cruz ao entrar pela porta da oficina e perguntou-lhe a razão daquilo. O comerciante admite suspeitar que Cardillac tenha alguma relação com os crimes.

A filha de Cardillac fica sozinha na oficina, absorta em pensamentos. Na realidade, seu amado, um oficial, quer fugir com ela e já preparou tudo para a fuga. Mas ela não consegue abandonar o pai. Quando o oficial surge e pede que o acompanhe, ela se recusa. Amargurado e decepcionado, ele sai esperando algum dia conseguir libertá-la das amarras do pai.

Cardillac retorna à casa trazendo ouro para o trabalho. Mal tem olhos para a filha e não presta muita atenção quando ela tenta falar do oficial. O ourives não está nem um pouco preocupado com ela, e seus pensamentos só estão voltados para sua arte.

Sem ser esperada, uma honra é concedida a Cardillac, pois o rei e sua corte visitam a oficina e admiram as valiosas obras de arte feitas pelas mãos do ourives. Mas, tão logo percebe que o rei e o séquito têm interesse em comprar certas peças, Cardillac se torna bastante indelicado e desagradável. Os nobres visitantes despedem-se chocados e decepcionados. Cardillac está novamente sozinho e reflete que somente ele sabe que o rei, caso tivesse comprado alguma de suas joias, seria a próxima vítima! Então, de um armário secreto, retira o cinto que a dama ganhara do cavalheiro e se extasia com a visão da joia recuperada.

O oficial retorna e pede a Cardillac a obra mais bela que ele criou. O artista se recusa a atender ao pedido, mas o oficial se referia não a uma joia, e sim à sua filha. Ele quer resolver o mistério daquela casa e ao mesmo tempo libertar a filha da dependência do pai. Consegue que Cardillac lhe venda uma corrente muito a contragosto e sai, enquanto o ourives lhe roga uma praga. Cardillac tenta se concentrar no trabalho, mas seus pensamentos só estão na corrente. Como que levado por uma força estranha, ele veste o seu disfarce e parte à caça da joia e de seu comprador.

3 O oficial aguarda Cardillac em meio à escuridão da noite, porque há muito percebera que o artista se tornara um assassino compulsivo. Surge então Cardillac e, como um louco, ataca o oficial com o punhal. Mas este, precavido, consegue esquivar-se com destreza e é levemente ferido. O comerciante de ouro, que também tinha a mesma suspeita, observou o acontecido e pede socorro. Invocando suas obras inacabadas, Cardillac implora clemência, e o oficial o deixa escapar. Rapidamente uma multidão se reúne. A polícia também chega, e o comerciante de ouro, em público, acusa Cardillac de ser o culpado pelos assassinatos. O artista é procurado em sua oficina; sua filha está ao seu lado. O oficial, porém, desvia a suspeita de assassinato para o comerciante de ouro, sugerindo que ele seria cúmplice – sua intenção é que Cardillac seja poupado. O pobre comerciante é preso e torturado para que revele o nome do assassino. O oficial então conta à filha de Cardillac os terríveis crimes que o ourives cometeu, acreditando ser essa a única maneira de libertá-la da dependência do pai.

O povo aplaude o ilustre mestre Cardillac, que tenta se esquivar da admiração com palavras sombrias e misteriosas. Mas logo crescem a curiosidade e a desconfiança nas pessoas, e ele, pressionado com perguntas e ameaças, acaba confessando ser o criminoso das joias. Admite seus atos sem demonstrar nenhum remorso e é linchado pelo povo irado. O oficial e a filha de Cardillac o encontram morrendo na calçada, em meio à multidão. Em seu último adeus, ele se volta para a corrente que o oficial tem no pescoço. Em silêncio, o povo observa a morte do artista, a quem a paixão levou ao assassinato.

NOTAS

O enredo da ópera Cardillac *se baseia no conto* Das Fräulein von Scuderi *(Senhorita de Scuderi), de E. T. A. Hoffmann (1776-1822), que narra um misterioso crime cometido por um ourives de Paris chamado Cardillac. No entanto, a segunda personagem mais importante do conto, Madame de Scuderi, não aparece no libreto da ópera. Isso porque o argumento foi compactado e simplificado, concentrando-se na personagem do ourives, em torno da qual se apresentam "tipos", pessoas sem nome como o cavalheiro, a dama...*

A música de Hindemith forma um contraste curioso com o enredo emocionante e exagerado. Nesse caso, o compositor não tentou reproduzir musicalmente todos os ambientes e sutilezas em seus detalhes. A ópera não é contínua, mas dividida, como antigamente, em "números" individuais que às vezes parecem não ter relação específica com o drama que se desenrola no palco. Mas é esse forte contraste entre música e enredo que cria uma tensão nova e vibrante. Isso se torna mais evidente no 2º quadro do 1º ato, quando o cavalheiro traz o valioso cinto de Cardillac para a dama e acaba sendo assassinado por isso. Durante essa dramática cena noturna, que é apresentada no palco como uma pantomima muda, a orquestra toca um suave dueto de flautas transversais, acompanhado esparsamente de alguns poucos instrumentos. O crime ocorre em silêncio total, mas em seguida a orquestra entra com um fortíssimo (fff) e parece explodir. Há ainda outras cenas em que os instrumentos solos são colocados em evidência.

Além disso, Hindemith utiliza inúmeras cenas fascinantes de coro para demonstrar o medo que o povo tem do assassino. Uma dessas cenas abre o 1º ato e se emenda à animada abertura da orquestra, que aproveita a sua melodia:

Hindemith gostava de recorrer às formas musicais mais antigas — sem dúvida a mais impressionante é a grandiosa cena, criada como passacaglia, *entre Cardillac e o povo, no final da ópera. Trata-se de conjunto construído sobre um tema sempre igual, que se repete e vai ficando cada vez mais forte, da mesma forma como na* passacaglia *barroca:*

Muitos anos após a estreia mundial, Hindemith resolveu retrabalhar radicalmente a música e o enredo de seu Cardillac, *de acordo com suas próprias regras, publicadas por ele no livro* Unterweisung im Tonsatz *[Ensino de composição musical]. No entanto, essa segunda versão (de 1952) não foi a que prevaleceu nos teatros. Contra o desejo do compositor, a primeira montagem, mais compacta e mais adequada para o palco, foi a que se consolidou.*

> Além de *Cardillac*, Hindemith deixou outras óperas, que hoje são apresentadas de quando em quando. Em seu *Sketch mit Musik (Esboço com música) Hin und zurück (Vaivém*, 1927), a partir do meio da peça o enredo realmente começa a se desenrolar de trás para a frente. Também devemos citar as óperas tardias *Mathis der Maler (Mathias, o pintor*, 1938), sobre o famoso artista Mathias Grünewald, e *Die Harmonie der Welt (A harmonia do mundo*, 1957), cuja personagem principal é o astrônomo Johannes Kepler.

George Gershwin
(1898-1937)

Porgy and Bess

Ópera em três atos
- Libreto: Du Bose Heyward e Ira Gershwin
- Composição: três atos contínuos com números intercalados
- Estreia mundial: 10 de outubro de 1935, em Nova York
- Duração: cerca de 2 horas e 30 minutos

Personagens

Porgy, um aleijado	barítono
Bess, uma jovem	soprano
Sporting Life, traficante de drogas e contrabandista	tenor
Crown, um homem rico e bruto	barítono
Jake, um pescador	barítono
Clara, sua mulher	soprano
Robbins, um jovem pescador	tenor
Serena, sua mulher	soprano
Peter, um velho vendedor de mel	tenor
Maria, sua mulher	*mezzo-soprano*
Jim	barítono
Mingo e Nelson, pescadores	tenores
Lily e Annie, duas meninas negras	*mezzo-soprani*
Scipio, um menino	papel falado
Vendedora de morangos	*mezzo-soprano*
Vendedor de camarões	tenor

Sr. Archdale, advogado	papel falado
Simon Frazier, "advogado"	barítono
Coveiro	barítono
Médico legista	papel falado
Investigador	papel falado
Adultos e crianças de Catfish Row, policiais	coro

SINOPSE

O argumento se concentra nos habitantes negros de Charleston, cidade do estado norte-americano da Carolina do Sul, por volta de 1870, após a grande guerra civil. Anteriormente, os moradores de Catfish Row eram brancos ricos; agora, a rua é habitada por negros mais ou menos pobres, mas muito animados.

1 Como de costume, à noite, após o trabalho, os moradores se encontram na rua para dançar e brincar. Clara está embalando o bebê com uma canção, na tentativa de fazê-lo dormir, apesar de toda a barulhenta movimentação geral. Seu marido, o pescador Jake, também não consegue acalmar a criança – aliás, ele está cantando não uma canção de ninar, mas uma canção que zomba das mulheres.

Nesse momento, surge o aleijado Porgy, de quem zombam por ter se apaixonado pela jovem Bess. Esta, no entanto, está vivendo com Crown, um mau-caráter que, além de viciado, é traficante de drogas.

Crown se mistura à multidão, acompanhado de Bess. Logo arruma confusão com Robbins no jogo de dados, por trapaça. Furioso, mata seu oponente e foge para escapar da polícia. O traficante de cocaína, Sporting Life, oferece abrigo a Bess em sua casa, mas, quando as sirenes da polícia se aproximam e a multidão se dispersa, ela segue Porgy.

O velório de Robbins ocorre no quarto de sua mulher, Serena. Como ela não tem dinheiro para pagar o enterro, todos juntam suas moedas para ajudá-la, e Bess também participa.

Indignada, Serena recusa seu dinheiro, mas Bess explica que o dinheiro é de Porgy. Um detetive de polícia invade a sala à procura de testemunhas do crime. Ordena também que se apressem: quer que Robbins seja enterrado logo, senão entregará o corpo aos estudantes de medicina. Finalmente, chega o dono da funerária, que, só depois de muita insistência, aceita a pequena quantia que foi coletada.

2 O verão está chegando ao fim. Os pescadores remendam suas redes nas primeiras horas da manhã. Clara implora ao marido que não saia mais para o alto-mar — nessa época do ano o tempo muda muito depressa e se transforma em tempestade! Mas Jake não se deixa deter porque estão precisando do dinheiro com urgência e está pensando no futuro, no dinheiro para dar uma boa educação ao filho.

Bess passou o verão com Porgy, que está muito feliz com isso. Ingênuo, deixa-se enganar pelo "advogado" Frazier, que lhe vende caro uma certidão de divórcio — embora Bess nem estivesse casada com Crown. Felizmente, o advogado branco Archdale chega a tempo de desfazer o péssimo negócio.

Porgy é supersticioso: para ele, um falcão no céu significa prenúncio de desgraça. Mas Bess lhe declara amor, de modo que Porgy se acalma e rechaça todas as investidas do traficante Sporting Life. O animado povo de Catfish Row parte para uma excursão a uma ilha. A princípio Bess quer ficar em casa com Porgy, mas se deixa convencer e acompanha o grupo.

A festa na ilha está em pleno andamento quando, no final da noite, há um desentendimento, porque Sporting Life irrita alguns amigos mais devotos com seus comentários sacrílegos. Serena adverte que está na hora de voltarem para casa e todos partem a caminho do navio. Bess fica para trás e, de repente, depara-se com Crown, que se escondera na ilha. De imediato fica claro que ele ainda exerce inexplicável força de atração sobre a jovem, porque esta, embora tenha se defendido de sua abordagem e contado da relação com Porgy, acaba sendo convencida a ficar.

Porgy   Bess   Sporting Life

3 Na semana seguinte, os pescadores retornam para o alto-mar. Bess voltou para Porgy e agora está de cama, com febre. Serena reza por ela e parece que, com a força de sua fé, realmente consegue curá-la. Bess confessa a Porgy sua aventura com Crown e implora que a proteja dele. Entrementes, lá fora se armou uma tempestade. Clara quase perde a cabeça, temendo muito pelo marido que pesca em alto-mar.

No dia seguinte, bem cedo, todos se reúnem na casa de Serena. Estão preocupados, cantando um *spiritual*, quando alguém bate à porta. Supersticiosos, acreditam que a morte está para entrar. Em vez disso, surge Crown, que veio buscar Bess. A despeito do *spiritual*, ele entoa uma música profana. De repente vê-se a distância o barco de Jake afundar no mar. Clara sai correndo na tempestade, Crown vai atrás dela. No dia seguinte, Catfish Row mergulha em luto profundo, porque Jake e Clara, além de outros pescadores e possivelmente Crown, também morreram na tempestade. Sporting Life, porém, acredita saber mais: Crown está vivo!

Clara, Serena, Maria

Um pouco mais tarde, quando todos já haviam ido embora, Crown de fato aparece e se põe a rondar a casa de Porgy. Subitamente, abre-se uma janela às suas costas, e Porgy apunhala o rival.

Agora um investigador e um juiz analisam o novo assassinato. A princípio acredita-se que Serena seja a criminosa. No entanto, em seguida, as atenções se voltam para Porgy: ele foi incumbido de identificar Crown e por isso deve acompanhá-los até a polícia.

Na ausência de Porgy, o sombrio Sporting Life se aproxima outra vez da jovem Bess. Ele lhe sugere que o acompanhe a Nova York, já que Porgy acabará mesmo atrás das grades. Indignada, Bess se recusa, mas ele põe um pacote de cocaína na sua frente e sai de cena, certo da vitória.

Após ficar detido por uma semana, Porgy retorna à casa. Recusou-se, supersticiosamente, a identificar o corpo de Crown e a fazer qualquer declaração, razão pela qual ficou preso por alguns dias. Alegre, vem descendo a rua, observado por seus companheiros piedosos e perplexos. Ansioso, chama Bess. Então fica sabendo que ela o abandonou e partiu com Sporting Life para Nova York. Todos lhe imploram que a esqueça, pois aquela relação já não faz sentido! Mas ele permanece inabalável em seu amor comovente, sobe em seu carrinho e parte para Nova York à procura de Bess. Deus vai ajudá-lo, ele está certo disso!

NOTAS

Gershwin é um caso à parte na história da música, porque conseguiu encontrar um caminho entre a chamada música "séria", a música moderna de entretenimento e o folclore. Mas suas obras instrumentais, como Rhapsody in Blue ou Um americano em Paris, raramente fazem parte da programação das salas de concerto. Algo semelhante aconteceu com sua ópera Porgy and Bess, com a qual ele criou um tipo de "ópera americana", como nunca havia existido antes. Ele mesmo a denominou "ópera americana popular", a fim de indicar a proximidade da ação e das personagens com o povo comum.

Apesar disso, Gershwin não inseriu melodias populares originais em sua partitura — isto é, spirituals e songs da população negra —, mas compôs novas melodias no estilo dessa música popular.

Os três atos da obra são contínuos. A música, muito contrastante, expressa todos os estados de espírito da natureza e do homem. Para isso, além dos típicos sons folclóricos de entonação característica dos negros norte-americanos acima mencionados, Gershwin utilizou elementos do jazz e dos musicais da Broadway — famosa avenida nova-iorquina, em cujos teatros estreiam muitos musicais. Ele também incluiu o blues como base importante do jazz: logo no início do 1º ato podemos ouvir um blues tocado em um piano (propositadamente) desafinado, oriundo de uma das casas de Catfish Row, acompanhado pelos cantores negros que estão no palco.

Dentro dos atos contínuos também há "números" fechados em si, isto é, além dos conjuntos de vozes há solos, que podem ser comparados às tradicionais árias da ópera. O exemplo mais famoso certamente é a canção de Clara, "Summertime":

As óperas

Clara:[84]

Sum-mer - time ___ an' the li-vin' is ea - sy ___
(and) (living)

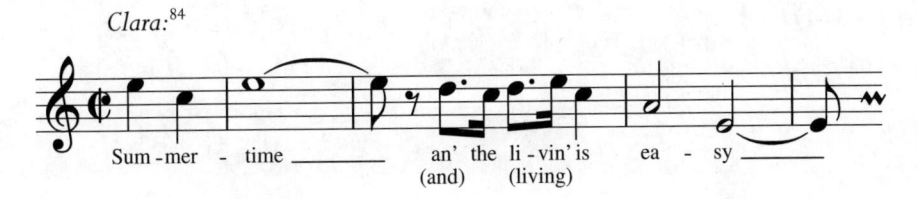

Além disso, vários coros grandiosos são inseridos. Exemplo impressionante é o spiritual "Oh, there's somebody", no 2º ato:[85]

Oh, dere's some - bo - dy knock-ing at de do'
(there is) (the door)

Gershwin também incluiu instrumentos "primitivos" originais na cena do piquenique, como pentes, ossos, tábua de lavar roupa. Com isso e com a inclusão de tambores africanos, invoca-se o clima animadíssimo da música ao ar livre.

Não se pode negar a proximidade dessa ópera com o gênero dos musicais. Inicialmente, esse parentesco dificultou a entrada de Porgy and Bess nas grandes casas de ópera, mas a obra acabou por se transformar num sucesso mundial. Em 1985, foi apresentada pela primeira vez na respeitável Metropolitan Opera, em Nova York.

---

84 "Verão, e viver é fácil."
85 "Oh, há alguém batendo à porta."

Carl Orff
(1895-1982)

A sábia

Die Kluge

História do rei e da mulher sábia

- Libreto: do compositor (com base no conto de fadas dos Irmãos Grimm "A sábia filha do camponês"
- Composição: sem abertura, doze cenas com diálogo
- Estreia mundial: 20 de fevereiro de 1943, em Frankfurt
- Duração: cerca de 1 hora e 30 minutos

Personagens

Rei	barítono
Camponês	baixo
A filha do camponês	soprano
Carcereiro	baixo
Homem do burro	tenor
Homem do mulo	barítono
Primeiro gatuno	tenor
Segundo gatuno	barítono
Terceiro gatuno	baixo

SINOPSE

Assim como *Hänsel und Gretel* (*João e Maria*), esta ópera se baseia em um conto conhecido dos irmãos Grimm: a história da sábia filha do camponês. Há diversos acontecimentos antes que a cortina se abra: enquanto arava, o camponês encontrou um almofariz de ouro. Como subordinado leal, foi entregar o achado valioso ao rei, embora a filha o houvesse prevenido insistentemente. E, de fato, o rei se comportou como ela previra: não só não lhe agradeceu como também exigiu que o camponês lhe levasse o pilão, afinal, onde há um almofariz também há um pilão. Caso contrário, só se poderia concluir que o camponês estava querendo enganá-lo e ficar com o pilão! O rei, embora não tivesse razão, tinha poder. Sendo assim, podia usá-lo como bem quisesse. É o que ocorre em qualquer lugar do mundo!

O pobre camponês, na prisão, lamenta a maldade do mundo: "Ah, se eu tivesse acreditado na minha filha!". Por acaso, o rei ouve sua gritaria e vai perguntar ao carcereiro qual o motivo do barulho. Este traz o camponês para conversar com o rei e mais uma vez o pobre lamenta: "Ah, se eu tivesse acreditado na minha filha!". Então o rei quer saber o que a filha recomendara ao camponês. Ele está curioso: bem que gostaria de conhecer mulher tão sábia! Imediatamente, manda o camponês buscar a filha e trazê-la à sua presença.

A caminho do palácio, pai e filha encontram três gatunos. Eles também lamentam: "Os tempos estão ruins para quem quer roubar honestamente!". Suas bolsas estão vazias, e eles têm fome. Mesmo assim, deixam o camponês e a filha em paz, pois estes parecem ser tão pobres quanto eles.

Deitado em seu canapé, o rei recebe pai e filha majestosamente. Entrementes, planejou não fazer nenhuma pergunta à moça sobre o pilão, porque, esperta como é, ela provavelmente já terá pensado em alguma boa desculpa. Em vez disso, quer que ela resolva três charadas.

Tranquila, ela ouve com atenção o que o rei tem a dizer e em seguida resolve com facilidade as três questões, uma atrás da outra. Impressionadíssimo com a inteligência e a beleza da moça, o rei decide casar-se com ela imediatamente.

É lógico que os três gatunos têm ideias próprias sobre tudo o que acontece no palácio real. Será que a nova mulher do rei é bonita ou feia, inteligente ou burra?

Se de fato for tão inteligente quanto andam comentando, é provável que não ficará muito tempo casada com o rei!

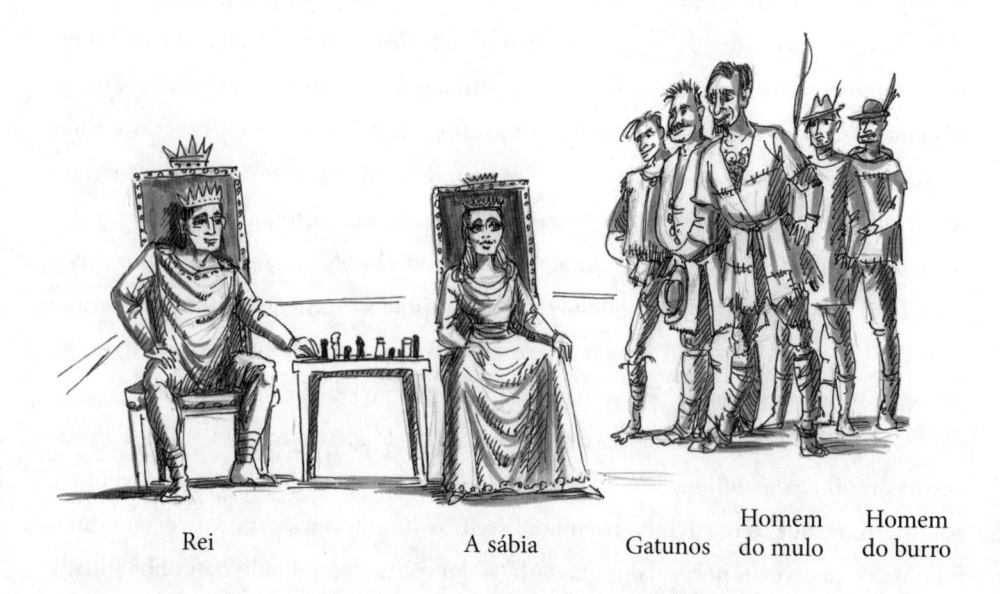

Rei   A sábia   Gatunos   Homem do mulo   Homem do burro

Um homem com um burro passa a acompanhar os três. Também ficou sabendo que o rei está apaixonado e agora espera que este lhe dê sentença favorável num processo. Juntamente com seu adversário, o homem do mulo, ele é levado à presença do rei, que está jogando um animado jogo de tabuleiro com a mulher. Os três gatunos vieram acompanhar o processo e apoiam a jurisprudência em alto e bom som. Mas o rei não presta muita atenção a eles, tão ocupado está com o jogo e distraído com a mulher. Ela, por sua vez, está muito atenta ao que o homem do mulo relata em seu linguajar ingênuo. Ele conta que ele e o adversário, o homem do burro, acomodaram os animais no mesmo estábulo de um albergue. Durante a noite seu mulo deu à luz um potro. Na manhã seguinte, o potro estava no meio dos dois animais adultos, mas um pouco mais perto do burro. Por isso, o dono do burro agora alega que o potro é seu.

Mas todos sabem que um mulo não pode parir um potro. Para que não haja nenhum engano, os três gatunos e os dois homens em litígio também fazem uma apresentação viva da história, pois o rei não pode ter dúvidas.

Durante os relatos, os dois briguentos começam a se atacar diante do rei. Mas este, já impaciente e zangado (pois acaba de perder o jogo para a mulher), sentencia que o potro pertence ao homem do mulo! O homem do burro lamenta, e o homem do mulo comemora. Os gatunos logo chegam à sua própria conclusão sobre essa decisão injusta: "O esperto opta pela fraude e pela astúcia porque, senão, fica sem nada!".

Mas a jovem rainha fica com dó do homem enganado, o dono do burro, e promete ajudá-lo. Pede-lhe que siga exatamente seus conselhos: afinal, até um rei é capaz de se enganar!

Enquanto isso, os gatunos fazem uma visita ao carcereiro e tentam suborná-lo. Generoso, ele prontamente lhes serve vinho da adega do rei. Os três gatunos, alegres e barulhentos, tomam um porre e depois partem cambaleantes para casa. Mas, no meio do caminho, deparam com uma visão estranha: encontram o homem do burro, que parece estar pescando com uma enorme rede em plena rua seca. Entrementes, surgem o rei e o carcereiro, que também ficam muito espantados. O rei, quando se informa dos argumentos do homem do burro, logo percebe que tais conselhos astutos só podem originar-se de sua mulher: "Se os mulos podem parir potros, também deve ser possível pescar na rua árida!". Furioso, o rei retorna ao palácio e expulsa a mulher. Num mísero ato de misericórdia, permite que ela leve do palácio aquilo de que mais gosta e que caiba em uma arca.

Durante a noite, os gatunos veem uma arca pesada sendo carregada para fora do palácio. Ao mesmo tempo, o homem do burro, que o rei mandara prender, é solto da prisão, levando um saco de dinheiro e também o seu potro. Quem, a não ser a sábia rainha, poderia ter providenciado aquilo?

Na manhã seguinte, o rei, para sua grande surpresa, acorda não em seu rico leito, mas numa arca bem debaixo de uma árvore florida. Foi para lá que sua mulher o transportou na noite anterior, com a ajuda de um sonífero.

Rei　　　　A sábia　　　　Camponês

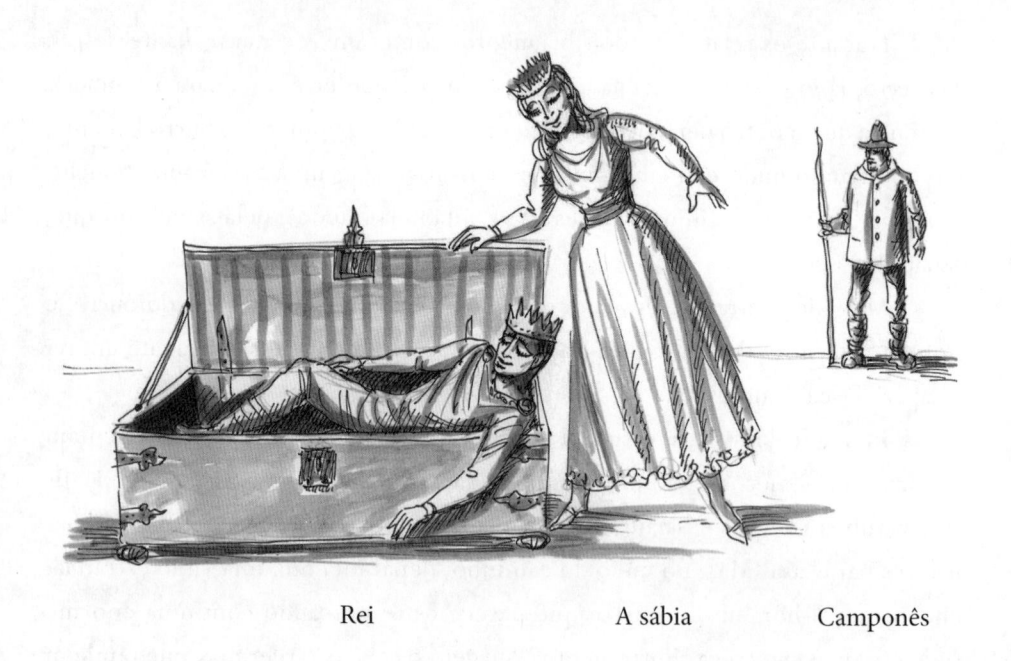

    Obedecendo à ordem do rei, a rainha simplesmente enfiou na arca "aquilo de que mais gostava". Comovido, o rei imediatamente faz as pazes com sua mulher sábia! Ela, por sua vez, anuncia ter dúvidas sobre essa sabedoria: será que é possível amar e ao mesmo tempo ser sábia?

NOTAS

*   Não é só a falta de introduções nos atos que diferencia essa ópera de outras obras do teatro lírico. O emprego da orquestra também chama a atenção: além dos bem representados instrumentos de sopro e dos costumeiros instrumentos de corda, há uma inserção extremamente rica de instrumentos de percussão e de instrumentos inusitados, como um litofone (instrumento musical chinês em que pequenas placas de pedra dependuradas são tocadas com varetas de madeira), um chocalho de areia (latinhas cheias de areia), uma matraca, sinos, castanholas e outras coisas mais. Além disso, no palco há uma pequena orquestra de percussão.*

Isso mostra que o ritmo tem papel crucial nessa obra, tanto na orquestra como também, e principalmente, nas vozes, que passam por todas as gradações entre fala e canto. O acompanhamento orquestral limita-se a elementos rítmicos e timbrísticos; raramente são tocadas melodias de fôlego. Característica particular são os **ostinati**, isto é, motivos que se repetem constantemente, sem alteração melódica ou rítmica, como na 3ª cena, quando o rei recebe a sábia:

ou:

ao mesmo tempo:

Orff utiliza métodos muito antigos do teatro ocidental: com o mesmo peso ele insere, paralelamente à fala e ao canto, todo tipo de movimento — do simples gesto até a dança.

A organização do palco também segue um modelo muito antigo: Orff trabalha como Shakespeare, com a chamada "cena simultânea", em que várias cenas podem ser apresentadas ao mesmo tempo ou em rápida sucessão. Para isso, o palco é dividido em vários espaços (cárcere, palácio, rua etc.) relacionados entre si. Dessa maneira, as desagradáveis reconstruções entre as cenas, que só consomem tempo, tornam-se dispensáveis.

Os três divertidos gatunos, que estão sempre fazendo comentários alegres e sensatos sobre os acontecimentos, também foram inspirados em Shakespeare, nas cenas em que palhaços ou bobos são usados com finalidade satírica.

Um exemplo de destaque, que caracteriza o estilo das inúmeras partes cantadas dessa ópera, é a canção que os três gatunos entoam na 7ª cena, enquanto bebem:

Os três gatunos:[86]

Als die Treu-e ward ge-born, la la la la la la la...

Mas também existem melodias suaves, que contrastam de modo marcante com os trechos mais rítmicos. É o caso da canção de ninar que a sábia canta para o rei depois de fazê-lo dormir com o sonífero na 9ª cena.

A sábia:

Schu - schu-hu, schu -schu - hu, schu - schu - hu, schu - schu - hu

Nesta ópera, Orff abandonou a divisão em atos, assim como abriu mão da abertura. A ação no palco começa imediatamente após a introdução de dois compassos do acompanhamento da reclamação do camponês na prisão. As doze cenas seguem sem intervalo.

> Além de *A sábia*, Carl Orff compôs obras de grande diversidade para o palco. Entre elas, devemos mencionar especialmente a segunda ópera fantástica *Der Mond* (A Lua, 1939) de *Bairisches Welttheater*, *Die Bernauerin* (1947). As suas obras — em língua alemã — que tratam da mitologia são *Antígona* (baseada em Hölderlin, 1949) e *Édipo tirano* (1959), e – em grego – *Prometeu* (1967). Tais óperas raramente são encenadas, decerto por causa da imensa dificuldade de montagem.

---

86 "Quando a lealdade nasceu, la la la la la la."

Glossário

ABERTURA: Introdução da ópera (tocada só pela orquestra).

ABERTURA DE ORQUESTRA SINFÔNICA: Abertura de uma ópera com orquestra grande, do tipo sinfônico.

ACCOMPAGNATO: Recitativo (recitativo acompanhado).

ACESSÓRIOS: Todas as partes móveis de um cenário; muitas vezes o termo também denomina o lugar onde esses itens são armazenados (principalmente a indumentária).

ACORDE: Grupo de várias notas executadas simultaneamente, conforme leis definidas na harmonia.

ACORDE DE SÉTIMA DA DOMINANTE: Cf. *acorde de sétima menor*.

ACORDE DE SÉTIMA MENOR: Acorde composto de quatro tons (fundamental, terça, quinta, sétima). Acorde de sétima da dominante: acorde no 5º grau da tonalidade, composto de fundamental, terça, quinta e sétima.

ADEREÇOS: Objetos cênicos de indumentária ou decoração usados pelos atores.

ALFAIATARIA: Oficina para a produção da indumentária.

ALLEGRO VIVACE: Denominação de andamento – rápido animado.

ALLEGRO: Denominação de andamento – rápido.

ANDANTE AFFETTUOSO: Denominação de andamento – moderadamente lento, com sentimento.

ANDANTE: Denominação de andamento – moderadamente lento.

ANDANTINO: Denominação de andamento – um pouco mais rápido que andante.

ARENA: Anfiteatro oval da Antiguidade (por exemplo: Verona).

ÁRIA: 1) canção, melodia; peça instrumental melódica da época barroca; 2) parte que o solista canta numa ópera.

ARMEIRO: Pessoa responsável por todo tipo de arma: aquisição, cuidados e utilização no palco.

ASSISTENTE DE DIREÇÃO: Assistente do diretor responsável.

ATO: Cada uma das partes em que se divide uma ópera.

ATONAL (música): Música que não se organiza em torno de uma nota central, chamada tônica.

ATRIBUIÇÃO: Função na ópera.

BAIXO BUFO OU LIGEIRO: Especializado no repertório cômico. Por exemplo: Leporello em *Don Giovanni*, de Mozart.

BAIXO PROFUNDO: Voz masculina que atinge os registros mais graves. Em termos de timbre, é a mais "escura/sombria" de todas (por exemplo, Rocco em *Fidelio*, de Beethoven).

BALADA: Canção com letra de caráter narrativo, muitas vezes dramático.

BARCAROLA: Canção dos gondoleiros de Veneza, na maioria das vezes em compasso 6/8 ou 12/8.

BARÍTONO DRAMÁTICO: Voz escura, forte e cheia, mais grave que a do barítono lírico.

BARROCO: Na música, período que vai mais ou menos de 1600 a 1730; caracteriza-se pelo emprego do baixo-contínuo.

BEL CANTO: Em italiano, "Belo canto"; técnica de canto com tonalidade perfeita e voz impecavelmente equilibrada.

BLUES: Mais antigo tipo de música dos negros dos Estados Unidos; canto com acompanhamento simples, composto de poucos acordes repetitivos.

BUFO: Cômico.

CABINE DE CONTROLE: Central de controle de todos os equipamentos cenotécnicos, da iluminação cênica e da sonorização do teatro.

CADÊNCIA: Sequência de acordes inter-relacionados.

CADERNO DE DIREÇÃO: Livro com anotações e notas exatas que acompanha todos os ensaios e apresentações.

CÂNONE: Forma de composição polifônica cujo tema, iniciado por uma primeira voz, é rigorosa e continuamente imitado por outra(s) voz(es), à distância de um ou mais compassos, até o fim.

CANTATA: Obra vocal de várias partes, com árias, conjuntos de vozes e coros.

CASTANHOLAS: Instrumento musical de percussão, formado por dois pequenos pratos ocos de madeira unidos por um barbante.

CASTRATO: Cantor do sexo masculino cuja extensão vocal corresponde às vozes femininas, em razão de ter sido na junventude submetido à castração (séculos XVII e XVIII).

CAVATINA: Ária curta (séculos XVIII e XIX).

CELESTA: Espécie de piano com lâminas de metal; tem som semelhante ao do xilofone, com teclado.

CENA SIMULTÂNEA: Palco em que várias cenas podem ser representadas ao mesmo tempo.

CENA: Parte de um ato que muda quando sai ou entra um ator.

CENÁRIO: 1) Todos os componentes da cena (peças, estruturas, móveis, figurinos). 2) Quadro cênico, composto de objetos, painéis pintados, colunas etc., tudo sob uma iluminação adequada; lugar onde transcorre a ação da ópera.

CENÓGRAFO: Pessoa que cria os cenários.

CENOTÉCNICO: Pessoa que domina a técnica de pôr em funcionamento os cenários e os dispositivos para espetáculos.

CENSURA: Fala-se de censura em arte quando órgãos superiores (Estado, Igreja) interferem na liberdade do artista, proibindo obras e apresentações ou modificando-as.

CHOCALHO DE AREIA: Latinha cheia de areia (por exemplo, na ópera *Die Kluge*, de Carl Orff).

COLORATURA: Ornamentação do fraseado do canto, com execução de diversas notas em uma única sílaba, geralmente com grande agilidade (por exemplo, pela Rainha da Noite, em *A flauta mágica*, de Mozart).

COMÉDIA: Peça teatral alegre.

COMMEDIA DELL'ARTE: comédia italiana de improviso.

COMPOSIÇÃO: Estudo com base em regras determinadas, em que os sons são "combinados" para formar uma peça musical.

CONJUNTO: Grupo de instrumentistas.

CONSONÂNCIA: Vibrações sonoras concordantes, combinadas conforme as regras da teoria da harmonia.

CONTRARREGRA: Pessoa encarregada de cuidar dos cenários e objetos de cena, indicar as entradas e saídas dos atores, dirigir as movimentações do cenário e distribuir horários e informes.

COPLA: Pequena canção, na maioria das vezes de várias estrofes com refrão.

CORAL: 1) Coro. 2) Hino de tradição protestante, escrito geralmente para quatro vozes.

CORO: Conjunto de cantores; na maioria dos casos é dividido em quatro vozes ou naipes (sopranos, contraltos, tenores e baixos), cada um deles composto de vários cantores.

CORTINA: Pano que fecha a boca de cena.

CORTINA CORTA-FOGO: Parede móvel para a segurança, feita de aço e situada entre o palco e o auditório.

CRAVO: Instrumento de teclado cujas cordas são beliscadas (no piano, elas são percutidas).

CREDO: Parte da composição da missa.

CROMATISMO: Sequência melódica e harmônica em intervalos de semitons.

CZARDA: Dança nacional húngara com introdução lenta e parte principal rápida (compasso simples), viva e alegre.

DA CAPO: 1) Em italiano, volta ao começo, ou seja, repetição da parte inicial. 2) Tipo de ária (ária *da capo*) composta de três partes na forma A B A, ou seja, a terceira parte é repetição da primeira.

DIÁLOGO: Texto falado da ópera.

DIREÇÃO: Orientação e coordenação das tarefas de montagem do *script*, distribuição de papéis e preparação para a apresentação em colaboração com todos os envolvidos (como cenógrafos, atores e iluminadores); orientação dos ensaios até a estreia.

DIRETOR: Pessoa responsável por todos os detalhes dos acontecimentos cênicos.

DIRETOR ARTÍSTICO: Colaborador do teatro, responsável pelo texto, pela programação, pelas relações públicas, entre outras tarefas; muitas vezes, membro da direção do teatro.

DIRETOR TÉCNICO: Diretor responsável por todo o departamento técnico do teatro (oficinas, som e iluminação).

DIRETORIA ARTÍSTICA: Num teatro, escritório que organiza as atividades artísticas (ensaios e apresentações etc.).

DISSONÂNCIA: Grupo de duas ou mais notas de um acorde que formam tensão e parecem instáveis ao ouvido humano.

DOLCE AMOROSO: Tipo de interpretação docemente delicado.

DRAMA MUSICAL: Ópera contínua criada por Wagner, em que os elementos dramáticos e musicais se complementam.

DRAMA POPULAR: Ópera na qual o povo tem papel importante (personificado pelo coro).

DRAMÁTICO (CLASSIFICAÇÃO VOCAL): Também chamado de classificação altamente dramática; é empregado em papéis pesados, como em óperas de Wagner e Verdi.

DUETO: 1) Obra musical para dois solistas. 2) Na ópera, canto conjunto de dois solistas.

ELENCO: Lista de nomes dos cantores que participam de uma ópera.

ELEVADORES CÊNICOS: Parte móvel do palco pela qual as pessoas podem aparecer ou desaparecer de cena.

ENSAIO FINAL: Último ensaio antes da estreia (muitas vezes é separado em ensaio com piano e ensaio com orquestra).

ENSAIO GERAL: Último ensaio geral antes da estreia.

ESCALA DE SEMITONS: Escala dos menores intervalos usados na música ocidental.

ESCALA HEXATÔNICA: Escala de tons inteiros, formada somente por intervalos de um tom entre as notas (segundas maiores).

ESTREIA: A primeira vez em que uma obra é apresentada.

ESTREIA MUNDIAL: Primeira apresentação mundial de uma obra nova.

ESTÚDIO DE SOM: Sala para as instalações dos equipamentos de som.

FACH: Sistema para a classificação vocal desenvolvido na Alemanha (século VIII) e adotado pelo canto lírico.

FANTASIA: Peça instrumental de caráter livre, sem rigidez formal.

FIGURINISTA: Pessoa que cria os figurinos para uma peça que está sendo ensaiada.

FIGURINO: 1) Esboço elaborado para um traje. 2) Cada uma das peças da indumentária.

FINALE: Último número de um ato ou de uma ópera.

FLAUTA DE PÃ: Flauta muito antiga dos pastores, composta de diversas flautas de comprimentos diferentes.

FOLCLORE: Tradições populares herdadas (na música: canções e danças).

FORTE: Indicação de intensidade (volume). Abreviação: f.

FORTÍSSIMO: Indicação de intensidade (grande volume). Abreviação: ff.

FOSSO DA ORQUESTRA: Depressão em frente ao palco na qual a orquestra fica durante a apresentação da ópera; também chamado de poço da orquestra.

FOYER: Salão onde o público fica durante o intervalo da peça.

FUGA: A forma mais rígida de construção musical a várias vozes, na qual um tema aparece sucessivamente em todas as vozes.

FURIANT: Dança nacional da Boêmia com compasso acelerado 3/4.

GAVOTA: Antiga música popular francesa (compasso 2/2).

GÊNERO: Série de características aplicadas a um mesmo grupo de obras (por exemplo: gênero ópera).

GUARDA-ROUPA: Trajes que os atores usam no palco.

HABANERA: Dança cubano-espanhola (compasso 2/4 ou 4/8).

HARMONIA: O universo da consonância de sons ou dos acordes, cuja organização obedece a certas regras.

HEROICO (CLASSIFICAÇÃO VOCAL): Classificação alemã do tenor dramático empregado em papéis wagnerianos.

INDUMENTÁRIA: Cf. *Guarda-roupa*.

INTERMEZZO: Peça musical executada entre dois trechos principais, dois atos (como em *Madame Butterfly* de Puccini).

INVENÇÃO: Peça instrumental curta, baseada em uma "invenção" específica (J. S. Bach).

JAZZ: Tendência musical do século XX, surgida a partir da música popular e de entretenimento afro-americana e europeia.

JIGA: Dança rápida em compasso de divisão ternária (3/8, 6/8, 9/8); faz parte de uma suíte.

LARGO: "Lento" em italiano. Denominação de andamento.

LEITMOTIV: Frase musical que se repete constantemente, caracterizando um sentimento, uma pessoa, um acontecimento etc. (em Wagner).

LIBRETISTA: Autor do libreto ou texto da ópera.

LIBRETO: Texto ou argumento de ópera, opereta ou comédia musicada.

LITOFONE: Instrumento de percussão especial, originário da China e utilizado por Carl Orff.

MADEIRAS: Instrumentos com palheta que originalmente eram feitos de madeira (flauta, oboé, clarinete, fagote).

MAESTRO: Cf. *Regente*.

MAESTRO ENSAIADOR: Ajuda os cantores a ensaiarem as suas partes, acompanhando-os ao piano.

MAIOR: Denominação de escalas cujo 3º grau observa um intervalo de terça maior em relação à tônica (terça maior = 2 tons; por exemplo, entre Dó e Mi).

MANOBRA: Conjunto de equipamentos que movimentam e sustentam os elementos cênicos e de iluminação.

MANOBRISTA: Pessoa responsável pela manobra (v.).

MAQUETE DO CENÁRIO: Modelos tridimensionais dos cenários; servem de referência para os participantes e principalmente para as oficinas durante os preparativos de uma apresentação.

MAQUIADOR: Profissional formado especialmente para maquiar os atores e remover a maquiagem após a apresentação.

MARCHA: Música com andamento fortemente marcado, compatível com o passo militar (compasso 4/4).

MAZURCA: Música característica da animada dança polonesa de compasso ternário; serviu de modelo para composições de peças instrumentais (como as de Chopin).

MELODRAMA: Forma mista de diálogos falados e música de acompanhamento (por exemplo: *Fidelio*, de Beethoven).

MENOR: Denominação de escalas cujo 3º grau observa um intervalo de terça menor em relação à tônica (terça menor = um tom e meio; por exemplo, entre dó e mi^b).

METAIS: instrumentos de sopro que produzem som pela vibração do ar dentro de um bocal em forma de funil ou taça; na maioria das vezes são de bronze (trompete, trombone, tuba, trompa etc).

METROPOLITAN OPERA: O mais importante teatro de ópera dos Estados Unidos, situado em Nova York.

MINUETO: Antiga dança francesa da corte (compasso 3/4).

MODO: Determinada sequência de tons e semitons dentro de uma escala musical.

MONÓLOGO: Discurso longo ou número de canto de uma personagem que fala ao público ou consigo mesma (cena ou ária).

MOTIVO: Menor fragmento melódico, harmônico ou rítmico que representa o princípio da unidade de uma composição.

MOTIVO CONDUTOR: Cf. *Leitmotiv*.

MÚSICA DE CÂMARA: Música instrumental de pequena formação. Cada voz é interpretada por um único instrumento.

MÚSICA INCIDENTAL: Música da cena ou de fundo, tocada durante a apresentação.

MUSICAL: Modelo moderno do teatro musicado, em que há canto, diálogo, drama e dança; é originário da ópera, da opereta e de elementos da música de entretenimento; foi criado nos Estados Unidos.

MUSIKDRAMA: Cf. *Drama musical*.

NÚMERO: Menor unidade de classificação da ópera de números (por exemplo: ária, dueto etc.).

OFICINA DE ADEREÇOS: Oficina do teatro reservada para a produção de adereços.

OFICINA DE CENOGRAFIA: Oficina para a criação de cenários.

OFICINA DE PINTURA: Oficina para todos os trabalhos de pintura do cenário.

OITAVA: Intervalo entre uma nota musical e outra com a metade ou o dobro de sua frequência (por exemplo: dó^1 e dó^2).

ÓPERA ALEMÃ: Ópera alegre que, ao contrário da ópera bufa, não possui recitativos, mas diálogos falados com textos em alemão.

ÓPERA BUFA: Ópera cômica.

ÓPERA CONTÍNUA: 1) Ópera cujos atos seguem ininterruptamente, sem intervalo. 2) Ópera não dividida em números (por exemplo: as óperas de Wagner).

ÓPERA DE NÚMEROS: Ópera dividida em números musicais.

ÓPERA SÉRIA: Drama ou tragédia musical.

OPERETA: Ópera curta e alegre, com diálogos, enredo divertido e música do mesmo tipo.

ORQUESTRAR: Adaptar a versão pianística de uma obra aos instrumentos de uma orquestra.

OSTINATO: Motivo ou frase musical repetido numa mesma altura ou sequência rítmica.

PALCO GIRATÓRIO: Piso ou plataforma giratória inserida no palco para que o cenário possa ser mudado rapidamente.

PAPEL DE CALÇAS: Papel masculino cantado por mulher (por exemplo: Cherubino de *As bodas de Fígaro*, de Mozart).

PAPEL FALADO: Numa ópera, papel interpretado por atores que não cantam, mas falam.

PAPEL MUDO: Papel em que os atores não cantam nem falam em cena.

PARTITURA: Registro gráfico de todos os instrumentos e vozes de uma peça musical.

PASSACAGLIA: 1) Composição musical barroca. 2) Variação sobre uma sequência de baixo que se repete. 3) Originariamente, uma dança espanhola.

PEDAL: Harmônico em uma nota do baixo, com ao menos uma harmonia dissonante soando em outras vozes; frequentemente aparece ao final de uma peça musical.

PIANISSIMO: Denominação dada em dinâmica musical à baixíssima intensidade (volume) do som; abreviação: *pp*.

PIANO: 1) Instrumento musical. 2) Denominação dada em dinâmica musical à baixa intensidade (volume) do som; abreviação: *p*.

PLANO DE DIREÇÃO: Planejamento do diretor para a encenação de uma peça de teatro.

POÇO DA ORQUESTRA: Cf. *Fosso da orquestra*.

POLCA: Dança alegre (compasso 2/4) de origem tcheca.

POLIFONIA: Várias vozes de igual importância ao mesmo tempo.

PONTO: Pessoa que acompanha o texto durante a apresentação e ajuda o ator em caso de necessidade.

POSLÚDIO: Conclusão musical.

PRELÚDIO: Introdução musical.

PRESTO: Denominação de andamento: muito rápido.

PRODUÇÃO: Montagem e patrocínio de uma obra para teatro.

PRÓLOGO: Parte introdutória de caráter explicativo.

QUADRO: Conjunto de cenas que transcorrem num mesmo cenário.

QUARTETO: Conjunto de quatro músicos (cantores ou instrumentistas).

QUINTETO: Conjunto de cinco músicos (cantores ou instrumentistas).

RAGTIME: Peça divertida para piano; fase inicial do *jazz* nos Estados Unidos (a partir de 1870).

RAPSÓDIA: Composição principalmente instrumental, livre e intensa (século XIX).

RECITATIVO: Trecho da ópera que não segue um modelo melódico fechado; o cantor passa a usar um andamento mais compatível com a fala, e não com a música; o "*recitativo secco*" é acompanhado por alguns acordes de cravo; o "*recitativo accompagnato*" é acompanhado por toda a orquestra.

REFRÃO: Parte de uma canção (ou de uma peça musical) que se repete várias vezes; estribilho.

REGENTE: Aquele que dirige (rege) uma orquestra.

REPERTÓRIO: 1) A totalidade das peças musicais que um músico domina. 2) Lista de todas as obras apresentadas em um teatro em um determinado intervalo de tempo.

REVISTA: Peça teatral multiforme e divertida, composta de diálogos e canto, balé, canções e variedades (a partir de 1830).

RONDÓ: Forma de composição musical dividida em partes sempre intercaladas pela repetição do tema principal. (A B A C A...)

RUÍDO: Ocorrência sonora sem nível de som definido.

SARABANDA: Antiga dança popular da Espanha (ritmo ternário lento).

SCALA (Alla Scala): Importante teatro de ópera da Itália, situado em Milão.

SCHERZO: O *scherzo* se desenvolveu a partir do velho minueto. É também escrito em compasso 3/4, porém bem mais acelerado. Passou a fazer parte de algumas obras clássicas como terceiro movimento.

SERENATA: Música de entretenimento tocada ao ar livre.

SFORZATO: Ênfase numa nota; abreviação: *sf.*

SINGSPIEL: Ópera alemã leve com diálogos falados.

SOFITA: Nome dado ao piso do urdimento onde são fixados os equipamentos cenotécnicos.

SOLO: Trecho musical apresentado por um só instrumento ou um só cantor.

SONATA: Composição para um ou mais instrumentos.

SONOPLASTA: Diretor responsável pela técnica do som.

SOUBRETTE: Voz brilhante e leve de soprano, usada em papéis geralmente cômicos (por exemplo: Blöndchen em *O rapto do serralho*, de Mozart).

SPIELOPER: Ópera cômica alemã com diálogos falados. Desenvolveu-se a partir do *Singspiel* (Lortzing).

SPIRITUAL (*Negro Spiritual*): Gênero musical inicialmente interpretado por escravos negros americanos.

SUÍTE: Obra instrumental composta de vários movimentos (do período Barroco – século XVI), principalmente de dança.

TANGO: Dança argentina (desde 1900).

TANTÃ: Instrumento de percussão; tipo de gongo grande e chato.

TE DEUM: Canto de louvor da liturgia católica.

TEATRO LÍRICO: Denominação do teatro de ópera.

TÉCNICO DE PALCO: Pessoa que atua antes, durante e depois da apresentação, no palco e em suas dependências.

TELÃO: Fundo de cenário pintado.

TEMA: Sequência melódica formalmente dividida, com características melódicas e rítmicas.

TERÇAS PARALELAS: Melodia em que duas vozes caminham guardando entre si intervalos de terças.

TIMBRE: Característica que diferencia a qualidade de sons de mesma altura e intensidade.

TÔNICA: Primeira nota de uma escala na qual a tríade principal se fundamenta.

TORRE DE PALCO: Construção alta como uma torre para o equipamento cênico superior (caixa superior).

TRAGÉDIA: Peça de teatro com desfecho funesto.

TRANSCRIÇÃO PARA PIANO: Arranjo de uma obra de orquestra para piano; é necessária para os ensaios.

TREMOLO: Rápida repetição de uma nota por meio do "vaivém" do arco dos instrumentos de corda; efeito musical para sinalizar o assombroso, o misterioso.

TRIO: Peça musical para três vozes ou instrumentos.

TUTTI: "Todos" em italiano. Indicação para todos cantarem juntos.

URDIMENTO: Grade de madeiramento resistente situada acima do palco, com cordas, ganchos e roldanas; serve de suporte para a operação dos efeitos cênicos.

VALSA: Dança em compasso 3/4, oriunda do minueto.

VARIAÇÕES: Composição em que a ideia musical fundamental, ou tema, é repetida de forma alterada ou é acompanhada de maneiras diferentes.

VERISMO: Estilo da ópera italiana no final do século XIX (Puccini), em que o enredo retrata a vida real.

VIBRATO: Técnica que consiste na oscilação da frequência de uma nota, baixando a afinação e retornando rapidamente à altura superior; pode ser feito com a voz ou com a corda de um instrumento musical.

1ª edição novembro de 2012 / **Fonte** Perpetua / **Papel** Offset 75g
Impressão e acabamento Imprensa da Fé